가버린 세월

가버린 세월

최현석 장편소설

개미

보잘것없는 이 한 권의 책을 펴내게 되어 매우 부끄럽습니다.

나는 소설이 지향(指向)하는 것처럼 인간의 존재에 대해 알고 싶었습니다.

이러한 연유로 인간의 본질이 무엇이냐고 물어보며 이리저리 여러 곳을 좇아 다녔었고.

또한 삶의 의미를 올바르게 이해하려는 정신으로 온 힘을 기울였습니다. 한 시대의 잘못된 역사 속에서 우리들이 어렵게 살아왔던 과거의 단편을 조명해 보고자 손에 펜을 잡은 지도 벌써 10년이 지났습니다.

이 작품에서 묘사(描寫)된 바와 같이 사람의 생명존중을 최우선으로 여겼던 한 젊은 지식인의 파란만장한 시절이 우리들에게 그 무엇을 시사(示唆)하고 있는지 자못 관심이 모아지고 있습니다.

집필(執筆)에 앞서 생명 · 사랑 · 보은 · 호국이라는 주제를 정해놓고 혼자서 외로운 고민을 했습니다. 나는 하는 일에 부족함이 많으므로 어떻게 써 나아가야 문학적 가치를 조금이나마 느껴볼 수 있을까 하는 설레임에 빠져든 적이 있었습니다.

우리네 인생길은 저마다 살아가는 모습들이 다르지만 시련과 좌절을 동반하고 전쟁의 공포 앞에 등장한 주인공들의 처지는 비극으로 점철되어 있었다는 것을 솔직히 피력하는 바입니다.

그 어느 때나 아무도 모르게 애절한 눈물을 참아야 했던 연인(윤희진)의 자태(姿態)가 오늘도 선하게 떠오릅니다.

한편 잃어버린 지난날의 꿈과 시간들이 나의 가슴을 스치며 어느덧 순탄치 않았던 생애(生涯)에 황혼이 저물어가고 있습니다.

아무쪼록 여러분께서 이 서툰 글을 읽고 나서 변함없는 지도와 편달을 보내주시기 바랍니다.

2015년 8월
최현석

| 차례 |

1
고향에 봄날은 와도

　대지에 봄은 오고 꽃향기 그윽한 계절에 손형민은 일본에서 유학을 무사히 마치고 고국 땅을 밟은 것은 1944년 4월 초 동쪽바다가 밝아 오기 시작한 이른 아침이었다.

　어둠을 안고 밤새 현해탄(부산과 일본 시모노세끼 사이의 바다)을 건너 부산항에 도착한 형민은 양손에 짐을 들고 무거운 표정으로 부두를 나와 찬 공기를 마시며 거리를 걷고 있었다.

　자연의 아름다움도 세상풍물도 시름에 잠겨 있는 형민을 달래주지 못 했었다.

　부산역 근처에 있는 식당에서 아침밥을 사먹고 여유로운 시간을 보내며 역 대합실로 들어갔었다.

　전쟁에 대항하는 숨결이 거칠어진 일본은 비상시국이라는 구호 아래 예전보다 훨씬 우리의 생활에 큰 영향을 주고 있었다.

또한 전시체제는 누구를 막론하고 시대의 요청에 따라야 했으며 경제적 위치가 높은 계층을 제외하고 대다수 국민은 기아선상에서 빈곤을 면치 못 했었다.

부산역을 출발하는 기차시간이 가까워지자 이곳을 떠나려는 승객들로 대합실은 매우 혼잡스러웠다.

우리나라 사람들 그리고 일본인들의 인파 속에 형민은 줄 서 있는 차례를 기다렸었다.

기차 화통에서 검은 석탄연기를 내뿜으며 경성(서울)을 향해 출발을 알리는 기적 소리가 형민의 귓가를 스쳤었다. 이제는 학생복이 아닌데도 학생복을 입은 형민은 혼자서 쓴웃음을 자아냈었다.

여러 사람이 복잡하게 몸을 움직이는 대합실을 빠져나와 무거운 발거름으로 객차에 올라 자리를 잡았었다.

경성과 부산을 오가는 기찻길 그래서 경부선 열차라는 말이 지금도 친숙하게 전해지고 있다. 이날도 저마다 가야 할 목적지를 찾아가는 길손들로 차 안은 만원이었다.

불안한 미래가 기다리고 있는 시간 앞에서 신중한 선택을 해야할 마지막 기회를 남겨두고 있는 것이었다. 그것은 오직 두 갈래 길을 놓고 어느 방향으로 행동을 옮길 것인가가 운명을 좌우할 수 있기 때문이었다. 전쟁이라는 상황 하에 얼마 전 자신의 생존은 자신이 결정해야 한다는 결론을 내렸었다. 이 시각에도 일본군의 군복, 그리고 천한 노동자의 자태를 깊이 있게 비교해보는 것이었다.

이 둘 중에 전자는 죽음이라는 수식어가 뒤따르게 되어 있으며 후자는 신상의 위험은 물론 육체적 고통이 따른 것은 말할 수 없거니와 필연적으로 가장 큰 불행을 가져온다는 전제조건이 앞서는 것이었다.

 기차가 달리는 동안 그는 침묵 속에서 고개를 돌려 차창 밖에 펼쳐지는 자연의 풍경을 바라보았다. 사면초가처럼 세상만사가 다 자신을 외면하는 느낌이 들었을 때 전과는 달리 무감동의 사람 형세를 해야 했었다. 불안감은 점점 더 쉴 새 없이 늘어만 가고 앞날의 진로를 걱정하는 가슴 안에는 말 못 할 괴로움이 다가오고 있었다. 생과 사의 갈림길에 서게 될 한 젊은이 손형민이는 부모형제를 찾아가는 길인데도 간혹 들여오는 기적 소리를 위안삼아 정확히 표현하지 못한 그 어떤 것에 마음이 취해있었다.

 위세등등했던 교복과 모자도 이제는 한 주인의 곁을 떠나는 것이었다. '대학생'이라는 글자는 모든 사람에게 선망의 대상이었으나 다시는 불리어 질 수 없었다. 오직 쉽게 갈 수 있는 길은 단 하나 일본 군복을 입고 칼을 차며 총을 메는 것이었다. 그렇지만 이에 응할 수 없다는 확고한 집념 때문에 지금 이 시간과 계속 심리적 투쟁을 벌리고 있으며 이러한 연유로 방금 전 '생과 사'라는 말이 나왔었다. 피할 수 없는 길 앞에서 강한 몸부림은 과연 무엇을 의미하는지 누구나 한 번쯤 읊어 볼 수 있었다. 기차가 대구역을 지나갈 무렵 몸에 피로가 찾아왔었다. 일간지 신문을 들쳐보다가 그만 잠이 들어 잠시나마 괴롭고, 지루한 시간을 잊고 있었던 것이다. 추풍령 험한 고갯길을 따라 힘겹게 움직이는 기관차에서 여러 번의 기적 소리가 사방으로 흩어져 갔었다.

 차 안에 탄 길손(나그네)들은 자기네끼리 주고받은 이야기로 시름을 달래며 깊은 한숨을 내쉬기도 했었다. 이 중에는 농촌생활이 극도로 어려워지자 가족들을 데리고 광활한 만주땅으로 이주하는 사람들도 눈에 띄었다. 고향을 버리고 떠나는 승객들의 이야기 속에 어렵게 살아온 발자취를 발견할 수 있었다. 이들 중에 나이가 좀 들어 보이는 한 시골 부인이 살짝 때가 묻은 저고리 고름으로 눈물을 닦으며 슬퍼하고 있었다. 이를 지켜보던 형민은 자기 자신을 생각하며 짙은 애상감에 젖고 말았었다. 지난겨울 추위보다 굶주림에 더 많이 떨었던 얼굴들은 아직도 부기가 남아있었고 생기 없는 그들의 거동에 가난의 한이 서려 있는 듯 했었다. 정해놓은 집도 없이 그저 막연하게 찾아가는 이국땅에서 안정된 생활과 행복의 보장을 약속받지 않았음에도 불고하고 떠나야만 하는 무거운 결심이 내려지기까지 남들이 모르는 사연을 간직하고 살아왔다는 것을 그늘진 표정에서 찾아볼 수 있었다. 비좁은 차 안에 몸을 의지하고 있는 동안 일본 군복을 입고 있는 몇 명의 군인에게 새롭고 특별한 관심을 갖었다. 시선을 한꺼번에 끌어 모은 것은 머리에 쓴 모자 한복판에 부착되어 있는 한 개의 노란 별이었다. 이 별이 일본 군국주의를 강하게 상징한다는 것을 곰곰이 생각해 보았었다.

만약 자신도 저 모습으로 바뀌는 날 무장을 하고 머나먼 전쟁터에 선다는 가상 속에 잠시나마 고뇌에 찬 방황을 했었다. 열차가 경성(서울)역에 도착하자 젊은 여성 안내원이 유창한 일본어를 구사하며 "여기는 경성역 경성역입니다……" 하고 종착역을 알리는 구내방송이 흘러 나왔었다. 차에서 내린 다음 여러 사람의 뒤를 따라나와 경성(서울)에 올 때마다 자주 찾아가는 여관으로 들어섰었다. 주인 내외분이 반갑게 맞아주며 그동안의 안부도 자세하게 물어보는 것이었다. 형민은 공손히 인사를 하고 나서 빈방이 있느냐고 묻자 여주인은 입가에 미소를 지으며 짐 하나를 받아들고 방을 안내해

주었다. 미지근한 방 냄새와 하룻밤을 넘기고 나면 그리운 고향을 찾아가는 것이었다. 이곳을 지나가는 형민은 스쳐간 인연처럼 이 여관에 들릴 때마다 주인과 두루 넘치는 인간미가 존재하고 있었던 곳이다. 곧 지루한 여장을 풀고 석탄연기가 배어 있는 몸을 더운물로 깨끗이 씻었다. 하루해가 지면 또 내일이 오는 날짜 속에서 부모의 은덕으로 희망과 낭만을 그리며 정열의 젊음을 보내왔었다.

그러나 엊그제 그 이야기는 이제 형민에게는 없고 오직 폭풍의 광야를 달려야 하는 광음이 기다리고 있었다. 그 고달픈 시련의 길을 진한 물감으로 그려보는 야심 앞에는 머리카락을 두 갈래로 곱게 땋아 내려 받쳐입은 세일러복(학생복)의 빛깔이 눈앞에 아롱거리는 것이었다.

티없이 고운 순정의 몸매가 왜 지금도 이렇게 자신의 감정을 사로잡고 있는지 알 수가 없었다. 한두 마디 건넸던 첫 만남의 눈빛을 잊지 않고 고요 속에서 연정의 맥박을 의식하던 그때가 벌써 일 년을 훌쩍 뛰어 넘어섰다.

활발하지 않은 길에 독특한 설레임이 여관방 안을 가득 메웠었고, 놓칠 수도 잊을 수도 없는 기억 속에 공허한 기분을 혼자 지키고 있었다.

기다렸던 저녁 밥상이 형민 바로 앞에 놓여졌었다.

모든 사람의 입에서 끊임없이 오르내리는 비상시국인지라 하루 세끼를 메워가는데 전국에 걸쳐 식량부족 사태는 심각했다. 이러한 시대상황에서 여관집의 음식도 별다르게 예외가 될 수 없었다. 몹시 시장했으므로 밥상 위에 놓여 있는 그릇을 마음대로 거의 다 비워버렸다.

굶주림의 시간들이 언제 우리 곁을 떠날지 아무도 쉽게 알 수 없었다.

밥상이 나간 뒤 잠시 밖으로 나가 여관 뜰에서 바람이 부는 것을 보다가 방으로 들어왔었다. 땅이 꺼질 듯 한 탄식의 숨소리가 터져 나올까봐 어쩌나 했었다.

신문을 들고 방으로 들어왔었다. 날마다 신문기사 중에 첫 번째로 볼 수 있는 것이 또 눈앞으로 나타나는 것이었다.

그것은 다름아닌 대본영 일본 전시 최고통수기관(1945년 9월에 해체) 발표에 의하면 전시상황을 상세하게 실은 보도기사였다. 기사보도를 보고 전쟁의 실상과 이에 대응하는 일본국의 전시체제를 대충 이해할 수 있었던 것이다. 이런 내용들이 자신과 직접적으로 밀접하게 관련되는 사실이므로 형민의 고민은 늘어갔었다. 신문을 방바닥에 놓고 몸을 벽에 기대며 그 무언가를 생각해내는 기분에 젖어들었다. 그래서 머리를 스쳐가는 말이 있었다. "모든 기준에 있어서 인간의 생명보다 더 우월한 기준은 없다" 라는 인간생명 존중에 대한 진정한 의미를 들추어내는 속마음에는 어느새 알 수 없는 그 어떤 그림자가 드리워지는 것이었다. 이 순간 삶에 대한 몸부림이 왜 이렇게 강인하게 버티고 있는지를 알다가도 모르는 것이었다. 형민은 인간생명과 순수한 사랑을 음미하며 전쟁의 참혹상을 인류의 역사 앞에서 신랄하게 비판하고 싶었던 것이었다.

그러면서 다시 "전쟁은 불행한 것. 설사 이긴다더라도 이로울 것은 없다." 라는 어구를 비장하게 읊어보는 것이었다. 혼자 지세워야 할 경성(서울)의 밤. 내일이면 평양을 거쳐 개천땅에 발을 밟으려 하는 특별한 낭만(부정의 시각)을 이른 4월의 밤하늘에 띄워보내고 있었다. 형민은 안타깝게도 다가올 자신의 운명을 한 꽃잎에 물어보며 이유 있는 참뜻을 붙들기도 했었다. 이 땅에 혈기왕성한 많은 젊은이는 강제로 일본국의 노역현장으로 건너갔었고 또 다른 사람들은 군복을 입고 군화 소리에 발을 맞춰가며 무장한 대열을 따라 북을 바라보고 압록강을 건너 중국대륙으로 진격해 갔었다. 반딧불빛 아래서 책을 읽었다는 옛이야기가 지금도 형민의 곁을 찾아오는 것이었다. 그만큼 원대한 꿈을 힘껏 붙들고 대학에서 오직 학업에 정진해 왔다는 일념을 아무 거짓 없이 표현하는 것이었다. 자정이 가까워지자 잠자리에 누워 고향의 봄을 생각하며 잠이 들었다.

다음날 아침 여관 밥을 한 그릇 더 먹고 따스한 햇살을 등에 받으며 경성(서울)역 쪽으로 거러가고 있었다. 역 앞 한 구석에서 잠시 서 있는 동안 바로 자기 곁을 스쳐가는 한 여학생을 쳐다봤었다. 마치 얼빠진 사람처럼 그 여학생을 희진이로 착각할 뻔했었다. 어쩌면 그렇게 외모가 많이 닮았는지!

이러한 엇갈림은 아마도 희진에 대한 그리움 때문인 것이었다. 희진은 금년 3월 말경 이미 교복을 벗은 예비규수(남의 집 처녀를 정중하게 이르는 말)인 것이다. 보고 싶은 얼굴이기에 어쩔 수 없었다.

형민은 공연히 다가선 허탈감을 달래고 나서 손목시계를 들여다보며 느린 거름으로 대합실에 들어가 차표를 샀다. 형형색색의 인파 속에서 차에 오른 뒤 벅찬 기적 소리만을 기다리고 있었다. 꿈에 그리던 산과 들이 불우한 시대에 사는 한 젊은 사람을 반갑게 맞아 줄 리 만무했었다. 어제 늦은 시간에 들었던 그 목소리가 확성기를 통해 다시 들려 왔었다. 오늘은 경성역에서 안녕히 가시라는 공손한 어감으로 출발을 예고해 주는 것이었다. 북쪽 하늘을 바라보고 떠나는 기적 소리는 또 한 번 승객들의 감정을 나누어 놓은 것이었다. 기쁨도 듬뿍 있고 슬픔도 많이 있는 경성역이 점점 손님들을 멀리 보내고 있는 것이었다. "고향에 봄날은 와도" 무거운 가슴속에 가쁜 숨결은 사라지지 않고 있었다. 윤희진이라는 여성은 형민의 군내 출신인 유학동창 윤태식이의 사촌 누이동생이었다(작은아버지의 딸). 지난해 새 학년 초 봄방학 때 집에 다녀간 김에 친구의 부탁을 받고 형민의 집에서 수십 리 떨어진 친구의 집을 찾아갔었다. 처음 길이라서 친구의 집을 물어가야 하는데 마침 골목에서 학생복 차림으로 얌전히 보이는 희진을 만났었다. 집을 묻자 다소 수줍은 표정으로 친절하게 친구네 집까지 안내를 해주는 것이었다. 그리고는 별말 없이 나가 버렸다. 단 한두 마디 말속에 담겨진 미모의 아름다움이 이날까지 형민의 마음속에 자리 잡고 있었다. 형민은 짧은 봄방학을 마치고 일본에 돌아온 후 부탁한 대로 심부름을 잘했다는 말을 전했었다. 앞으로 유학생활은 꼭 1년을 남겨두고 있었다. 학교에서 얼굴을 대하는 사이 아니 일본에서 제일 가까운 사이인 것이다. 그뿐만 아니라 앞으로 총을 메고 전쟁터에 함께 가야 할 처지이고 보면 그들의 우정은 말할 수 없이 두터운 것이었다.

이로부터 수개월 뒤에 그러니까 무더운 여름 어느 날 오후 방학을 며칠 앞두고 야외에서 형민은 친구를 만날 기회가 있었다. 얼마 동안 혼자 숨겨왔던 희진에 대한 그리움을 털어놓으려고 했던 것이다. 말이 쑥스럽고 태도 역시 볼품없었지만 그래도 용기를 잃지 않고 한 번 대들어 봤었다. 친한 친구이므로 어쩌면 쉽게 이루어질 수도 있다는 자신감이 순식간에 허무하게도 넘어지고 말았던 것이다.

그것은 단순한 거절이 아니었다. 하나의 꾸지람이며 친구의 정에 심한 상처를 주는 말이었고 이야기를 꺼낸 형민이에게 있어서 실망보다는 인생에 대한 새로운 의미를 찾아보게 하는 것이었다. 태식의 이 반대의사를 형민은 뒤늦게서야 알아차렸다. 친구가 말한 의도의 핵심은 원수전쟁이었던 것이다. 태식은 마음을 가라앉히고 난 다음 요약해서 부언설명을 해주었다. 심각한 언어표현은 현재는 자네나 나나 살아있지만 전쟁이 계속되는 한 우리는 죽을 수도 있다는 것이었다.

그런데 만약 나의 사촌 여동생과 인연을 맺는다면 그 뒤의 일은 어찌하겠느냐며 두 사람의 불행을 가져와서는 안된다는 것이었다.

겁나는 말 같지만 사실 많은 젊은이가 실제로 겪고 있는 것만은 틀림없었다. 한 번 가면 다시 올 수 없는 고귀한 인간의 생명을 놓고 두 지식인 사이에서 벌어진 한바탕의 말다툼은 이들만의 문제는 아니었다. 이들은 서로의 우정을 이어가기 위해 잠시 거칠어진 속마음을 잠재우려고 했었다.

그렇지만 현실을 보며 살아가자는 분명한 친구의 충고는 늘 형민을 지켜보며 따라다닐 수 없는 것이었다.

흔들리는 저쪽의 그림자 속에서 그 어떤 알 수 없는 속삭임이 형민에게로 오고 있었다.

하루해가 저무는 들녘길에서 고향의 노래와 봄 향기가 그저 쉽게 맞아 주었다. 논밭에 널려 있는 흙냄새가 밤을 재촉하며 찬 공기와 어울리는 것이었다.

부모의 사랑을 받고 다복하게 지내왔던 시절이 떠올랐다. 현실 앞에서 과거를 조용히 들쳐보려는 모습이 아주 가까운 미래를 애써 찾고 있었다.

드디어 집에 들어선 형민은 밤이 깊어질 때까지 부모와 이야기를 나누었다. 오랜만에 자식을 대하면서도 걱정이 앞서 있었으므로 밝은 표정은 아니었다.

얼마 뒤면 군에 입대하라는 통지서가 형민 집에 찾아올 것은 분명한 일이었다. 부모의 입장으로 괴로워하는 것은 당연한 것이었다. 학비 부담의 무거운 짐을 지고 살아왔던 두 분의 한숨 소리는 높아져 갔다. 외아들이라는 숙명을 타고난 손형민은 집안의 대를 이어가야 할 막중한 책임감을 절실히 알고 있을 때마다 그 어떠한 어려움이 있더라도 기어이 목숨만은 이어가고 싶었던 것이다.

아니 설사 하늘이 무너진다해도 살아남겠다는 철석같은 의지는 변함이 없었다. 형설의 공도 가문과 식자다운 명예도 그리고 다른 모든 여건에도 개의치 않겠다는 굳은 각오가 서 있었던 것이다.

금년 국민학교(지금의 초등학교) 6학년이 되는 손애란은 이날밤 집안 식구들의 그늘진 모습에서 혈육의 정을 진하게 붙들고 오라버니의 처지를 이해하려고 했었다.

단 하나밖에 없는 누이동생을 애지중지 지켜봐준 정성의 웃음을 애란은 붙들고 다녔었다.

그러나 이제부터는 오라버니의 보무당당했던 학구파의 기질도 가정에 대한 열성도 사라져 가는 듯 한 느낌을 강하게 받았었다. 늘 티없이 고운 마음에 엉성한 가시가 드리워지기 시작한 것인지도 모르는 일이었다.

내년에 중학생이 되는 나이지만 아직도 미숙하고 어린 소녀의 모습을 지니고 있는 것이었다.

애란은 방문을 열고 나와 발자국 소리를 낸 다음 바깥공기를 마시고 있었다. 세상을 원망하는 눈망울로 밤하늘을 물끄러니 쳐다보고 괴로움을 삼키며 마냥 서 있는 것이었다.

오라버니에 대한 어머니의 관심이 번뇌의 숨가쁜 부르짖음으로 변하는 것이었다.

애란은 눈물이 날 정도로 괴로워하며 자기 방에 들어갔었다. 조금전 오라버니 방을 치울 때 가졌던 기대와는 달리 이상한 기분에 젖어들었다.

큰방에 있던 형민은 자신의 앞날을 염려하신 부모 앞에 오랫동안 앉아있다가 죄송스러워서 방문을 나온 다음 잠자리에 들었었다.

눈을 감으니 옛이야기가 생각났다.

일찍이 철없는 시절 추운 겨울날 한지(딱나무 껍질로 만든 종이)에 굵직하게 쓴 한문책을 겨드랑이에 끼고 머리와 양어깨를 앞쪽으로 약간 수그린 채 하얀 입김으로 열 손가락을 불며 서당을 드나들었던 추억이 가슴 벅차게 떠오르는 것이었다.

자식을 위해 애틋하게 모아진 부모의 정성이 오늘날 별 탈 없이 외국유학을 마치게 해주었었다.

고향을 떠나 객지타관을 다닐 때마다 춘하추동 언제이고 넓은 들판에서 혹은 깊은 산중에서 기적 소리가 울려 퍼지면 집안 생각이 간절했었다.

그리고 또한 현해탄 바다 위에 새파란 물결을 헤치고 뱃고동 소리가 들려오면 늘 자식 잘되라고 하신 말씀이 잊혀지지 않고 은은히 들려왔었다.

형민이가 집에 온 지도 벌써 사오 일이 지나갔었다.

며칠 안되는 시일이지만 집에 있으면 불안하기 이를데 없었다.

언제 입영장(군대에 가라는 통지서)이 자기 손에 닿을지 모르므로 하루속히 몸을 피해야 하는 것이었다.

부모와 누이동생을 두고 떠나려는 심정 뒤에 감춰진 괴로운 마음을 겉으로 나타낼 수 없었다.

두견새 목이 쉬어 슬피우는 밤하늘 별빛에 서글픔을 안고 사라진 꿈이여 하며 허둥대었다.

제2차 세계대전에 연합군이 적대국에 대한 결전을 압박하는 막강한 전술로 공세를 가하자 이에 전황이 불리해진 일본은 우리나라 젊은이들에게 급격히 희생의 강요를 부르짖고 나섰다. 일찍부터 이 사실을 잘 아는 형민은 험난한 목표를 바라보며 무겁게 등을 돌려야 했었다.

일부러 숨소리를 낮춰가며 불우한 인생의 여정을 기막힌 어조로 조용히 물어봤었다.

전쟁의 극한 상황이라는 시대적 흐름 안에서 갇혀 있는 인간의 낭만적 본능을 잃어가고 있었다.

어제 집을 나온 뒤 경성에서 하룻밤을 지내고 푸름이 찾아온 화창한 날씨에 달리는 기차 소리를 들으며 남쪽으로 가고 있었다.

새로운 감정이 달리는 차 안에서 밖을 내다봤었다. 얕은 산언덕과 밭두렁에서 봄나물을 캐는 시골 아낙네들의 인기척이 멀어져 가는 기찻길에 찾아오고 있었다. 춘궁기를 메꿔가기에 바쁜 나물바구니 안에 땅에서 막 돋아난 지 얼마 안되는 부드럽고 어린 쑥잎을 뜯으며 검은 연기를 바라보는 것이었다.

목포행 열차가 호남평야를 지나 점점 남으로 달리고 있었다. 이 시각 호주머니에서 차표를 꺼내보며 정읍역까지 얼마를 더 가야 하는지 혼자 알아보고 있었다.

　정읍땅을 찾아가게 된 것은 수려한 산세에 인심이 좋다는 말을 유학시절 일본에서 그 누군가로부터 들은 적이 있었다. 낯선 가슴에 향수는 더 빨리오기 시작했고 누구의 댁을 들어서야 좋을지 앞이 보이지 않는 것이었다. 반딧불빛과 하얀 눈의 빛깔의 공도 원대한 희망도 현실의 세계에서 떠난 지 조금은 시간이 흘러갔었다. 두고 온 산하 고향길과 부모형제는 길게 펼쳐져 있는 거대한 산맥들로 첩첩히 가려져 있는 것이었다. 생명에 대한 단 하나의 애착을 앞세우고 집을 떠나온 지 어제와 오늘……길지 않은 시간 속에서 앞으로 삶을 다짐했던 것이다. 자연과 흙을 가까이 하며 막노동을 해야 하는 머슴살이를 결정하기까지 두 눈가에는 서글픔과 고통의 심정이 함께 젖어 있었던 것이다. 형민을 기다리고 있는 정읍역 이곳에서 다시 알 수 없는 그 어디론가에 몸을 옮겨야 했었다. 역 구내를 나와 길을 거닐며 불안한 시대 속에서 앞으로 맞이할 시련을 참아내야 할 나그네의 발길에 물어보는 것이었다. 타향이라는 고독을 느끼며 시내 몇 군데를 돌아다니다가 농촌으로 이어지는 신작로까지 왔다. 확 트인 들판 저 멀리 바라보이는 산 아래쪽에 마을들이 조용하게 형민의 눈 안으로 들어오는 것이었다.

　이렇듯 조금은 망설여 봤지만 곧 그 방향으로 마음을 놓은 숨소리를 보내고 있었다. 이리하여 새로운 인생에 대한 첫 시작은 이렇게 이어졌고 은신의 몸으로 언제 올지 모르는 전쟁의 끝을 기다리며 살아가야 했었다. 울퉁불퉁한 신작로를 따라 원했던 방향으로 길을 거러갔다. 간혹 길가에서 또는 조금 떨어진 곳에 전형적인 농촌 집들이 보였고 초목이 생기를 더해가는 계절과 농사철을 알리는 자연의 모습도 눈에 띄었었다. 얼마를 거렸는지도 모르는 사이 갑자기 몸에 무리가 왔었다. 길바닥 아무데나 덥석 주저앉아 팔다리를 주물렀다. 일행 한 사람이라도 있었으면 좋으련만 그렇지가 않았다. 인적이 드문 신작로에 석양 노을은 사라져 가고 눈앞에 가까이 보이는 동네에서 개 짖는 소리가 차츰 크게 들려왔었다. 집을 지키는 그 소리도 반갑기 한량없었다. 타향이라는 선입감이 절박하고 쓸쓸하게 찾아오는 것이었다. 밤이 어둡기 전 이 마을에 들어가서 우선 먹고 잠자는 것부터 해결해야 했었다.

그리하여 온 힘을 떠받쳐 길바닥을 누볐었다. 마을 어귀에 막 닿았을 때 나이가 들어 보이는 한 분이 윗길 쪽에서 오고 있었다. 그분이 가까이 오자 실례를 무릅쓰고

"대단히 죄송합니다. 혹시 어르신께서는 이 동네에 계신지요?"

그러자 그분은

"예, 그렇습니다만 젊은이는 어디서 오는 길이요?"

그분은 처음 대하는 사람이므로 위아래를 유심히 살펴봤었다.

"말씀 낮추십시오. 실은 길을 지나다가 날이 저물어서 하룻밤 쉬어갈까 하고 찾아오는 길입네다."

정말로 딱한 처지를 기탄없이 털어놓았었다. 그분은 다시 마을에 아는 사람이 있느냐며 이것저것 물어봤었다. 사실대로 대답을 하고 나서 은근히 그분의 도움을 좀 받았으면 했었다. 그분은 동정어린 말씨로 정 갈 곳이 없으면 내 집으로 가면 어떻냐고 의향을 물어 보는 것이었다. 형민은 분에 넘치는 친절과 호의에 겸손함을 보이며 예상했던 일들이 곧 현실로 나타났었다. 형민이가 들어선 이 집은 마을 한가운데 위치한 제법 큰 집이었다. 그분이 마루에 올라가 방

문을 열며 어서 들어오라고 하자 뒤따라 방에 가서 자리를 함께 했었다. 그분이 처음으로 고향을 묻는 것이었다. 그래서 그는 평안남도라고 여쭙자 멀리서 왔냐고 하며 여러 가지를 알아보려고 했었다.

부인이 저녁밥을 준비하고 있는 동안 처음 만난 사람들 사이에 오고가는 말이 밖으로 새여 나왔었다. 그분은 또 물으셨다.

그러자 이곳에 아무도 아는 사람이 없다는 것과 자신의 거취문제를 비교적 소상하게 전해드렸다. 묵묵히 말을 듣고 나니 대화 속에는 의문도 함께 붙어 있었던 것이다. 그 첫 번째가 나이에 관한 것으로 징병대상자임이 분명한 듯 보였기 때문이었다.

그렇지만 이 이상의 물음은 가급적 하지 않는 것이 좋을 성싶어 그만 말을 멈추었던 것이었다.

바로 이때 부인이 밥상을 가지고 들어왔었다. 두 사람 앞에 각각 상이 놓여졌고 따뜻한 냄새가 시장기를 달래는 것이었다. 부인과 애들은 딴방에서 저녁밥을 먹고 있었다. 바람이 꽃잎을 날리는 고향의 봄을 멀리한 이 시간을 밥상머리에서 만들고 있었다. 저녁밥을 다 먹고 나서 주인과 손님 사이에 있었던 이야기 중에는 시국에 관한 말이 거의 전부였다. 몹시 불편함을 느끼면서도 어쩔 수 없이 자리를 지켜야 했었고 간혹 직접적으로 답변을 요구하는 물음은 실로 난감했던 것이다. 몸에 피로가 찾아왔었다. 이를 지켜보던 주인은 사랑으로 안내를 해주며 편히 쉬라는 말을 전하고서 윗채로 올라왔었다. 주인은 방에 와서 다시 생각해보니 현시국에 건장한 젊은이들이 징병이다 징용이다 하며 외지로 나가고 없는데 그가 왜 이곳을 찾아왔을까? 하는 의구심이 늘어나는 것이었다.

그렇지만 외관상으로 보아 흠잡을 만한 구석이 안보였으므로 하룻밤을 묵게 했었다.

다음날 형민은 주인 앞에서 자신의 처지를 하소연했었다. 그러자 주인은

"나의 개인적인 생각이지만 자네가 정 갈만한 곳이 없으면 우리 집에서 지내는 것이 어떻겠는가?"

라고 동정이 배어 있는 말로 물어보는 것이었다. 형민은 침착하게

"그렇게만 해주신다면 다행스럽습니다."

이 대답 속에는 고마운 정이 들어있었고 '보은'이라는 낱말을 잊지 않으려 했었다.

이는 누구나 다 쉽게 얻어낼 수 없는 일이었다.

곧 주인께서

"자네가 우리집에서 일하기로 결정을 보았으니 이제 간단히 내 집안식구들을 소개하겠네. 내 이름은 김성덕이고 아내는 권순옥이며 큰애가 재만이 그리고 작은 애는 재완. 이렇게 네 식구일세."

이 말씀에 형민이 귀에는 번쩍이는 불빛이 와 닿았었다. 다시 말씀이 이어졌었다. 집에 일꾼 한 사람은 매년 있었으나 금년에 들어왔다가 징용으로 일본에 가고 없다는 것과 농토의 일부는 소작을 내놓았으므로 부족한 일손은 동네 고정 일꾼들이 와서 많이 돕는다는 것이었다.

집안일은 아내와 친척 가운데 조카(처녀)가 허드렛일을 도맡아 한다는 것이었다.

아침부터 집 앞마당 모퉁이에 서 있는 몇 그루의 나뭇가지에서 꽃가루를 날리며 세찬 바람이 불기 시작했었다. 주인이 나간 후 방

안에 혼자 앉아 있었다.

흙먼지를 몰고 온 모랫바람의 짖궂은 날씨가 동녘하늘에 떠오르는 붉은 태양을 가려 버린 것이었다. 기상조건이 별로 좋지 못한 이 날 주인을 따라 들 밖에 나갔었다.

형민을 데리고 집을 나가게 된 것은 앞으로 일할 논밭을 미리 알려주기 위해서였다.

밭언덕 넘어 좁다란 산길을 따라 산중턱에 가까이 갔었다. 앞으로 이 산을 잘 관리하고 지켜야 하므로 산에 대하여 설명을 해주는 것이었다.

그늘이 가려진 소나무 아래에 자리를 함께하며 자연의 향기가 피어오르는 곳에서 쉬었다. 도시락없이 단 둘이서 소풍을 온 기분이 들었다. 얼마 동안 푸른 공기를 마시고 나서 산을 내려 왔다.

황사먼지가 눈앞을 흐리게 가려 있었는데도 엊그제 기차 안에서 보았던 풍경이 나타나자 밭두렁을 살피는 것이었다.

햇살이 하늘 가운데서 상당히 떨어지게 서쪽방향으로 기울어 가고 있을 때 주인과 함께 집에 왔었다. 점심시간이 훨씬 지났으므로 점심을 차려놓고 기다리며 방에서 재봉틀 소리를 내보내고 있었다. 부인은 걱정이 썪인 말로 왜 늦었느냐고 물었다.

부엌에 가서 밥상을 들고 나왔었다. 주인과 형민은 시원한 물로 땀 냄새를 씻었다. 부인은 어서 식사를 하라는 것이었다.

밥을 다 먹고는 아래채 마굿간으로 가서 소 여물을 주고 집 주변을 이리저리 살피며 손댈 곳을 찾아봤었다. 그러고 나서 뜰 앞을 지나고 있을 때 부인이 형민을 보고 잠깐 마루로 올라 오라는 것이었다. 아무 영문도 모르고 시키는 대로 마루에 올라가 서 있는 사이

키와 어깨의 넓이를 유심히 눈여겨 보며 이제 됐다는 짧막한 말을 남겨두고 방으로 가서 바느질을 계속하고 있었다.

주인은 한가로운 표정으로 오늘 오후에는 별일이 없으니 편히 쉬라는 것이었다. 매년 주기적으로 중국대륙에서 서해를 거쳐 우리나라를 찾아온 불청객 모랫바람은 하루해가 다 저물어 가도 그 기세는 좀처럼 수그러들지 않았다.

방 안에서 혼자 잠자코 있는 동안 윗방 문밖으로 들려오는 재봉틀 돌아가는 소리가 형민의 마음속을 사로잡는 것이었다. 어젯밤 이곳에 온 사람의 옷을 벌써부터 만들고 있다는 사실을 조용히 생각하니 부인의 성급한 마음을 헤아려 볼 수 있었고 또한 남의 자식을 가까이 대해 주려는 지극한 정성에 뜻을 모아 감사했었다.

날이 어두워지자 저녁 설거지를 끝낸 부인은 큰방에 와서 앉은 다음 가족들과 함께 있는 자리에서 형민과 다정다감한 대화를 나누었다.

부인은 이십 년이 넘게 해마다 한두 사람씩 남의 귀한 자식들과 살며 집안일을 돌봐왔었다.

그러므로 연초에 들어오는 일꾼의 첫 인상을 자세히 살펴보면 대개 사람 됨됨이를 알 수 있었다.

부인은 형민을 처음보는 순간부터 보통 일꾼이 아니라는 것을 알아냈던 것이다. 이야기를 주고받는 동안 간혹 생소하게 들리는 북쪽 말씨며 그보다 더 명백한 것은 손을 보고 흙을 다룬 사람이 아니라는 것을 단정할 수 있었다.

이에 대해 뒷날을 염려하면서도 혼자 쓸데없는 생각을 하는 것이 아닌지 했었다.

부인은 두 아들을 보며 말을 꺼내었다.

"재만아 그리고 재완아."

이렇게 갑작스럽게 말씀을 하신 어머니를 보고 재만이가 그저 "예" 하고 대답했었다.

부인은 두 아들이 형민을 대하는 호칭을 가르쳐주기 위해서였다.

"이제부터는 형민이 형이라고 불러야 해. 알겠지? 재완이도."

화목한 가정에 행복이 깃든다는 것을 우리네들은 부러워하며 살아왔었다.

형민은 얼마 동안 말이 없다가

"재만아, 내년에 중학생이 되니끼니 공부 열심히 해야 해. 내가 집에 있으니끼니 집안일은 걱정하지 말고……."

이 말 끝에 재만이는 요사이 학교 공부가 잘 안 된다는 말을 하자 그 이유를 묻는 것이었다. 그러자 재만이는 요새 전쟁 바람에 매일같이 근로동원을 한다는 것이었다.

"그래, 그러니끼니 집에 와서 부지런히 하면 돼."

친동생을 대하듯 재만이의 진학을 걱정하는 이야기를 듣고 있던 내외분은 사뭇 마음이 흔쾌했었다.

재완이가 형민을 쳐다보며 무슨 말을 할까 말까 하다가 그냥 웃고 말았었다.

이때 부인이 방문을 열고 마룻방에 가더니 쟁반에 한과를 담아 가지고 방으로 들어왔었다.

간식용으로 만들어놓은 한과를 방 한가운데 놓으며 형민이에게 먹어 보라고 권했었다.

재만이 형제는 한두 개씩 먹고 나서 재완이가 어머니를 보고 형민이 형은 내일부터 손님이 아니고 우리집 식구라는 것을 귀띔했었다. 어린나이에 슬쩍 웃어보이는 말은 더욱 귀엽게 방 안으로 퍼져나갔었다. 형민은 이 한마디가 따뜻한 수증기처럼 온몸에 확 닿자 재완이 머리를 쓰다듬으며 옛 어린시절로 줄달음치는 것이었다.

바깥 기둥에 걸려 있는 초롱불을 쳐다보며 얼마 뒤에 사랑으로 내려왔다.

밤 깊은 방 안의 등잔불빛 아래 따뜻한 방 냄새가 형민의 맥박 소리를 듣고 있었다.

그어진 불우한 운명을 따라 낯선 곳에 온몸을 맡기고 흙과 비바람을 가까이 해야 했었다.

아침에 마당을 쓸고 있을 때 대문 밖에서 형민이 하고 부르며 어제 아침 집에 와서 아침밥을 같이 먹었던 지정 일꾼 아저씨가 찾아왔었다. 형민보다 훨씬 연상이며 체격도 건장한 편이어서 농촌 일이라면 겁날 것이 하나도 없어 보였다. 그분은 형민을 보고 밤사이 잘 지냈느냐고 묻는 것이었다.

형민은 이 말씀을 매우 고맙게 받아들였다.

점심을 먹고 나서 방에 있으니 부인은 얌전하게 다듬어진 옷을 들고 와서 갑자기 만든 탓에 바느질이 제대로 되지 않았으니 그리 알고 입으라는 것이었다.

무명 옷감에 국방색(일본 군복과 비슷한 색깔)으로 물들여지은 옷 두 벌과 속옷이며 그리고 수건을 받아든 형민은 오직 과분할 따름이었다.

부인은 집에 있는 동안 조금도 어렵게 여기지 말고 세탁물이 있으면 언제든지 내놓으라고 했었다.

그러고 나서 곧 윗방으로 건너갔었다.

그 옷을 방바닥에 놔두고 잠시 동안 묵묵히 앉아있었다.

목화로 짜낸 하얀 천이 국방색으로 염색한 뒤 의복이 만들어지기까지 옷감 한 올 한 올에 수다한 정성을 쏟았고 소리내며 돌아가는 재봉틀에 피곤한 몸을 기대 밝은 대낮인데도 깊은 꿈속을 헤매야 했던 고된 생활을 이어온 부인을 어떤 말로 이야기해야 좋을지 알 수가 없었다.

이곳에 와서 아주 짧은 기간 안에 들은 바로는 농촌에서 남들보다 부유하게 살고 있으면서도 부자의 티없이 사리를 분명히 가려낼 수 있는 성품의 소유자이므로 이 마을에서 늘 칭송을 받고 살아왔다는 것이다.

예부터 훌륭한 어머니는 위대한 자식을 길러낸다는 말이 있듯이 부인을 대한 지 얼마되지 않았지만 지성인(형민)으로서 그분을 바라봤을 때 타고난 인품과 두루 갖춘 인간미에 새로운 인생을 배울 수 있었다.

일거일동 매사에 열과 성의를 다 받쳐 특별한 어려움 없이 형제를 길러 낸 모정의 자취는 지금 뚜렷하게 집안 곳곳에 있었다.

여기에 왔을 때와는 달리 파릇파릇했던 나뭇잎이 어느새 진한 색으로 변했고 농사철을 눈앞에 둔 농부들의 발걸음이 날마다 바빠져 갔었다. 하루종일 들에서 일을 하고 논길을 따라 집으로 돌아오고 있을 때 바지게를 진 등에서 땀 냄새가 풍겨 나왔었다.

저녁 어둠이 고요하게 찾아온 서쪽하늘에 드리워져 있는 가느다란 미녀의 눈썹이 아름다운 빛을 내기도 했었다.

농사일을 하는 과정에서 우선 첫 번째가 논밭을 가는 것이 중요

하므로 농가마다 기르는 황소 한 마리에 대한 소중함과 애착심은 사람에 따라 다를 수 있지만 농사꾼이 쏟는 동물 사랑은 대단한 것이었다.

그래서인지 형민은 늘 소와 가까이 하고 있는 것이었다.

형민은 저녁밥을 먹고 나서 사랑 마루에 앉아 자주 부딪히는 괴로운 감상에 다시 젖고 말았었다.

이럴 때마다 쓸데없이 전쟁에 대한 철학을 들춰내 보는 것이었다.

이 세상 사람들은 저마다 자신의 마음을 움직이는 개성은 각기 다르고 정직한 마음을 가진 사람과 그렇지 않고 검고 구부러져 있는 생각을 밖으로 드러내면서도 아무런 부끄럼을 느끼지 못하는 사람들도 있다.

착하고 곧게 사는 사람들이 많을수록 인간사회는 행복을 누릴 수 있으련만 예나 지금이나 온 세상은 그렇지 못 했었다.

이 지구상의 여러 곳에 분포한 크고 작은 인류집단들은 자국의 이익과 약육강식이라는 밀림의 법칙을 이용해왔었다.

활과 화살을 시초로 하여 오늘날 무서운 대량학살 무기를 개발 생산함으로써 전쟁의 역사를 끊임없이 이어왔었다.

전쟁으로 인해 원치 않았던 길을 걷고 있는 형민은 삶의 진정한 뜻을 새롭게 발견할 수 있었다.

계절따라 달라지는 자연의 모습…… 넓은 들판을 강렬하게 내리쬐는 햇볕에 녹색 물결이 바람따라 파도치고 있었다.

어느덧 무더위와 힘겨루기를 하고 있자면 농사일이 매우 서투르는 형민은 하루도 쉴 새 없이 계속되는 일에 너무나 지칠대로 지쳐 있었다.

2
자욱한 안개 속

형민은 그럴 듯 한 이유를 내세워 부모의 슬하를 떠나온 지도 벌써 넉 달이 지나갔었다. 농사꾼으로 변하여 이곳에 있는 동안 자식 걱정 때문에 마음 편한 날이 없는 부모는 지칠 때로 지쳐있었다.

세상만사가 다 변해도 아들의 효심 하나만은 흩어지지 않으리라고 믿어왔던 것이다. 걱정에 지친 표정으로 부끄러하며 하루하루를 살아오고 있었다. 파란 하늘에 이따금 꽃구름이 오고가는 삼복더위 속에서 대낮에는 들에 나가 살다가 밤이 되면 마당가 평상에 앉아 부인과 마주 보는 시간이 매우 한가롭게 느껴졌었다.

이즈음 형민이 집에 일본군에 입대하라는 입영장이 날아왔었다.

본인의 행방을 모르는 아버지는 여러 차례 관할 관서에서 많은 고초를 당하였다.

윤희진이는 올해 여학교를 졸업하고 새 학년(4월)이 시작되자 내년에 있을 예정인 국민학교(지금의 초등학교) 교원 발령을 받기 위해 관할 군내 국민학교에서 열심히 실습강의를 하고 있었다. 푸른 꿈이 넘실대는 하루하루가 희진이에게 매우 유익하고 보람찬 날들이었다. 물론 전시체제 아래 학교 수업이 원활하지는 못했지만 미래에 대한 동경심을 꼭 안고 살아왔던 것이다. 여름방학을 맞아 집에 와서 가사를 돌보며 시간이 나는 대로 배움의 길을 걷기고 했었다.

거름을 거러 갈 때마다 매끄럽게 찰랑거리는 세일러(교복) 치마폭에 소녀의 원대한 희망과 포부를 듬뿍 싣고 학업에 열중하며 행복하게 생활해 왔던 학창시절이 그리워지는 것이었다.

늘 밝은 얼굴빛으로 분필을 손에 잡고 어린 눈동자를 들여다보며 교단에 선 지가 불과 수개월밖에 되지 않았지만 매우 흐뭇하게 여겨왔었다.

작년 4월 어느 날 사촌 오라버니댁 골목에서 용모가 단정한 대학생을 보고 갑자기 강렬하게 뛰는 심장을 속마음으로 힘껏 억누르며 수줍은 몇 마디 말을 건네고 부러운 몸차림을 쳐다봤던 그때의 영롱한 기억이 떠오르고 있었다.

윤씨 집안에 태어난 희진은 엄한 가품을 이어 받아온 탓에 나무랄데 없는 품행을 지켜오고 있었으며 전통적으로 가문의 명예를 중요시해 왔던 우리네 사회상을 배워왔던 것이다.

우리 인간들은 세상의 흐름 속에서 연령의 지배를 받아야 하는 운명 앞에서 삶을 영위하고 있는 것이다.

식물이 잎이 피면 꽃봉오리를 터트려 열매를 맺고 그 결실이 끝나면 그 후 자연에 힘입어 파란 색깔을 잃고 낙엽들이 갈 길을 물어보는 것처럼……

우리 인생도 누구에게나 다 저문 황혼은 소리없이 다가오는 것이다.

희진은 '자옥한 안개 속'에 청춘을 노래하고 싶은 의욕이 찾아오고 있는 것이었다.

그때 교복을 입고 읍내에 갔다가 집으로 돌아오는 길에 자세히는 살펴보지 못했지만 그의 외모는 누가 봐도 한 번 더 쳐다볼 수 있는 매력을 지니고 있었던 것이다.

검정색 학생복에 네모각의 모자가 너무 진하게 희진의 마음을 끌어 당기고 말았었다.

그분이 처음 오라버니댁이 어디냐고 물었을 때 첫 만남의 추억이 그 시간을 못 잊게 하는 것이었다. 그날 밤 잠을 설치며 방 안을 이리저리 뒹굴기도 했다.

그다음날 아침 고통스러운 잠자리에서 깨어나 헛된 생각에 부끄러워하면서도 한 남성의 그림자 앞에 서 있었다는 것이 꿈길처럼 느껴졌었다. 겁없이 스쳐갔던 감정을 착실히 정돈하고 벽에 걸린 교복을 바라보는 순간 재빠른 동작으로 벌떡 일어나 자신의 손톱으로 밤새 불길이 훨훨 탄 가슴을 힘껏 내리 꼬집자 눈에서는 채찍하는 불빛이 번쩍이는 것이었다. 연정의 꽃잎에 숨겨진 자신의 몸매를 다정다감한 시선으로 거울 앞에 가까이 대보는 것이었다.

전쟁의 암울한 시대에 초승달은 누구를 위해 떠있는지 서정적인 야릇한 감정이 들떠있었던 것이다.

빈틈없이 가고 있는 시간 속에 한 남성에 대한 그리움은 떠나지 않았었다.

작년 겨울방학 때 태식이 오라버니의 충고를 듣고 형민은 완벽하게 잊어 보려고 많은 노력을 해 보았으나 한 남성을 바라보는 미련은 쉽사리 단념할 수 없었다. 오라버니에게 들어서 그가 손형민이라는 이름을 알았고 금년에 두 사람은 함께 대일본제국에 몸을 맡겨야 한다는 서글픈 처지의 이야기도 들었다.

태식은 희진이가 사촌 누이동생이므로 형민이와 불행을 미연에 막아주려는 충정에서 그들을 지켜보고 있었을 뿐 다른 의도는 단한 가지도 없었던 것이다.

맑은 하늘에서 내리쬐이는 태양열이 쇠라도 녹일 듯 한 여름 막바지 무더위가 기승을 부리고 있었다. 희진은 아침 일찍부터 집안일을 보살핀 다음 곧바로 오라버니댁으로 갔었다.

어제 저녁부터 오라버니댁에는 마을분들이 많이 다녀갔었다.

희진이가 밝지 않은 얼굴빛으로 문간에 들어서자

"희진아, 어서와."

이렇게 마당가에서 반겨 주었었다.

희진은

"오라버니."

하고 말한 다음에 무슨 이야기부터 해야 옳을지 망설이고 있었다. 노인분들이 마루에 앉아 이야기를 나누며 태식이에게 시선을 모으는 것이었다.

그가 바로 오늘 일본군에 입영하는 날이었다. 마을분들은 낮에는 농사일로 모두 들에 나가게 되므로 어제와 오늘 아침 저녁에 태식이 집을 방문했었다. 군대에 가야 할 자식을 둔 부모들은 겪어야 하는 일이어서 태식의 부친도 마음을 굳게 먹으며 찾아온 여러분을 고맙게 대해 주었다.

"젊은이여 꿈을 가져라." 그가 학창시절 마치 연단에선 연사처럼 간혹 부르짖던 구호였었다. 패기 넘치는 청춘을 과시하듯 대망을 이루기 위해 노력해온 것만은 틀림이 없었다. 그러나 크게 외쳤던 그 한마디도 그를 멀리 하려는 것이었다.

태식은 사촌 누이동생이 정성을 모아 차려준 아침밥을 먹으면서 조금은 어색한 기분에 들떠있었다.

이 괴로운 심정이 오르락내리락하는 것은 이러한 날이 오리라는 것을 알고나서 친구에게 심한 말투로 대들었던 과거가 생각났기 때문이었다. 그렇지 않아도 어쩌면 이번에 얼굴을 마주칠지도 모른다는 기대가 옆구리를 찔렀다.

누가 물어봐도 일본군복을 입고 총을 메야 하는 것은 뻔한 일이었다. 이런 감상에 잠겨 있는 사이 자꾸만 속마음은 흩어지는 것이었다. 더 길게 설명을 늘어놀 일도 없이 그에게 지금이 바로 저 먼 열대지방 전쟁터로 젊은 날의 운명이 이동하는 시각이었다.

태식은 집안을 한 번 둘러보고 문간을 나섰다. 한 고을에서 몇 사람밖에 안되지만 당국에서 베풀어주는 환송식은 그래도 장정들에게는 특별한 의미를 더해 주었던 것이다.

집결지는 태식이가 사는 면소재지 국민학교 교정이었다.

일장기(일본국기)를 어깨에 두른 장정들은 아는 사람들을 찾아다니며 인사를 나누었다. 그 모습들이 모두의 심금을 울리고 있었다.

식이 끝난 뒤에 희진은 오라버니 곁으로 가서

"오라버니, 기어코 살아서 돌아와야 해요?"

하며 가슴에 길다랗게 걸쳐 있는 일본국기를 두 손으로 만져보며 참고 참았던 울음을 터뜨리고 말았었다.

예쁜 얼굴에 눈물을 흘리며

"오라버니."

하고 손목을 꼭 잡았었다. 태식은 희진의 눈물을 보고

"희진아, 몸 건강하게 잘 있거라."

하며 꼭 쥔 두 손을 붙들고 난 다음 대열에 끼여 트럭에 올라탔었다.

트럭에 오른 오라버니의 뒤를 힘없이 쳐다보며 이런 장소에서는 눈물을 보이면 안 된다는 것을 잘 알고 있었으나 그저 쏟아지는 눈물을 얼른 감출 수가 없었다.

트럭이 흙먼지를 날리며 학교를 떠나갔었다.

모두 뒤따라 학교 문 밖을 나왔지만 흩어지는 먼지 속에 가려진 일본군가 소리가 점점 희미해져 가고 있었다.

오늘날까지 자기를 귀엽게 대해 주었던 오라버니의 고마움을 눈물로 갚으려는 것은 아니었지만 가족과 떨어져 저 멀리 이국땅에서 전쟁터의 밤하늘을 바라보기 위해 첫발을 내딛은 사실을 생각하니 오늘의 해가 다 지고 밤이 와서 날이 새도록까지 마음껏 더 울고 싶었던 것이다.

모교의 교정에 남아 실신한 아낙처럼 우뚜거니 서 있던 희진을 보고 친척들이 와서 붙들며 어서 집에 가자고 했었다.

점심때가 조금 이른 시각에 집에 온 희진은 방에 들어가 바로 들어누워 버렸다. 방 안에서 체감온도마저 잊고 멍하니 천장을 바라보며 얼마 전의 광경을 가만히 머릿속에 그려보는 것이었다.

시집온 지 얼마 안되어 보이는 애띤 색시는 사랑하는 남편을 붙들고 살아서 돌아오라는 하소연과 더불어 한없이 눈물을 마시고 또 마시며 애절하게 흐느끼는 얼굴은 결코 남의 일이 아니었다.

붉게 물든 저녁노을이 서산 너머로 자취를 감추고 밤이 찾아오자 조용히 오라버니와 그들의 무운장구를 기원하며 오늘의 이 쓰라림을 마음에 간직하려는 것이었다.

트럭이 출발하기 직전 그들의 모습을 뚫어지게 지켜본 가족들은 거세게 두근거리는 가슴을 억누르지 못 했었다.

나라 잃은 슬픔을 몸에 안고서 언제 다시 돌아오게 될지 기약도 없는데 목청을 높여 마구 불러대는 군가 소리에 젊은 아낙네들의 옷소매 끝이 한참 동안 흠뻑 젖고 말았었다.

불과 몇 시간 전에 있었던 마음 상한 장면을 연상해보니 희진의 눈에 또 다른 눈물이 고였었다.

여름은 가고 추수를 앞둔 가을 들녘에는 농민들의 피땀 어린 보람을 말해 주듯 고개 숙인 벼이삭들이 시원한 바람을 타고 보기 좋게 흔들거리며 농부들의 거친 손을 기다리고 있었다.

요사이 형민은 들녘에 나가 풍요롭게 펼쳐지는 자연의 힘을 마음껏 즐기는 것이었다. 저녁이 되면 밝은 달빛 사이로 들려오는 귀뚜라미 소리가 모닥불 없는 고요한 농촌의 밤을 한없이 반겨주고 있었다. 서늘한 밤공기는 이따금 한 잎 두 잎 떨어지는 나뭇잎을 벗삼아 가을밤의 정취를 더해 주고 있었다.

가정일에 시달린 부인네들은 이보다 좀 이른 초저녁에 절구통에서 보리 방아를 정성껏 찧는 것이었다.

동네 군데군데에서 심심찮게 번갈아 스쳐가는 방앗소리가 검으스름한 얼굴을 만져보는 농사꾼의 시름을 달래주며 지난번 꽃이 피고 새가 노래하던 그때의 굶주린 계절을 한없이 못 잊게 해주었었다.

형민은 따뜻한 사랑방 아랫목에 가만히 혼자 앉아서 한가로운 밤을 보내고 있었다.

그동안 가련해진 모습을 쳐다보며

"태식이 그 친구가 무엇이길래……."

하고 얄미운 감정이 솟아오를 때도 있었다.

그러나 그가 박력있게 말했던 참뜻을 찾아보려고 했었던 것이다. 여러 종류의 색채로 조화를 이룬 활엽수 잎이 지상으로 흩어져 바람의 힘에 굴복을 당하고 그 자리에서 위로 올라갔다가 다시 하강 곡선을 그으며 힘없이 다른 곳으로 옮겨가고 있는 것이었다.

이 경치는 바로 추운 겨울을 미리 알려주는 자연의 활동이었다.

가을을 멀리하는 계절 초겨울이 다가왔다.

지역적으로 동일하게 공출이 실시되자 형민은 땀흘려 쌓아놓은 볏가마를 아침 일찍부터 손수 지게에 지고 면소재지 출하장까지 운반해야 했었다.

생산비도 못 미치는 몇 푼의 대금을 생산농민에게 주고 산더미처럼 야적된 식량을 일본으로 운반하는 것이었다.

이리하여 식량을 걱정하는 주름진 노농(늙은 농부)의 얼굴에는 벌써부터 배고픔의 풍운이 감돌고 있는 것이었다.

놋그릇에 담겨진 따뜻한 밥 냄새가 이미 조금씩 멀어져가고 있는 농가에서는 내년의 춘삼월을 걱정하며 온갖 잡곡과 풀잎으로 연명을 서두르는 우리네의 가난이 혹독한 엄동설한을 기다리고 있었다. 가난의 유산을 등에 지고 굶주림과 추위에 떨어야 하는 농민들의 고달픈 삶이 언제까지 이어질지 아득하기만 했었다.

이날 재만이 형제는 오후 학교에서 집으로 돌아와보니 앞마당에 놓여있던 볏가마니가 다 없어진 것을 눈여겨 보았다.

물론 아침에 공출을 한다는 것은 알고 있었지만 한꺼번에 집을 떠난 노적봉이 야속하기 그지없었다.

두 형제는 그 자리에서 오래 두고 보고 싶어 했던 식량이 아무 말도 없이 자기 집을 떠나 바다 건너 일본으로 간다는 사실을 생각하니 허망한 느낌이 드는 것이었다.

일 년 농사를 다 끝내고 나면 밤은 길어지고 날씨는 점점 추워지기 시작했었다. 밤이 되면 한가로운 시간 곁에 갖가지 쓸데없는 생각이 몰려오는 것이었다. 형민은 이럴 때마다 괴로운 가슴을 어루만지며 하루빨리 좋은 날이 오기를 바랐었다.

하얀 눈발이 정읍 하늘을 수놓은 날 재만이는 겨울방학을 하고 집으로 돌아왔었다.

어두운 밤이 찾아오자 형민이가 혼자 있는 방문을 열고 들어간 즉시 형민을 보고 오늘도 산에 갔었느냐고 묻는 것이었다.

추운 날씨에도 매일 산에 가서 땔감나무를 해가지고 왔으므로 오늘은 다른 날보다 추워서 걱정을 했던 것이다.

형민은 산에 가서 나무를 해가지고 왔다는 대답을 하자 다소 놀라는 표정으로 추운 날은 집에서 좀 쉬어야 한다는 것이었다.

그러자

"아니다."

라고 말하며 사람이 게으름을 피우면 안 된다고 강조했었다. 재만이는 이 말을 듣고 난 다음

"형, 우리는 내일부터 얼마 동안 학교에 가서 근로동원을 해야 하

거든요……."

"아니, 이렇게 추운데 무슨 일로?"

형민은 국민학교 아동들이 산에 간다는 말에 선뜻 이해가 가지 않았었다. 지난 여름방학에 학교 아동들이 칡넝쿨 껍질을 벗겨 햇볕에 잘 말린 다음 모아두었다가 뭉치를 만들어 방학이 끝나고 학교에 가던 날 등에 지고 집을 나섰다.

그런데 추운 날 무슨 일이 있어 산에 간다는 것일까?

쉽게 이해할 수가 없었다. 이 눈치를 안 재만이는 형이 잘 모르면 저가 세쓰메이(설명)하고 일본어가 튀어나오자 얼른 그 내용을 감추고 설명이라고 똑바로 이었다. 형민은 진지한 이야기에 관심을 모으며 어서 말해 보라는 것이었다.

재만은 태연한 어조로 말하기 시작했다. 학교에서 아주 먼 산속에 들어가 숯포대를 우마차(달구지)가 싣고 갈 수 있는 도로변까지 등으로 져 나른다는 것이었다. 검은 숯을 운반하자면 숯 냄새는 좋을지 모르나 몸에 그 가루가 스며드는 것은 뻔한 일이었다.

이렇게 이야기를 끝내고 나자 눈동자를 살짝 움직이며 형민을 쳐다봤었다. 순진한 소년의 맑은 표현은 이처럼 정이 듬뿍 넘쳐나는 것이었다.

형민은 나이 어린 학교 아동들에게까지 겹친 수난의 역사가 이어지고 있다는 사실에 깊은 회의를 느꼈었다.

자기 무릎 옆에 앉아있는 소년의 초롱초롱한 눈매에서도 비운에 시달린 민족의 한을 읽어볼 수 있었던 것이다.

형민은 숯포대에 관심을 모으며 다시 한 번 물었다.

"언제 학교에 가야 하니?"

그러자 내일 아니면 모래부터 간다는 것이었다. 억새풀대로 엮은 자연색 속에 담겨 있는 숯은 그 용도가 다양할 뿐만 아니라 우리 생활에 긴요한 물건이었다. 재만이 말에 의하면 학교 아동들이 운반하는 숯은 주로 동력의 연료로 쓰인다는 것이었다.

내년에 중학생이 될 김재만이와 그리고 태평양전쟁이 끝나면 이곳을 떠나가야 하는 손형민이는 훗날 어떤 운명 앞에서 다시 만나게 될지 자신들은 물론 이 널따란 세상에서 아는 사람은 단 한 명도 없었다.

인생에는 즐거울 때가 있으면 괴로울 때도 있는 것이다.

형민은 비록 현재는 고생을 하더라도 앞날의 기쁨을 맛볼 수 있으리라는 신념 아래 이날 밤을 보내고 있었다.

한 해가 저물어 가는 음력 섣달그믐이 다가왔다.

수천 리 창공을 나는 새들도 제집을 잊지 않고 기어이 찾아온다는 정겨운 말이 지금도 순수하게 전해져 왔었다.

일 년 내내 남의 집 고용살이를 한 대가로 새경(보수)을 받아 쥐고 한 점의 부끄럼없이 활발하게 자기 집으로 돌아와 가족들과 마주 앉아서 정담을 나누며 함께 설날을 맞는 젊은 농부들은 긴 시간의 고생을 잊어 볼려고 하는 것이었다. 부모가 자식을 기다리는 심정은 어느 누구나 다 마찬가지지만 검은 그림자로 가려진 형민의 부모는 돌아오지 않는 아들을 매일같이 고대하며 긴 한숨으로 이 해를 보내야 했었다.

설날을 며칠 앞두고 재만의 부친은 형민과 집안 식구들이 있는 자리에서 상의할 일이 있었다.

다른 사람들처럼 집에 가야 하지만 워낙 추운 지방이어서 재만의

가족들은 걱정을 하며, 보내고 싶지 않으므로 우선 형민의 의사를 듣기로 했다. 주인 김성덕 씨가

"형민이, 금년에 노고가 대단히 많았었네."

주인의 말씀이었다.

"아니올시다. 어르신."

곁에 앉아있던 부인이

"농사일에 정말 애를 많이 썼어요."

"웬걸요."

형민은 부인에게 무어라고 감사의 말을 다 해야 좋을지 몰랐었다. 이 추운 날씨에 만주로 가겠다면 잘 타일러 겨울 동안 집에서 함께 지내자고 권유할 마음의 준비를 갖춰놓고 있었다.

"형민이, 금년 1년 동안 집 생각이 많이 났었지?"

마치 어린 소년을 대하듯 이렇게 물어보자 그는 속으로 웃어 보이며

"예."

하고 얼른 대답했었다. 다시 물음이 이어졌다.

"자네, 집 생각이 나더라도 조금은 참을 수가 있겠지?"

이렇게 신중히 물어보는 말씀에는 인자하고 너그러운 인정미가 배어 나왔었다.

"이 추운 날 집에 가는 것을 보류했으면 해서……."

다시 겸양한 말씨로 이렇게 의사를 물어 보는 것이었다.

사실 형민은 한 해가 저물어지자 그동안 자신의 처지에 대해 수없이 고민을 해왔었다. 어떤 일이 있어도 집을 향해 발을 내딛을 수 없는 신세였으니 어르신 말씀은 진정 고마워었다.

더욱이 자기를 사랑으로 어루만져주듯 침착하게 조심스러운 눈치로 대해 주시는 것이 자비로워 보였었다.

목에 약간 힘을 더하면서

"다시 말하지만 나의 의사에 동의를 해주었으면 해서……."

형민은 이 이상 주저할 이유가 없다고 판단이서자 감격스러운 음성으로

"예, 그렇게 하겠습니다."

하는 것이었다.

그 자리를 지켜보고 있던 재만이가 입을 열었다. 자기네 학교의 일본인 선생님 한 분이 군대시절 만주에서 지냈는데 그곳은 너무도 추워서 죽을 고생을 다했다는 체험담을 들었을 때 얼른 형 생각이 떠올랐다는 짧막한 이야기를 귀엽게 했었다.

선생님께 들었던 소박한 내용을 사실대로 옮기는 천진한 심성이 비록 혈연은 아니더라도 그동안 정이 깊이 든 한 집안 식구가 눈보라가 휘몰아치는 넓은 땅 만주 벌판에 가는 것을 원치 않았던 것이다.

일제의 온갖 탄압을 받아오면서도 민족의 정기를 꿋꿋이 지켜왔던 우리 겨레는 신년의 첫 햇살을 조용하게 맞으며 연륜에 선 하나를 더 늘려 주었다.

많은 사람이 옛 그대로 세시풍습을 이어보려고 서로가 힘을 모아봤었다.

그렇지만 활기를 충족시키지 못했었고 이에 서민의 애환은 벽에 가려져 저마다 어렵게 겪어야 하는 생활고가 사릿문 밖에서 집안으로 들어오고 있는 듯 한 감상에 젖어들기도 했던 것이다.

바람 소리도 매정하게 스쳐가는 정초의 밤에 문풍지 사이로 뚫고 들어오는 바깥 바람이 방 안의 등잔불을 가물거리게 했었다.

또 다른 한편 형민에게 잊지 못 할 추억을 쌓게 하였다.

기약 없는 기다림에 아까운 시간을 헛되게 보내는 한복판에 불효 자식이라는 커다란 낙인을 꽉 찍어놓고 희미한 소리로 불러보는 망향의 노래에서 쉽게 떨어진 외로운 심사가 미묘한 감정을 자극하며 비굴한 생존은 차라리 죽음보다 못하다는 나약한 생각이 들었었다.

지난여름 더위를 무릅쓰고 구슬땀의 자국을 어루만지며 저물어 가는 황혼의 들길을 거닐던 일들이 눈 내리는 밤이면 더욱 못 잊어 졌다. 잠시 살다가 세상이 나아지면 다시 떠나야 하는 신세지만 이 추운 날 방 안에서 편안하게 지낼 수 있는 것은 오직 고마운 두 내 외분의 진정한 배려가 있었기에 가능한 일이었다.

수없이 날짜를 넘고 넘어가도 이 깊은 은덕만은 기어이 보답해야 한다고 뜨거운 가슴에 깊이 새겨 두려는 것이었다.

피어나는 꽃냄새 속에 봄 향기가 짙어갈 무렵 재만이는 중학생이 라는 이름을 달고 광주로 떠나갔었다. 가족의 전송을 받으며 생후 처음으로 집을 떠나 객지타향으로 가는 것이었다.

1945년의 봄은 무르익어 가고 있었다. 신학기(4월)가 시작되기 얼마 전 희진이는 국민학교 교원 발령장을 받았으나 예기치 않았던 불만은 너무나 컸었다.

그것은 자기 고향 근처의 근무지를 마음 모아 희망해 왔으나 하늘처럼 믿었던 꿈이 제대로 실현되지 못하고 먼 길을 따라 남쪽 으로 가야만 했다.

학교 수업이 4월 초부터 있으므로 부임 날짜까지는 그곳에 도착할 수 있도록 미리 정신을 차렸었다.

아직도 아침저녁으로 쌀쌀한 날이 이어지고 있을 때 희진은 정든 집을 나와 떨어지지 않는 발거름을 옮기며 마치 도살장에 끌려가는 황소와 조금도 다를 바 없었다.

정말로 가고 싶지 않았던 심정은 이런 경우를 당해보지 못한 사람은 감히 짐작할 수도 없는 일이었다. 산들거리는 봄바람에 엷은 마음은 쓰리기만 했었다. 뒤따라오는 석별의 아쉬운 정을 모질게 뿌리치고 북에서 남으로 향해 내려가는 기차에 올랐었다.

차 안에 들어가서 의자에 앉아 밖을 내다봤었다. 혼자 깊은 생각에 잠기자 얼굴에는 때이른 서글픔이 말없이 밀려왔었다. 가서는 안될 곳을 찾아간다는 불길한 예감이 자신을 습격하는 것이었다. 온정신을 송두리째 빼앗긴 순간이기에 지나친 충격의 파장이 길게 몸 밖으로 퍼져 나갔었다. 무서운 고통을 진정시켜보려고 애써 눈을 감았었다. 잠시 후 소리를 지르는 기적 소리에 눈을 뜨고 난 다음 아득하게 보이는 고향집 하늘을 쳐다보았지만 불안한 마음은 여전했었다.

무정하게 달리는 기차 안은 남으로 내려가는 승객들로 제법 혼란스러워었다. 오랫동안 전쟁의 공포에 질린 탓인지 많은 사람들이 생기를 잃은 얼굴을 지니고 그저 기차만 따라가고 있었다.

희진은 덤벼드는 괴로움과 맞서야 했었다. 무너졌던 가슴에 찾아온 것은 오라버니와 형민이의 모습들이었다.

이제는 일본군복을 입고 형민이가 자기 앞에 불쑥 나타난다 하더라도 쉽사리 가늠하기 어려울 듯 했었다.

기차 안에는 몇 명의 일본군인이 타고 있었다.

얼굴은 핏기가 없어 보였으며 계급장은 입대한 지 얼마 안 돼 보였었다. 사촌 오라버니도 저 모습을 하고 있을 것이라는 생각이 들었다.

모자에 부착된 별 한 개와 목 양쪽 아래 빨간 조각 바탕에 별 하나씩을 달고 있었다. 일본군 계급장 중에서 최하급을 표시하는 것이니 오라버니와 형민이가 그려져 있는 것처럼 환상에 깊이 빠져들고 말았었다.

남의 집 귀한 자식들이 전쟁터로 발길을 옮겨가는 것이었다. 자신들의 목숨을 천운에 맡기고 말이다.

기차가 달리는 동안 희진은 간혹 자신에게 여러 사람의 엷은 눈길이 모여드는 것을 의식하자 가방에서 책 한 권을 꺼내 책장을 넘기며 시간을 뒤좇아갔었다.

고달픔을 안고 어느덧 서울역에 도착했었다. 차에서 내린 다음 곧바로 대합실에서 내일의 차 시간을 알아본 후에 무거운 짐을 양손에 들고 역을 나와 한참 걷다가 한 여관을 찾아갔었다.

하룻밤을 여관에서 지내고 그 이튿날 다시 이름 있는 곡창지대 넓은 평야를 거쳐 저녁노을이 삭을 무렵 정읍에 닿았었다.

말로만 들었던 전라도 땅 정읍역은 비교적 한산해 보였었다.

차에서 내린 사람들은 각자 갈 곳을 찾아가느라고 시내로 흩어져 갔었다. 희진은 그들의 뒤를 따라왔지만 최종 목적지까지는 도보로 약 한 시간 이상이 소요되는 거리가 남아있었다.

무거운 짐을 가지고 거러 가기에는 무리한 부담이었다.

우선 피로를 조금이라도 덜고 시장기를 면해보고자 역 근처에 있는 한 음식점을 찾아갔었다. 그곳에서 간단한 식사를 하고 난 다음 음식점 바깥주인에게 자기가 찾아갈 곳을 자세하게 물어봤었다. 그 주인은 친절하게 알려 주며 문을 열고 나갔다가 조금 후에 다시 들어 왔었다. 그 주인은 다행히도 그쪽으로 가는 우마차가 있다고 하며 그곳까지 안내를 해주었다.

희진은 자기 짐을 들어다 준 음식점 주인에게 고맙다는 인사를 하고 난 다음 우마차에 짐을 올렸다. 빈 우마차에는 열한두 살 남짓 보이는 국민학교 애들 세 명이 이미 타고 있었다.

그들은 희진이가 오르자 혹시 자기네 학교에 새로 오시는 선생님이 아닌가 하고 의아스러운 눈빛으로 동시에 힐끗 쳐다보는 것이었다.

한 애가 우마차 주인 아저씨에게 날이 저물어 가니 어서 가자고 재촉했었다. 나이는 어리지만 제법 눈치가 있어 그들이 선생님으로 알아차린 것은 학교 선생님 이외에는 그와 비슷한 용모와 옷차림은 평소 아무데서나 흔히 찾아볼 수 없기 때문이었다. 그들은 각자 종이로 포장된 작은 물건을 손에 들고 셋이서 바짝 붙어앉아 아무 이야기도 하지 않고 입을 다물고 있었다.

가벼운 수레를 끌고 가는 소 발자국 소리에 주변의 온갖 풍물들이 생소하게 펼쳐지자 문득 두고 온 산천으로 되돌아가고 싶었다. 그렇게 오기 싫어했던 이곳이기에 몇 번이고 후회를 하면서 손에 받아 들었던 발령장을 반납하고 싶었으나 부모의 은덕을 망각하지 않으려는 마음으로 자신의 굳은 의지를 못쓰게도 굽히고 말았다.

가깝고 먼 산에서 봄바람을 날리며 북에서 내려오는 손님을 반겨주고 있었다.

해 저문 뒤에 평화로운 들녘을 지나가는 도중 허전한 마음이 길

따라 더 늘어만 갔었다.

한동안 다섯 사람은 아무 말이 없었다. 애들도 그저 곁눈으로 힐
끗 쳐다보았다가 다시 눈을 딴 방향으로 옮기곤 했었다. 소 고삐를
유연하게 잡고 있던 아저씨가 처음 대하는 희진이에게 말을 건넸었
다.

"손님은 어디서 오신가요?"

물음을 받고 난 뒤에 부드러운 음성으로

"예. 저는 먼 곳에서 옵니다."

그러자

"처음 오시는 길인가요?"

"예. 그렇습니다."

"네. 그러시다면 어디까지 가시는데요?"

계속 공식적인 물음이 이어졌었다.

"학교 근처까지 갑니다."

이렇게 희진이가 대답을 하자 그저 아무 말도 없이 움츠리고 앉
아있던 세 아이들이 번듯 몸에 힘을 주며 똑바로 쳐다보는 것이었
다.

얼마 전 자기들의 예측이 맞았다고 하는 판단이 서자 마치 어려
운 산수 문제라도 푸는 기분이 든 모양이었다. 이번에는 그들의 눈
치를 살핀 희진이가

"너희들은 어느 학교에 다니지?"

하고 상냥하게 물었다.

그러자 한 애가 수줍어하는 표정을 지으며 겨우 대답을 했었다.
그가 말했던 학교가 바로 종착점인 것이다. 희진은 단지 평범하게

몇 가지를 더 물어 봤으나 내성적인 성격을 타고난 탓인지 이들 모두는 시원한 대답을 해주지 않았었다.

이 가운데 한 애는 학교 부근 마을까지 가지 않고 도중에 내렸다. 이 애가 바로 형민이 주인집 둘째 아들인 김재완이었다. 이날 학급 친구들과 학용품을 사가지고 집으로 돌아오는 길이었다.

이날 저녁 희진은 우마차 주인의 각별한 주선으로 별 어려움 없이 한 주인집을 정했었다. 날이 어두워져도 재완이가 오지 않자 형민은 집에서 나와 골목을 거러나섰다. 신작로까지 미쳐 못 가서 재완이를 만났다.

"너, 왜 늦었지?"

하고 묻자 재완이는 그저

"예. 조금 늦었어요."

"혼자 거러 왔니?"

"아니요. 우마차를 타고 왔어요."

"어서 가자. 부모님이 기다리고 계시니끼니."

희진은 학교에 부임한 지 얼마 안되었는데도 고향 생각이 깊어지자 천릿길 더 멀리에 계신 부모에게 상서를 올렸었다. 집을 떠나올 때는 눈물 앞에 나서지는 않았지만 그토록 가기 싫어하는 딸자식을 보내놓고 마음속 깊이 얼마나 상심했을까 하는 감정에 얽매여 죄책감을 씻을 수가 없었다.

여자의 몸으로 낯선 객지에서 새로운 환경에 적응하기란 그리 쉬운 일이 아니었다. 신학기 교실 앞뜰 화단에는 꽃들이 피어나고 있었다. 이 학교는 희진을 합쳐 한국인 선생님은 두 명뿐이고 나머지는 모두 일본인 선생님이었다.

희진은 순조롭게 하급 학년의 담임을 맡을 수 있었다. 신학기 수업을 시작한 지 얼마 뒤 운동장 외진 곳에 방공호 구축작업이 어린 몸을 빌려 진행하고 있었다. 시대의 물결을 거역할 수 없는 상황에서 학교 수업은 정상궤도에서 조금은 떨어져 있었다.

이곳에 온 지 한 달이 지났을 무렵 교무실 희진의 책상 위에 아버지의 하서(답장)가 기다리고 있었다. 수업을 마치고 나서 침착하게 읽기 시작했었다. 뜻밖의 슬픈 소식에 그녀는 그대로 얼굴을 들지 못하고 흐느끼며 몸을 떨었었다.

작년 여름 오라버니를 보내면서 가슴에 한없이 쏟아 부었던 눈물의 흔적이 아직도 멀리 사라지지 않고 있는데도 그 보다 더 큰 슬픔이 다시 울음소리를 자아내게 했었다.

금년 3월 초순 오라버니는 남양군도 격전지에서 전사를 했다는 사연을 눈여겨보고 난 다음 아무리 애써 부인해보려고 했으나 아버지의 친필임을 명확히 알고나서 머리를 책상 위에 갔다대고 말았었다.

넘어간 그 시간 속에 그때의 기억처럼 오라버니의 모습을 늘 아무도 모르게 외로이 그려보기도 했던 것이다. 그동안 꿈속에서나마 꼭 한 번 봤으면 싶었던 그 얼굴이 수만 리 떨어진 곳에서 자취를 감추고 만 것이었다.

희진은 책상 앞에 앉아 울음을 멈추고 멍하니 앉아있었다.

방금 전 눈물 속에 섞여 나왔던 한 남성의 그림자가 유유히 접근해오고 있는 것이었다. 순간 두려운 환상에 그대로 온몸을 압박당하고 말았었다. 화끈 달아오르는 눈빛은 얼른 꺼지지 않았었다. 잠시 후 멈춘 울음 앞에서 세상의 허무함을 개탄했었다.

희진이가 침통한 표정을 짓고 양 손바닥으로 턱을 기대고 있는 것을 곁에 있던 일본인 선생님이 보고 히라야마 선생은 왜 울었느냐고 묻는 것이었다. 희진은 사실대로 그 선생님에게 전했었다.

이야기를 듣고 난 그 선생님은 진심으로 위로의 말을 하는 것이었다.

은빛 날개를 자랑하며 창공의 왕으로 군림한 미공군 B29 폭격기는 전 세계의 공군력을 제패하여 태평양 높은 하늘을 비행 동북아시아까지 접근하여 그 위세를 한치의 유감도 없이 뚜렷하게 발휘했던 것이다.

이때쯤 희진이가 근무하는 학교(전국적으로 동일함)에서는 교실 수업이 뒷전으로 밀려나고 공습을 대비한 방공훈련이 연일 이어졌다.

태평양전쟁 중 일본군의 진격부대가 싱가폴을 함락했다는 전황 보도를 듣고 일반 국민에게는 물론 전국 학생들에게도 중요한 뉴스거리로 떠올랐었다. 당시 이 전과를 기념하는 행사가 곳곳에서 열렸었다.

그 후 승전처럼 감돌았던 분위기는 국민학교 아동들에게까지도 힘을 주었었다. 그로부터 많은 시일이 지난 후 이를 기념하는 뜻에서 하얀색 고무공(당시 테니스공과 비슷)을 학교 아동에게 나눠주었다. 공을 받아쥔 어린 아동들은 기쁨을 감추지 못하고 운동장에서 공과 친하게 지냈었다.

그러나 그 뒤에 얼마 못가서 그 당시 어린 가슴을 채워주었던 환희는 시들어 가는 꽃잎처럼 생기를 잃고 말았었다. 그 대표적인 사례는 일찍부터 있어왔다시피 사이렌 소리가 울리면 수업 중에도 교실을 뛰쳐나와 반공호로 몸을 숨겨야만 했었다. 공을 받아 쥐었던 어린 나이에도 그 시절을 쉽게 잊을 수는 없었다. 짧게 흘러간 시간 속에 전개되는 전세의 흐름은 어린 아동들의 심리에 영향을 주었다. 대일본제국에 패전의 증조가 햇빛에 가려져 있었다. 생명의 보호를 위해 재빨리 반공호로 뛰어들어가는 비장한 몸놀림은 그 누구도 감싸주는 이가 없었다. 오직 명령에 따라 우왕좌왕하는 발을 지켜본 희진은 가슴이 찢어질 듯 한 고통이 찾아오기도 했었다.

이날 고된 학교 업무를 마치고 저무는 석양빛을 쳐다보며 숙소로 돌아왔었다. 희진이가 사는 단칸방에 붙잡을 수 없는 날짜는 흐르고 어두운 밤 적막이 온 주위를 덮고 있었다. 희진은 이 세상에서 형민이를 돌아보는 마음이 점점 늘어만 가고 있었다. 젊은 가슴에 설레는 움직임은 매우 힘이 강했었고 잊혀지지 않는 얼굴에 추억의 그림자가 남아있었다. 그 참모습이 마음을 스치면 한없는 그리움이 파도처럼 일렁거렸다. 지금쯤 먼 나라에서 군복을 만져가며 상사의 명령에 떨고 있으리라는 상상이 희진에게 더 한층 고독을 못 잊게 해주었다. 독장난명이라는 말처럼 한쪽 손바닥만으로는 소리가 나지 않는 법, 아무리 혼자서 흠모해 본들 아무 소용없는 일이라고 체념도 해봤지만 공상의 세계에서 연약한 몸이 빙빙 돌아가는 것은 어쩔 수 없었다.

3
염원의 계절

희진이가 근무하는 학교에서는 새 학년이 되면 흙모래로 운동장을 돋우는 일이 2년마다 한 번씩 실시해 왔었다.

작업에 소요되는 울력인원은 각각 학부형 한 사람씩 하루의 노동으로 일정 책임량을 마쳐야 하는 것이다.

늦봄 햇살이 내리쬐는 5월 중순 형민도 흙을 운반할 수 있는 바지게를 지고 마을에 사는 학부형들과 함께 재완이가 다니는 학교에 나갔었다. 형민은 될 수 있으면 이러한 여건하에서는 일을 피해보고 싶었으나 어쩔 수 없이 하루의 해를 채워야 했었다. 흙을 파내는 장소는 학교로부터 다소 멀리 떨어져 있었다.

각자에게 주어진 책임량을 다 하기 위해 모두는 열심히 흙모래를 져 날랐었다.

형민이도 바지게를 지고 학교 정문을 드나들며 지정된 장소에 갔다 놓았다. 하루 내내 해야 할 일이므로 그 어느 사람 하나 게으름을 피운 이는 없었지만 이들 중에 형민이가 제일 힘들었고 서툴은 지게질은 아무리 해도 표가 나 있었다.

언제든지 밖에 나오면 깊이 모자를 쓰고 다녔다. 그 이유는 몇 가지가 있었지만 이날도 모자를 만지는 솜씨가 다른 때와 마찬가지였다. 쉬는 시간이 되자 여러 사람이 한곳에 모여 각자 쌈지를 꺼내 종잇조각으로 담배를 말아 피우며 잠시 땀을 식히고 있었다. 형민은 그 자리에서 조금 떨어져 있는 넓직한 돌 위에 앉아 학교 전경을 바라보며 고향 생각에 잠겼었다.

모아둔 나날을 펼쳐 보며 모든 것을 다 잊고 싶었지만 불효자식이라는 쓰라린 심정과 희진의 아름다운 몸매만은 떨쳐낼 수가 없어 녹음이 우거지는 푸른 계절에 잠시 괴로움을 적셔 보는 것이었다. 좀 쉬고 나서 그들 중 한 사람이

"자, 이제 다시 일을 합시다."

하고 말하자 다들 일어섰다. 형민도 마을사람들과 막 일어서려고 할 때 저편 교무실 앞에서 한 젊은 여선생님이 작업광경을 잠깐 바라보고는 다시 교무실 안으로 들어가는 것이었다.

형민은 바지게를 지고 그들의 뒤를 따라 흙을 파내는 곳으로 갔었다. 앞으로 점심시간까지는 약 한 시간을 더 일해야 하므로 남들보다 뒤떨어져 다니며 땀방울을 귀찮게 여겼었다. 흙을 등에 지고 무거운 발거름을 옮길 때마다 보이지 않는 한숨이 자꾸만 쏟아져 나오며 이 세상에서 살아남기 위해 이러한 일도 달갑게 받아야만 하는 자신이 싫어지는 것이었다.

밤은 짧아지고 낮이 길어지는 계절이므로 종일 일했던 성과는 대

단했었고 생각보다 울력을 앞당길 수 있어서 모두는 보람있게 여겼었다. 뜨거웠었던 햇볕이 서산 위를 바라보고 있는 시각 작업이 다 끝나자 학교 측에서 인원점검을 하려고 마을사람들이 모여있는 운동장 한 구석으로 여선생님 한 분과 급사 한 명이 필기도구를 손에 들고 다가왔었다.

그 누가 믿으려 해도 도저히 믿을 수 없는 세상사라고 보면 우리네 속담이 맞아떨어졌었다. 여선생님이 윤희진이라는 사실을 찾아낸 형민은 흙이 묻어 있는 손으로 모자를 잡고 더욱 깊이 쓰는 것이었다. 그것은 우선 자신의 정체를 감춰보려는 의도에서였다.

곧 여러 사람 앞에 가까이 온 여선생님은

"여러분, 오늘은 대단히 노고가 많으셨습니다."

하고 정중하게 인사말을 했었다. 그러고 나서 급사에게 명단을 작성하라는 지시를 하며 그 자리에 서 있었다. 희진은 그 장면에서도 형민을 알아 내지 못 했었다. 이십여 명이나 되는 그들 중에서 형민을 발견할 수 없었던 것은 시각의 범위와 한계도 있으려니와 늘 희진의 머릿속에는 일본군복 차림의 남성들이 그려져 있었기에 사람들 뒤편에서 고개를 딴 방향으로 돌리고 있는 형민을 못 본 것은 어쩌면 당연한 일이었다.

인원점검이 끝나자 희진은 다시

"그러면 여러분, 안녕히 가십시요."

하고 허리를 약간 구부리며 예의를 표한 다음 교무실을 향해 거러 갔다. 마을사람들은 교문을 나와 각자의 집으로 돌아 갔었다. 그러나 이들 중 한 사람은 그곳을 떠날 수가 없었다.

형민이는 신비로운 우연 앞에서 지나친 홍분을 삼키며 줄기차게 퍼붓는 심리적 갈등과 맞서는 것이었다. 그것은 모든 삶에서 진정한 만남이 있듯이 희진에게 다가서는 강렬한 연정이 오늘날까지 식지 않고 있었기 때문이었다. 수많은 그날 속에서 그렇게 찾아 헤맸던 몸매이기에 그 누구에게도 구애받고 싶지 않았었다. 지금의 이 추한 모습이 희진이에게 무슨 충격을 던져줄지는 쉽게 판단이 안 섰지만 그래도 진실을 감출 수는 없었다.

곧 형민은 잇따라 머리에 사무쳐 있는 '생존의 조건'을 비범하게 음미하며 희진과 만나기 위해 교문 옆에서 주저앉고 말았었다.

그 자리에서 망설임 없이 바지게를 뒤로 젖히고 거기에다 등을 댄 다음 벌떡 누웠다. 그런 뒤에 나무랄 데 없는 희진의 용모에 지나칠 정도로 마음이 끌려 매혹되었던 기억 속으로 빠져들었다.

번잡한 기분으로 햇살도 약해지는 하늘가에서 그 무엇을 구해 보려는 듯이 한곳을 뚫어지게 쳐다보고 있었다.

누가 봐도 누워 있는 자세는 흡사 작업중에 부상을 입고 거동을 못 하는 사람처럼 보였다.

방과 후의 운동장은 물결없이 잔잔한 호수를 연상케 했었다.

그리고 설레는 가슴에는 심장의 맥박 소리가 밖으로 줄곧 세어 나오는 것이었다.

희진은 우연히 교무실 창가에서 교문 쪽을 바라봤을 때 거기에는 한 남자가 누워 있는 것을 봤었다. 이 장면을 지켜보고 이상한 생각이 들자 초조한 마음을 붙들고 그곳으로 갔었다.

누워 있는 사람 앞으로 접근하자 그 남자는 몸을 반쯤 일으키고 나서

"실례지만 혹시 윤희진 씨가 아닙네까? 나 태식이 친구인 손형민

이외다."

어딘가 모르게 억압을 당하는 기분으로 먼저 자신의 신분을 말하며 깊이 숙여 쓴 모자를 한 손으로 벗었다.

그러면서 희진을 처음 대하는 사람처럼 유별나게 쳐다보는 것이었다. 외모로 보아 알 수 있듯이 고달픈 시련을 암시하는 그 소리를 듣고 눈앞이 아찔한 희진은 엉겁결에 곁으로 다가섰다.

순간 창백한 얼굴을 기묘한 눈망울로 관찰했었다.

흐르는 냇물따라 세상만사가 다 변한다 하지만 그토록 보고 싶어 불러 봤던 이름이 무척 달라져 버렸다.

그대로 움직일 줄 모르고 가련한 몸매를 지켜보고 있던 희진은 실의와 한탄에 젖어 있을 때가 아니라며 마음속에 지혜를 주어 모았었다. 곧 낮은 목소리로

"여기에 그대로 계셔요."

하고는 급히 몸을 움직였다. 얼굴이 붉게 달아오른 희진은 익숙한 거름으로 뛰다시피하며 교무실 쪽으로 갔었다. 아무도 모르게 날카로운 감정을 피해 보려고 했지만 오히려 심장은 더욱 두근거렸다.

사랑 고백을 기약도 없이 애매하게 키워 왔던 이들의 운명적인 순간은 이렇게 넘어가고 있었다.

희진은 학교내부의 시선을 무시해 버릴 수가 없는 일이므로 교무실에 들어가 선생님들 앞에서 오늘 작업인부 한 사람이 몸이 아파서 교문 옆에 누워있다는 말을 하고 구급약품이 필요하니 약을 좀 가져가겠다는 양해를 구했었다. 희진은 빠르게 구급약품 상자를 열고 해열제 몇 알을 손에 쥔 다음 물이 담긴 주전자와 컵을 들고 그

곳으로 달려갔었다.

　정상인의 정신세계를 뛰어 넘은 낯을 쳐다보고 희진은 치솟는 속
상한 심정을 억누르며 강제로 약을 먹으라고 권했었다.

　희진의 기민한 행동에 동의하는 것이 옳은 일이라 여겨지자 조금
도 사양하지 않고 약을 받아먹었다.

　희진은 약을 먹인 즉시 그에게 물었다.

　"몇 학년 누구네 집인가요?"

　이에 대답을 하자 뒤따라 왔던 일본인 선생님 한 분이 희진이 곁
에 와서 많이 아프냐고 물었다.

　그러자 과로를 해서 몸에 열이 좀 있다고 했었다.

　교실에 가서 몸을 안정시키는 것이 어떻겠냐고 물어 보자 형민은
가볍게 괜찮다고 했었다.

　형민은 희진에게 일본인 선생님의 이름을 묻자 오까모도 선생님
이라고 대답을 해주며 자신은 히라야마(平山)라고 했었다.

　형민은 희진의 개명 성씨를 알고 있었지만 일본인 선생님 앞에서
구면이 아니라는 것을 보여 주기 위해서 일부러 이렇게 말했던 것
이다.

　형민은 앉은 자리에서 일어서며

　"오늘은 두 분 선생님에게 폐를 끼쳐드려서 죄송합니다."

　라는 인사를 하고 바지게를 진 채 교문을 나왔었다.

　희진은 형민이가 나간 뒤 오까모도 선생님과 교무실에 들어갔었
다. 컵과 물주전자를 제자리에 놓고 구급약품 상자도 원위치에 갔
다 두었다. 곧 자기 책상 앞에 앉아 깊은 감상에 젖어들고 있었다.

　얼마 전 사촌 오라버니는 자기를 슬프게 했었고 또 다른 한편 오

늘은 꿈속처럼 와닿는 일에 정신을 잃어버린 시간이 야속하게 느껴지는 것이었다.

한 사람은 저세상으로 떠났고 또 한 사람은 자신에게 못짓을 내비추었던 것이다. 고귀한 생명을 이어가고자 흙바지게를 진 등뒤에는 가혹한 시련의 인간상이 버티고 있었다.

그동안 가슴 깊이 아름답게 모아두었던 감미로운 말 한마디 못하고 보내야 하는 거름거리가 한없이 처량했었다.

두고 온 고향에서 그의 부모형제가 처참한 발거름을 안다면 그 누구를 원망해야 할지 알 수 없는 일이었다.

희진은 멀쩡한 정신으로 믿어 보려고 해도 믿어지지 않는 끔찍한 놀라움에 지금도 가슴이 뛰는 것이었다.

형민은 다른 학부형보다 훨씬 뒤늦게 집에 돌아와서 가축을 돌보며 집안을 살폈었다. 침울한 얼굴을 식구들에게 보이지 않으려고 했으나 어느새 마당에서 주인이 알아차렸다.

먼저 얼굴빛이 좋지 않아 보인다며 무슨 일이 있었느냐고 하자 몸에 열이 좀 있어서 학교 선생님이 준 약을 먹고 왔다고 했다.

부인이 저녁 밥상을 차려왔지만 몇 숟가락밖에 들 수 없었다.

밥을 못 먹는 형민을 본 부인은 설거지를 하다말고 열을 식히는 데 좋다는 녹두죽을 쑤어 쟁반에 받쳐들고 형민이가 있는 방 앞까지 가서 인기척을 하며 방문을 열었다.

형민은 부인의 따뜻한 표정에 어찌할 바를 몰랐다.

그래서 부인을 보고

"왜, 이렇게까지 하십니까?"

하고 입을 열었다. 품안에 여울지는 초록빛 인간미로 가정형편과 시간이 허락한다면 무엇이든 남다르게 채워주려고 하는 노력이 이 쟁반 위에 놓인 죽그릇에 담겨있었다.

형민이가 집에 처음 오고나서 한두 가지 말과 행동을 살펴보고 시대의 어려움을 헤쳐나아가려는 듯 한 인상을 받았었다.

그러나 형민이가 한 말을 순수히 믿고 어느덧 한 해를 보냈었다.

어깨의 아픔을 혼자 만지고 있을 때면 부인의 위로가 한없이 고마워었다.

부인은 이날 밤이 자꾸만 마음에 걸리는 것이었다.

그래서 그날의 외로운 나그넷길을 머릿속에 그려봤었다.

한 가정의 안주인으로서 비교적 여유로운 살림을 꾸려가며 가풍을 중요시 해왔었다.

가끔은 이웃간에 서로 도우며 촌락생활이라는 틀에 익숙해 졌었다. 오늘 학교에서 무슨 일이 있었을까? 하는 의문이 생겨나는 것이었다.

혹시 지게질이 서툴어서 마을분들의 눈에 거슬린 것은 아닌지…….

이렇듯 부인은 사소한 불안을 떠안고 방에서 나왔었다.

희진은 교문 옆에서 절묘한 기회로 형민이를 본 다음 3일째 되는 날 학교 수업을 끝내고 형민이를 만나려고 나섰다.

한참 가다가 마을 앞에서 국민학교에 다니는 한 애의 안내로 어려움 없이 재완이네 집을 찾아갔었다.

집으로 들어서니 이 마을에서 으뜸가는 부잣집의 면모가 한눈에 들어왔었고 부인과 만나는 첫인사에서 어떤 가문인가를 대충 짐작할 수 있었다. 집에 혼자 있는 부인에게 찾아온 용건을 간단히 말하자 지난번에 잠시나마 염려를 끼쳐 드려서 죄송하게 생각한다고 말했었다.

두 사람은 마루에 올라가 자리를 함께 하고 나서 부인이 먼저 다정스러운 목소리로 몇 마디를 묻고 난 다음 형민의 이야기를 했었다.

희진은 정중한 표정으로 부인의 말씀을 잘 듣고 있었다.

얼마 동안 더 기다린 후 형민을 만나보고 싶었지만 그렇게 할 수가 없었다. 저녁밥을 먹고 놀다가라는 부인의 성의를 겸손하게 사양하고 집을 나와 숙소로 향했었다.

숙소로 돌아온 희진은 부인의 이야기를 곰곰히 새겨봤었다.

그 이야기 속에 부인의 내면적인 감정이 형민을 얼마나 많이 아끼고 있는가를 대략 알 수 있었다.

갈 수 없는 나그네의 고달픔을 붙들고 암담한 현실세계에서 몸과 마음의 희생을 달게 받아야 하는 처지를 몹시 괴로워했었다. '목숨보다 소중한 것은 없다' 라는 삶의 의미가 희진을 붙들어놓고 있었다.

형민은 이날 늦게 들에서 집으로 왔었다. 바깥 볼일로 먼 곳에 갔던 주인도 형민보다 뒤에 돌아왔었다.

식구들이 바깥어른을 기다리며 저녁밥을 먹지 않고 있는 것을 보고 자 어서 식사를 하자고 했었다.

식사 도중에 부인이 오늘 오후에 학교에서 여선생님이 다녀갔다고 말했었다. 이 말을 들은 형민은 희진이가 찾아온 것을 금방 알아챘었다. 이어 그 선생님은 얼굴도 잘 생기고 마음씨도 매우 고운 분이라고 말하자 주인은 우리가 없어서 대접도 못했으니 다음에 집으로 한 번 초대를 하면 어떻겠느냐고 부인의 의사를 알아보았었다.

그로부터 며칠 후 저녁때에 재완은 히라야마(平山)선생님을 모시고 집으로 왔었다.

기적적인 두 사람의 만남은 있었지만 마음의 기쁨을 전혀 드러내지 못 했었다. 마루에 올라온 희진은 주인 내외분에게 공손히 인사를 하자 주인이 일전에는 내가 없어서 미안하다는 말을 한 뒤에 객지타향에서 얼마나 많은 어려움을 겪고 있느냐고 물었다.

희진은 그 말씀이 부모께서 직접 해주시는 것처럼 들려왔었다. 수줍은 말씨로 예의바르게 대답을 했었다.

그러자 다시 자상한 표정으로 이 고을 실정 이야기를 대강 말해주시며 농촌이기는 하지만 그런대로 인심이 후한 편이라고 전해주셨다.

날씨가 점점 더워지므로 농사일을 하기에는 더 많은 힘이 들었다. 하루종일 들에서 일을 하고 집으로 돌아오는 형민은 골목을 따라 집으로 들어섰다. 이날은 바지게와 잠깐 멀어졌지만 일복과 모자는 전번에 처음봤던 그 차림이었다.

집에 들어온 형민을 보고 희진은 마루에서 뜰 앞으로 내려왔다.

시선이 부딪쳤지만 이럴 때 누가 먼저 인사를 해야만 바른 것인지 그들도 망설였던 것이다. 이때 여자이지만 희진이가

"들에서 이제 오세요?"

하고 미소를 머금고 말을 건넸었다. 형민은

"예."

하고 대답하며 안부를 물어보는 것이었다.

사랑은 국경도 없다는 쉬운 말을 이들도 몇 번씩이나 들어본 적
이 있으련만 그렇게도 넘기 어려운 국경선을 원망하지는 않았는지
자못 의문스러워었다.

온 가족이 마루에 앉아 자리를 함께 했었다. 특별히 차린 것은 적
지만 부인의 마음이 모아진 저녁 밥상은 손색이 없을 정도였다. 음
식도 음식이려니와 손님을 대하는 겸양한 예의는 식사가 끝난 뒤에
희진이를 많이 감동시켰었다.

곧이어 내외분이 자리를 비켰다. 앉은 거리를 두고 눈높이를 맞
추었다. 등에서 이미 흘러 내린 땀 냄새가 희진의 코앞을 스쳤다.
그들은 말 몇 마디를 주고받았던 과거를 눈안에서 훤하게 그려보는
것이었다.

엄격한 가풍을 이어받아 온 두 사람 사이에는 순풍에 돛을 달 날
이 아직도 요원하지만 아름다운 산세와 넓은 들판을 바라보며 한
지역에서 살고 있다는 것에 서로가 한 가닥의 위안을 얻을 수가 있
었다.

주인께서 마루에 올라오시자 형민은 그 자리에서 일어나 아래채
로 갔었다. 설거지를 다한 부인이 자리를 같이 했었다.

희진은 먼저

"오늘은 제가 와서 많은 폐를 끼쳐드렸습니다."

이렇게 말하자

"아니요. 뭘 그런 말씀을……."

하고 밝은 웃음을 띤 얼굴 안에 정다운 감정이 배어있었다.

주인어른께서

"히라야마 선생은 지금 자취를 하신다면서요?"

하고 묻자

"예, 어르신 그렇습니다."

주인어른은 다시 화제를 바꾸며

"요 사이는 학교 수업이 정상으로 이루어지고 있지 않다는 이야기를 들었는데 그게 사실인가요?"

하고 물었다.

"예, 그렇습니다. 전시체제이므로 학교에서 근로동원을 많이 하고 있습니다."

"광주에서 중학교에 다니는 우리 애도 히라야마 선생 말대로 근로동원에 상당한 시간을 보낸다고 불평을 한 적이 있어서요."

"재완이 형이 중학생이세요?"

희진은 어르신의 말씀을 관심있게 잘 듣고 퍽 부유하며 다복스러운 집안이라는 것을 알 수가 있었다. 잠시 침묵이 흘렀다.

날이 어두워지자 희진은 자리에서 일어섰다. 그러자 어르신께서

"히라야마 선생 잠깐 앉으시지요."

하고 희진이가 일어서는 것을 말리었다. 무슨 일인가 싶어 시키는 대로 그 자리에 앉아 말씀을 기다렸었다.

"다름이 아니고 식량을 좀 드릴테니 조금도 어렵게 생각하지 마시요."

뜻밖의 말씀에

"아니올시다. 어르신……."

그러자 다시

"우리의 성의입니다."

"아니예요."

말하자 옆에 있던 부인이

"히라야마 선생 우리집 주인이 모처럼 성의를 표하는 것이니 뜻에 따라주세요."

하고 거들었었다.

몇 번이고 사절했지만 결국 굽히고 말았었다. 주인어른은 침착해진 희진의 얼굴을 유심히 살피면서

"내가 무례한 일을 했다고 생각이 들면 널리 이해하시오."

말이 끝나자 부인은 형민과 함께 곳간문을 열고 미리 준비해놓은 물건을 살피는 것이었다.

형민은 이곳에 와서 오로지 하나만의 목적을 위하여 쓰라리고 아픈 경험을 하고 있었다. 부인은 두 남녀 사이를 전혀 모르고 있었으므로 히라야마 선생의 숙소까지 먹을거리를 가져다주라는 지시를 했었다.

최고의 지성을 지닌 형민은 껄끄러운 기분을 억누르고 지게를 챙겼다. 이렇게 해서라도 목숨을 지킬 수만 있다면 체면이나 부끄럼 따위는 얼마든지 견뎌낼 수 있었던 것이다.

섣불리 거부할 수 없는 짧은 상황이 몸부림으로 다가왔다.

그러나 지난번(학교 울력)처럼 소스라치게 덤벼드는 단 한 가지 의문은 왜 하필이면 이 고장에 있는 학교로 부임해 왔느냐는 것이었다. 하기야 마음대로 되지 않는 것이 세상사고 보면 그 누구를 탓할 노릇이 아니었다.

희진은 뜻밖에 생각하지도 않았던 짐을 떠맡게 해서 미안하기 그지없었다. 타향살이에 하루 셋 때를 걱정해주신 내외분에게 고마운 마음을 어떻게 나타내야 좋을지 알 길이 없었다.

이 순간 희진은 뽀얗게 떠오르는 무지갯빛 구름다리를 머릿속에 그려보고 있었다. 그 자리에서 예사롭지 않게 허리에다 힘을 주어 과감한 자세로 느긋이 식량자루를 지고 일어서는 몸놀림을 특별하게 쳐다봤었다.

이런 일이 있어서는 절대로 곤란하다는 것을 뻔히 알면서도 어찌할 도리가 없었다.

집을 나온 이들은 아무말도 하지 않고 길을 거닐며 침묵에 젖어들었다. 동일한 감정을 함께 갖고 서로가 흠모하면서도 외부에 드리워진 모습은 그렇지 않아 보였다.

모처럼 두 사람이 갖는 만남이기에 하고 싶은 말도 듣고 싶은 이야기도 있을 법 하지만 어느 한쪽에서 선뜻 입을 열지 않았었다.

이처럼 각자가 입 밖으로 나타낼 수 없는 목소리의 뒷면에는 더 말하기 어려운 독특한 정서가 그들을 다스리고 있기 때문이었다.

계절 따라 피는 꽃에도 향기는 있다. 그 그윽한 냄새가 초저녁 시골길에 넉넉히 스며들었다. 어둠이 슬그머니 찾아오는 신작로에서 지게를 받치고 잠시 어깨의 고통을 덜며 긴 숨을 내쉬었다.

이때 형민의 눈아래에는 이상 야릇한 정감이 미묘하게 다가서기 시작했었다.

한편 희진의 발끝에도 그 무엇이 덮쳤다. 보통사람으로서 상상이 안 가는 형민의 인생행로를 발견하고 교문 옆에서 크게 놀라 당황했던 그 시간을 잊을 수가 없었다. 그리고 또 한 가지 형민이가 자신의 존재에 대해 인간다운 면모를 조금도 돌보지 않는 흔적을 간직하고 스스로를 먼저 밝히려는 그 떨린 목청이 마치 장맛속에 내리는 빗소리처럼 지금도 설레이게 들려오는 듯 했었다.

그때 그날 이른 저녁 집에 돌아와 수줍은 첫 만남의 기억이 생생하게 떠오르자 실망의 시선을 의심하며 끝없이 괴로운 마음가짐으로 그날 밤을 보냈었다. 이러한 사연이 있은 후 형민을 대하고 나서 손발톱이 다 닳도록 일하는 머슴살이를 위해 그 언젠가 기회가 오면 꼭 전해주고 싶은 말이 있었다.

그것은 다름 아닌 '온갖 고난을 참아 가며 용기를 잃지 말라는…….' 이 한마디였다.

'전쟁과 인간의 생명'이라는 명제 앞에서 자신을 몹시 학대하고 기만했던 모순의 탈(가면)이 지금도 늘 따라 다니고 있었다.

형민은 등골에 부담을 주지 않는다면 이 밤이 다 새도록 호흡을 함께 하며 걷고 싶었다. 이 지구상에서 여러 가지 무기를 사용하여 억지로 사람을 죽이는 현장이 사라지고 참된 인류의 평화와 자유의 의미를 찾을 수 있는 그날이 오기를 간절히 기원하고 있었다. 살아가기 힘든 시대에 혹시 머슴이라는 말이 희진의 귀를 거슬렸다면 머슴이면 어떻고 여교사면 어떻느냐는 식으로 도리어 왈칵 화를 내며 되물었을지도 모르는 일이었다.

이들은 넘어야 할 가파른 사랑의 고갯길을 향해 거러가는 것이었다.

형민은 희진의 숙소에 짐을 내려놓고 함께 거러갔던 어두컴컴한 신작로를 따라 집으로 왔었다.

지게를 벗어놓고 다녀왔다는 말씀을 전해었다. 그러고 나서 우물가로 손발을 씻으러 갔었다. 방에 있던 부인이 일부러 곁에까지 와서 어려운 일을 시켜 미안하기 그지 없다고 말했었다.

부인의 말씀이 무엇을 의미하는지 조금은 알아낼 수 있었다.

태평양전쟁이 물러가고 온갖 고통이 사라지는 그날까지 참아야
하는 것이었다.

지난 그날 달빛을 타고 자기 곁으로 다가섰던 희진의 환상이 이
제는 그 경지를 너머 버젓이 실제 미모를 드러내고 있었다. 꽃 한
송이에서 느껴지는 향취에 그토록 스스로 놀랐던 장면이 다시 떠오
르는 것이었다.

그리운 고향 하늘 아래서 처음 만났던 그 설레임에 마음껏 취하
고 싶었던 것이다.

빗줄기에 물어 보는 멀지도 가깝지도 않은 훗날의 행복을……
방 안에서 꿈의 실현이 어서 오라고 용기를 내어 멋있게 손짓을 하
는 것이었다.

희진은 여름방학을 하고도 얼마 동안 학교에 나갔었다.

고향에 가면 혹시 늦게 돌아올지 모르므로 미리 학교일을 봐 두
기 위해서였다. 이 해 8월 초 고향으로 가는 날이 희진이의 마음을
들뜨게 했었다. 별로 준비할 것은 없지만 아침 일찍부터 어린 소녀
의 마음처럼 설레기 시작했다. 새벽에 지어 놓은 아침밥을 먹고
해가 뜨기 전에 숙소를 나왔었다. 고향에 다녀오겠다는 인사를 드
릴 겸 재완이네 집을 찾아갔었다. 집에 들어서니 부인께서 예전과
다름없이 반갑게 맞아주셨다. 정중히 인사를 하며 고향에 다녀오겠
다고 하자 부인은 어서 마루에 올라가자고 하며 짐을 받아 들었다.
뜰 앞에서 시선을 건드리며 형민을 찾아봤으나 기대와는 거리가 멀
었다. 주인어른과 함께 들에 나가고 없었던 것이다. 부인은 다시 올
라가자고 하며 희진의 곁으로 왔다. 아침밥을 일찍 먹고 숙소를 나
왔다고 했으나 얼른 믿어 주지 않는 것이었다. 차 시간이 걱정이 되

어 더 기다릴 수가 없어 하는 수 없이 집을 나와 실의에 찬 발로 신작로를 걷기 시작했다. 그에게 미리 고향에 다녀오겠다는 연락을 전해주지 못한 것이 큰 과실이라고 스스로 뉘우쳤다. 모든 사정으로 미루어 보아 서로가 활발히 만날 수 없는 시간과 공간의 제약이 가시덩굴을 보듯 마음에 걸리는 것이었다. 신선한 아침 공기를 마시며 서두르는 거름거리가 무심히 몇 번이고 뒤편을 돌아다보게 하는 것이었다. 엉성했던 감정을 이럴 때 일수록 차분히 거머쥐는 것이 선한 약이 되는 것이라고 여기며 쉴 새 없이 행진을 재촉했었다. 정읍역에 다 온 후 느긋한 마음으로 차 시간을 기다리며 대합실 의자에서 손수건으로 호흡을 조절했었다. 얼마 지나 달리는 차안에서 밖을 내다봤다. 화사한 표정은 아니였지만 부모를 만나 뵈러 가는 먼 길의 여행이 차츰 낭만으로 부풀어오르는 것이었다.

금년 4월 고향을 떠나올 때 가슴을 먹구름으로 암담하게 채워주었던 쓸쓸함이 이제는 조금씩 멀어진 듯 했었다. 자신은 없지만 살며시 향수도 불어넣을 수 있는 힘이 얼마만큼은 채워져 있다고 자부해보는 것이었다.

그러나 이 숨겨진 의지는 상황 변화에 따라 더 강해질 수도 있고 약하게 가라앉아 버릴 수도 있다는 결론을 움켜쥐었었다. 그래서 우리네 인생길에 대해서는 그 누구도 어리석은 장담을 할 수 없다는 진리가 지켜 내려오고 있는 것이다.

희진은 그리워하던 흙냄새를 반기며 집안으로 들어섰다.

몇 달 안 되는 날을 보냈지만 그동안에 떨어졌던 부모의 품안이 너무 따뜻했었다. 어머니의 까칠해진 손등을 만질 때 어김없이 혈관은 뜨거워졌었다.

딸자식을 아끼는 섬세한 표현이 지난날 그렇게도 떠나기 싫어하던 고집을 애써 꺾고 말았던 것이다. 그 후 천진스러운 뒷모습이 이따금 부모의 꿈길에 떠올랐던 것이었다.

얼마 동안 광범위하게 조명되는 모정애에 파묻혀 고개를 들지 못한 희진은 살며시 손목을 다시 쥐었었다. 다가오는 미래에 부모의 백발을 연상하니 설움은 비 오듯 쏟아지는 것이었다. 엷은 효성을 지켜온 흔적이 등뒤에 가려져 있지만 아직껏 인간본성에 충실하지 못한 것이 한으로 떠올랐다.

가족과 함께 오붓하게 지냈으면 그 얼마나 좋으련만 현실 앞에 삶의 어려움이 그렇게 봐주지 않았었다.

밤이 깊어지자 어머니의 부드러운 숨결을 마시며 피로한 몸을 잠자리에 의지했었다.

그러나 눈을 깊이 감아도 잠은 오지 않았었다. 정읍에서 형민이 등에 식량을 지우고 같이 거러갔을 때에도 사촌 오라버니의 죽음을 말하지 않았던 것이다. 세상이 변하는 그날까지 침묵을 지키고 살아야 한다는 것이 자신에게 주어진 일이었다.

그것은 우선 형민의 심리적 특수성을 곁에서나마 소박하게 지켜 봐주는 것이 당연하다고 믿었기 때문이었다.

이 밤이 지나가고 날이 밝아지면 슬픈 시간이 찾아온다는 것을 머릿속에 넣어두며 조용히 잠이 들기를 빌었었다.

형민은 아침 일찍 들에 나갔다가 집으로 돌아왔었다. 집에 들어섰을 때 마당에서 부인과 눈짓이 오고가고 했었다.

흔들리는 시각에서 야릇한 정감이 몸 앞으로 다가서는 것이었다.

흘러보낼 수 없는 의문이 부인의 아름다운 눈매를 자극하는 것을 알아냈었다.

무슨 일이 스쳐 지나갔는지는 알 수 없어도 그 자취가 마당 흙먼지 속에 깔려 있는 기분이 들었었다. 곧 집 안밖을 두루 살펴봤었다. 그러나 눈으로 알아낼 수 없는 궁금증이 더욱 강하게 형민을 붙잡는 것이었다.

이윽고 시간이 조금 넘어간 뒤에 부인이 히라야마 선생이 고향에 갔다고 말하는 것이었다.

일부러 인사를 드리려고 왔는데 바깥주인과 형민이 없어서 퍽 서운한 눈치가 보이더라는 말을 해주었다. 이어서 조금 기다리다가 아침밥을 먹자고 말을 했었으나 차 시간도 있고 해서 그대로 가버렸다는 사실 이야기를 전해주었었다.

형민은 마음이 약간 걸렸으나 방학 후에는 만나볼 수 있으리라고 믿어버린 것이었다.

숨막히는 더위 속에 이날도 들에서 땀을 흘렸었다. 손바닥과 손등으로 간간이 물기를 훔쳤으나 속수무책이었다.

점심때가 되자 더위를 피할 겸 집으로 돌아왔었다.

들녘에 내리 쬐이는 강한 태양 아래 올해도 계절은 한 번 바뀌었다. 참고 왔던 나날이 고달픈 시련의 길이 아니였을까? 부풀은 순정의 미소, 낯설지 않는 누군가에 의해 지켜본 이 한마디 의문의 그늘 뒤에는 인간에 대한 존재가치가 가려져 있었다. 과거 경직된 시간 속에 늘 있어 왔던 꿈은 거짓이 아니었다. 애매한 기다림 끝에 한 젊은이가 시대의 불안으로부터 벗어나 마음놓고 귀향을 서두르며 사랑하는 사람을 뒤따라 갈 수 있는 것은 분명 찬란한 연가에 취할 수 있는 일이었다. 살아서 기어코 고향 땅을 밟겠다는 철석같은 의지가 드디어 환한 빛을 바라볼 수 있게 해주었다.

그러나 앞으로 찾아올 두 사람의 운명을 아무도 예측할 수가 없었으니 남과 북이라는 방위각을 놓고 새로운 인생의 거치른 항해를 시작할 날도 그리 머지 않았었다. 생존의 조건이 민감하게 요구된 염원의 계절도 이제 더할 수 없는 화사한 말로 느낄 수 있었다.

서투른 농사꾼으로 힘겨운 일을 하면서 이슬이 맺혀있는 아침 들녘길…… 그리고 서쪽 산머리에 붉게 물들은 황혼의 그림자를 수없이 밟았다. 오랫동안 늘 포근히 바라보는 부인의 눈안에 숨겨진 다정스러운 격려와 따뜻한 정신적 보호는 살아남기 위한 사람에게 큰 힘을 주었었다.

그러므로 이 세상 어느 누구와도 비할 수 없는 내면의 아름다움에 때때로 감사의 미소를 돌려 드리기도 했던 것이다. 형민은 이 밤이 넘고 나면 옛날이야기로 남겨둔 채 마음에 담아둔 생각을 착실히 이끌며 이곳을 떠나게 했었다.

전국에서 조국 해방의 함성이 터져 나오고 있었을 때 8월 중순을 넘기는 전날 밤 서늘한 이슬방울이 내리는 집에서 마지막 모닥불 연기에 취하며 재만이 부모님께 자신에 대한 온갖 사실을 숨김없이 말할 수 있는 때가 찾아왔던 것이다.

먼저 그동안 어려운 시대에 자식처럼 아껴주신데 대해 감사의 인사 말씀을 시작으로 베풀어주신 은혜를 길이 잊지 않겠다는 각오를 말했었다.

그리고 다시 암흑의 세계에서 자신이 감춰두었던 진실을 솔직하게 말하기 시작했었다. 전쟁의 아픔을 몸으로 이겨내온 처절한 과거가 부끄럽다고 피력했었다.

그러고 나서 맨 끝으로 가슴속에 모아둔 것은 재만이와 재완이를 늘 기억하고 싶다는 것이었다.

숨겨져 있던 이야기 중 하나만은 그대로 놔두었던 것이다. 듣고 있던 부인이 목이 마른 형민을 보고 밖으로 나가 냉수 한 그릇을 떠왔었다. 두 손으로 받은 물그릇이 다소 떨려 보였었다.

목을 적시고 난 형민은 내일 출발하겠다는 말을 했었다.

이야기를 심각하게 듣고 있던 주인은 얼굴빛이 달라진 표정을 지으며

"형민이, 오랫동안 많은 고생을 시켰네."

하고 말한 다음 다시

"그런 사정이 있었다면 왜 진작 나에게 말하지 않았는가?"

하고 다소 원망스럽게 대했었다. 깊은 마음도 모르고 그저 평범한 농사일꾼으로 대했던 것에 가책을 느끼며 몹시도 괴로워하는 것이었다.

형민은 주인의 겉모습을 살핀 다음 공손한 음성으로

"아니올시다. 저의 입장으로서는 어찌 할 도리가 없어서 그렇게 했습니다."

의미깊게 자신의 소신을 들어낸 다음 다시

"집에 와서 제가 처음 거짓말을 해서 실로 죄송합니다. 널리 용서해주십시오."

"아니, 그렇지가 않네. 오히려 내가 사과를 해야 마땅한 일이네."

형민을 유심히 바라보고 있던 부인이 눈시울을 적시며 몹시 원망하는 빛으로

"너무나 했어요."

하고 어감을 높이자

"아니올시다. 그저 다시 용서를 빕니다."

하고 머리를 수그렸다.

내외분은 처음부터 형민을 보통 젊은이로 보아오지 않았지만 진심에서 흘러나오는 이야기를 듣고 좀 더 잘해주지 못한 것이 퍽 마음에 걸리는 것이었다.

흔히 사람들이 쓰는 말 가운데 뼈대가 있는 집 자식은 다른 법이라고 했으니 주인도 어지간히 사람을 볼 줄 알았지만 그에게 소홀히 대했다는 것을 다시 한 번 뉘우쳤었다.

뜰 앞에 피워놓은 모닥불 연기는 꺼졌다 다시 타올랐다 하며 깊어만 가는 여름밤에 모기를 좇고 있었다.

형민은 자기 방에 들어가서 내일을 생각하니 꿈속을 헤매고 있는 듯 했다. 한 손으로 부채를 부치며 깊은 공상에 잠겼다가 잠이 들었다.

침울한 안색을 감추지 못한 두 내외분은 형민이가 그 자리를 물러가자 방에 들어와서 상의해야 할 일이 있었다.

그것은 내일 집을 떠날 때 여비와 부수를 챙겨주어야 하므로 집에 있는 돈을 전부 합쳐보고 부족한 금액은 내일 아침 대소가에서 차용해보자는 의논을 했었다.

다음날은 형민에게 새로운 인생을 만들어주는 날이었다.

밤새 잠을 설쳤던 부인은 여명이 비켜가자 정성껏 아침밥을 준비했었다. 더운 날씨와 차 시간을 생각해서 출발을 도와주는 것이 마지막 인사라고 여기며 형민의 앞에 아침상을 갖다 놓았다. 자기 앞에 상이 놓이자 아무 말도 못하고 고개를 수그렸다. 비록 피를 나눈 사이는 아니지만 목숨을 이어가기 위해 힘들고 그 험한 농사일을 뼈에 박힌 상일꾼의 뒤를 따라다니며 이겨냈었다. 그때마다 아무 불평없이 대농가에 몸을 맡겼던 희생의 역정을 진심으로 치하해주며 감탄했었다.

이런 순간에 부인의 치마폭에는 어느새 몇 방울의 감로수가 내리고 있었다. 얼마 후 부인은 깨끗히 빨아놓은 옷을 보자기에 쌓아가지고 형민의 방에 가져다 놓았다. 안주인과 머슴 사이에 맑은 샘물처럼 티없이 흐르는 인정의 눈물이 과연 앞으로 어떻게 비춰질 것인지!

형민은 아침밥을 먹고 난 다음 주인에게 마을에 사는 몇 분을 찾아가 작별인사를 하고 오겠다며 집을 나갔었다.

보내는 마음이나 떠나는 심정은 서로가 섭섭하기 이를데가 없었다.

그러나 남의 집 귀한 자식을 농부로 대해주었던 것이 두 분의 감정을 날카롭게 자극하는 것이었다.

밖에 나갔다가 다시 들어왔다. 주인은 형민을 보고 잠깐 방으로 들어오라고 하자 무슨 전하고 싶은 말씀이 있는 듯 여겼었다. 방에 앉은 형민이에게

"형민이. 부디 몸조심하고 기어이 성공하시게."

격려와 염원을 아끼지 않는 한 말씀이었다.

그러고 나서 손목을 힘주어 잡았었다. 이어 잡은 손을 놓으며 준비해두었던 돈뭉치를 들고

"이것은 많지는 않지만 자네의 보수금액이니 받아주게."

하고 돈을 건네주자

"저가 보수를 받으려고 일했던 것은 아닙니다."

이렇게 말하며 다시

"그동안 폐를 끼쳐드린 것만 해도 큰 부담을 느끼고 갑니다."

몇 번이고 완강히 거절했었다.

그러면서 여비 정도만 있으면 집에 갈 수 있다는 것이었다.

끝내 차비만을 받아줬었다. 주인도 이 이상의 강요는 오히려 두 터운 정에 금이 갈까 봐 그만 형민의 뜻에 따르고 말았었다.

방에서 나온 형민은 마지막으로 집안을 한 번 둘러본 다음 자기 방 마루에 놔두었던 소지품을 들고 대문을 나왔었다.

부인과 재완이는 형민이가 한사코 말리는 것을 뿌리치고 기차 정 거장까지 배웅을 했었다.

정읍역에 도착하자 재완이에게 몇 마디 속삭이었다. 그러고 나서 부인에게 감사하다는 말을 남겨두고 차에 올랐다. 떨어지지 않은 발거름으로 간신히 차 안으로 들어선 형민은 슬픈 감정에 흠뻑 젖 고 말았었다.

두 줄기의 눈물을 쏟아내리며 한없이 손을 흔들어주는 부인의 몸 매를 차창 너머로 지켜보는 것이었다.

곧이어 뛰쳐나오는 그 무엇을 붙잡고 바깥쪽을 내다본 다음 자신 의 겉모양에 생각을 집중시켜보는 것이었다.

꽃피는 시절 뜨겁게 불타오르던 청춘의 희망을 무참하게도 전쟁 때문에 유린당했을 때 그 모진 고통은 이 세상 어디에도 비유할 수 는 없었던 것이다.

진실을 철저하게 속이고 자연을 유일한 벗으로 대하며 흙탕물에 비 오듯 쏟아지는 땀방울과 무더위 속에도 실망하지 않으며 지탱해

온 결과가 오늘의 시간을 맞이하게 해주었다.

비교적 오랜 일월이라고는 할 수가 없으나 한때 불안과 공포의 검은 숨소리는 들려왔었다.

작년 겨울 어느 날 밤, 부인이 달그림자를 밟고 김이 물씬 나는 호박떡을 사랑으로 가지고 와서 그동안의 노고를 위로해주던 일이 엊그제로 느낄 수 있었다.

또한 부인과 형민은 정겨운 금년 여름밤 마당 와상에 앉아 도란 도란 이야기를 나누며 상상 속에 존재하는 감정의 파도를 타고 있었다. 안개 낀 이슬길을 밟고 논두렁에서 혼자 갈피를 못 잡았던 침묵의 흔적이 따뜻한 그리움으로 깊어지는 것이었다.

늘 웃음지으며 흐뭇하게 대해주던 부인의 마음 한구석에 오늘 아침 서운함이 밀려왔다.

형민이에게 때로는 기억에 얽매인 한숨 소리가 몸 밖으로 새어나왔고 살기 위한 고통을 극복해왔었다.

서글픈 그늘이 드리워져 있어도 가슴을 파는 울음소리도 절망의 대상에서 제외시켜보려고 했었다.

좀 더 깊이 생각하면 오직 하나의 뜻을 성취하기 위해 흙에 맡겼던 그날들이 더없이 값진 노력이었다.

4
소녀의 발언

　부인은 점심때쯤 집으로 왔었다. 먼저 아래채 쪽으로 무거운 발거름을 옮기며 형민이가 지냈던 방 앞에서 맥없이 서 있었다. 아침부터 쌓이기 시작한 섭섭함이 부인의 곁을 떠나지 않았었다. 힘이 죽어 있는 손으로 방문을 열자 빈 방은 무더운 날씨에도 그러한 기온을 느낄 수 없었다.

　귀엽게 성장한 젊은 몸이 보잘것없는 농가에 와서 묵묵히 농사일에 열정을 다 받친 지난 일들이 야속했었다. 길을 걷다가 형민의 뒷모습에서 짧은 한 시절의 인생길을 찾아냈을 때 심한 충격을 받았었다. 그 아픈 상처는 가시지 않고 아직 남아있었다. 날마다 마주보며 참되고 바른 혈육처럼 대하며 살아왔으므로 지난날의 정은 더욱 가까이와 닿는 것이었다.

　형민이가 집에 있는 동안 만의 하나 섭섭한 기분이 생길까 봐 정성껏 돌봐주었었다. 물 한 그릇에도 부인의 숨소리가 담겨있었던 것이다. 여자의 몸으로 집에서 하는 일이 남자들의 노동에 비하면 아무것도 아니지만 그래도 바깥주인의 내조자로서 할만큼 했었다. 훗날 어느 시간에 다시 만나기를 바라면서 살짝 방문을 닫고 윗방으로 돌아왔었다.

방 안에서 혼자 착잡한 마음을 진정시키며 땀이 밴 옷을 갈아입었다. 그러고 나서 방바닥에 있는 부채를 들고 마루에 나와 앉으며 아래채를 내려다 봤었다. 이 순간 바깥공기에 긴 숨을 내보냈었다.

그러다가 색다른 눈빛으로 형민의 그림자를 부르며 우리들의 현실에 주목했었다. 강한 햇볕을 쬐며 허리를 구부리고 흙탕물에 손을 맡기며 논바닥을 기어 다녔던 그 육체적 고통도 이겨냈던 것이다. 때로는 부드러운 바람 소리가 귓밑을 스치면 그 무엇을 뒤좇아 가지 못하고 우뚜거니 서서 황폐화된 자신의 마음속을 두들겨 보기도 했었을 것이다. 생명의 진정한 의미를 알아보려고 불평없이 일년여의 광음에 갇혀 살아야만 했던 인고의 세월이 홀가분하게 형민과 떠나갔었다. 순수한 모정처럼 울렁거리며 뛰쳐나온 부인의 애상감은 까마득하게 잊어버린 옛날이야기를 찾고 있는 것은 아니었다.

바로 오늘 아침까지 발자국 소리와 땀 냄새도 이 자리에 남겨놓았던 것이다.

얼마 후 부인은 형민의 모진 사연을 곰곰히 생각해보며 저녁밥을 지었다. 쭈그리고 앉아있는 자세도 예전처럼 편안하지 않았었다. 어쩐지 묘한 기분만이 밥솥을 감돌고 있는 것이었다. 훌륭하게 자기 삶과 도전한 젊은이의 몸 냄새가 얼마 동안 집안에서 사라지지 않을 거라고 믿었었다.

북쪽 하늘에서 자식을 기다리는 부모의 애절한 심정에 갈피를 못 잡고 차 안에서 서성거리고 있을 형민의 모습이 밥 짓는 연기 속에 떠올랐었다. 인내력의 원천이 완고하고 목적의식 또한 강했기에 익숙지 못한 일들을 그대로 해냈었다.

하루 세 번 음식에 담긴 부인의 마음을 잊지 않으려는 소박한 마음씨를 튼튼히 붙잡았었다.

그 언젠가 들에서 사나운 빗줄기를 맞고 집으로 돌아와 몸을 몹시 떨며 움츠리면서도 목소리는 따뜻했었다.

유랑인의 신세를 청산하고 집으로 가는 형민의 거동에서 참된 용기를 발견할 수 있었다.

보편적인 감정을 지닌 부인은 과거사를 목소리에 싣고 검은 연기와 함께 북으로 가는 길에서 눈을 떼지 못 했었다.

무더위가 일 년 내내 기승을 부리는 남양군도 전쟁터에 가지 않겠다고 목놓아 온 힘을 다하여 부르짖었던 그때 그 눈물을 달리는 기차 안에서 찾고 있을지도 모르는 일이었다.

부인은 자연스럽게 들어나는 감정 앞에서 형민의 생애에 영광이 있기를 또 한 번 비는 것이었다.

어둠이 찾아오자 부인은 맨 먼저 형민의 밥그릇에 정성껏 밥을 담았었다. 그러고 나서 마루 한곳에 갔다 놓았었다. 하루 이틀간의 여정을 보내고 오붓한 가정으로 돌아갈 때까지 객지에서 밥을 굶지 말라는 치성을 들렸었다. 마루 기둥에 매달려 있는 초롱불이 부인의 자상한 눈빛을 지켜보고 있었다. 식구들이 한 자리에 모여 저녁밥을 먹을 때에도 평소에 알지 못했던 허전함이 집안을 기웃거리는 것이었다. 이날 저녁 두 분은 마루에서 의논할 일이 있었다. 그것은 형민이가 한사코 거절했던 보수를 훗날 다시 만나면 전해주자고 했었다. 그리고 형민 대신 다른 일꾼을 수일 내로 구해보자는 뜻을 모았었다.

그로부터 며칠 뒤에 마루에 앉아있던 바깥주인을 부인이 뚫어지게 쳐다보며

"그동안 어찌 당신은 배운 사람의 모습을 발견하지 못했어요?"

뒤늦은 후회를 차분히 털어놓고 싶은 마음으로 이렇게 물었다. 화를 낸 얼굴은 아니었지만 제법 날카롭게 추궁하며 대드는 언어의 흐름이었다. 이러한 표현은 일찍이 아무데서나 들을 수 없었다.

그 진솔한 물음의 의미가 어디에 있는 줄은 잘 알고 있었지만 얼른 무슨 대답을 해야 좋을지 알 수 없었던 남편은

"그저, 내가 부덕한 탓이 아니겠소."

하고 대답했었다.

실은 형민을 보내놓고 나서 주인의 마음에도 서글픈 감정의 짓눌림은 있었다. 최고의 학부를 마칠 때까지 경제적으로는 물론 본인의 의지와 노력도 남다른 것만은 아무도 부인할 수 없었다.

더욱이 대를 이어가기 위해 피맺힌 고초는 상상의 힘을 훨씬 뛰어넘었던 것이다. 자신과 투쟁을 마다하지 않고 남쪽 땅 정읍에서 보낸 나날을 어떻게 내비추어 보고 있는지!

기분을 바꿔돌린 부인은 속일 수 없는 본마음으로 '저는 오늘 내내 속이 편치 않았고 심한 수준의 죄책감에 빠져들었다'는 것이었다.

순한 바람에 돛을 단 배를 우러러보 듯 주인은 그 점은 나도 마찬가지라고 했었다. 다시 부인은 일 년이 훨씬 넘은 기간이지만 어떻

게 보면 짧은 것도 같고 길기도 하다며 값진 그릇에 그가 살아온 역경을 수북히 담고 있었다.

형민은 이곳에 와서 살아보려는 꿈을 굳은 의지로 이루어냈었다. 그로부터 오늘에 이르기까지 배운 사람으로서 자신의 입장을 철저하게 숨겨왔으므로 두 분이 주고받은 일문일답의 주 내용이 색다르게 펼쳐진 것은 별로 무리가 아니었다.

전쟁의 소용돌이 속에서 날이 갈수록 높아 갔던 불안감을 떨쳐낼 수 없었던 시대상황 아래 개인의 지혜로움이 나타나 있었던 것이다.

머슴이라는 이름이 조금은 부끄러워었지만 그 나름대로 주인집을 드나들었다. 비록 춘하추동 사계절을 한 번씩 다 보내고 남은 밤과 낮이었다. 내외분은 남다른 공허감을 지우지 못하고 한 젊은이가 거러온 날을 되돌아보며 못내 아쉬워했었다.

그리고 부인의 진정한 기분 앞에서 우리가 살아가는데 어찌 어려움이 없겠소? 라는 한마디를 조심스럽게 실토했었다.

재만의 부모는 사이좋은 대화가 이어져갔었다. 지난번 언젠가 말씀드렸지만 좀 더 잘해주지 못했던 것이 후회스럽다며 조용히 인정미를 찾고 있었다. 개인의 속마음을 죄다 들어낼 수 없는 일이므로 부인의 내면세계가 그 무엇을 지향하고 있는지를 대강 눈치챘었다.

다시 주인은 우리가 살아온 흔적을 잊지 말자라는 동의를 구하는 것이었다. 주인은 자리에서 일어서며 마당으로 내려갔었다. 부인도 마루에서 방으로 들어간 뒤에 피로를 덜어보려고 잠자리에 몸을 의지했었다.

식자다운 특유의 멋도 미련도 가려내지 않고 자연에 파묻혀 살아온 형민이가 대견스러워 보였다.

어지간히 훼손된 몸을 가지런히 주워모아 가슴 복판에 안고 대문을 나설 때 예상치 못했던 정적이 부인의 눈앞을 가리고 말았었다. 마음 편안한 숨소리가 크게 들려오는 골목에서 형민은 멀어진 고향 향기를 마시기 위해 발목을 가볍게 풀었었다.

갈 길이 있어 거러가는 뒷모습에 고통을 이겨낸 자국들이 버티고 있었다. 두근거림에 가슴 조이던 먼 경치도 이제는 되돌아볼 필요가 없었다.

새롭게 피어오르는 꿈을 예찬하며 자유로운 땅을 밟아갔었다.

떠나던 날 땀에 젖은 지게에 고난의 흔적을 남겨놓았었다. 그러고 나서 마지막으로 한 번 더 만져본 손 그늘에는 사나이의 대담성이 새겨져 있었다.

부인은 희미한 그 장소를 내려다봤었다. 밤은 깊어가는데도 잠을 잘 수 없었다.

고향에서 해방을 맞이한 희진이는 새 희망이 몸 안으로 부풀어올랐다. 정다운 미소를 집에 남겨놓고 남으로 내려오는 기차에 오른 것은 형민이가 정읍을 출발하던 바로 그 다음날이었다.

세상은 바뀌었지만 학교일에 책임을 다하겠다는 소박한 일념으로 단순하게 고향을 떠나왔었다.

수많은 사람이 자기 집을 찾아가고 있었다. 그들은 급하게 발길을 재촉했었고 허공에 떠 있는 인심들이 경황없이 무질서와 혼란을 부추기고 있었다.

서울역에 도착한 희진은 새롭게 펼쳐진 거리의 광경을 대하면서 그전에 묵었던 여관을 찾아갔었다. 하룻밤을 보내고 난 다음날 여관을 나와 목적지로 가는 열차를 탔었다. 이날 찜질더위로 너무나 큰 곤역을 치렀었다. 지친 몸으로 정읍역에 내린 다음 양손에 가방을 들고 시내를 거러가며 일행을 찾고 있을 때 길모퉁이에서 자기 반 아동의 아버지를 만났었다.

"선생님. 웬일입니까?"

하고 물었다.

"네, 집에 다녀오는 길이에요."

"예, 그렇습니까? 그럼 저하고 같이 가시지요? 그 짐은 제가 지겠습니다."

하며 지고 있던 빈 지게를 땅에 받치고 가방을 들어 옮겼다.

그 학부모와 길을 거러가면서 어수선한 세상 이야기로 더위를 식혔었다. 한가롭게 펼쳐져 있는 시골의 여름 풍경이 피로에 지쳐있는 희진의 눈가를 가득 메워었다. 녹색 물결 위에 평화와 자유의 소리가 은은히 들려왔었고 배고팠던 농부들의 시름도 출렁이는 벼잎이 달래주는 듯 했었다. 그리고 들판 저쪽에서는 추수시기가 빨리 다가오라고 손짓하는 것이었다.

그때쯤이면 광주리에 새참을 이고 들길을 거러가는 부녀자의 발길에서 풍요로움을 느낄 수 있으리라는 기대가 퍼져있었다.

더운 날씨는 해가 저물어가자 조금은 수그러졌었다.

희진은 숙소까지 짐을 져다준 그분에게 감사하다는 인사를 하고 나서 곧 여장을 풀었다. 다음날 일찍이 학교에 갔었다.

그동안 못봤던 교실이며 운동장이 생소해 보였다.

교무실에 들어서자 급사 혼자서 청소를 하다가 희진을 보고 반가워하면서 안부를 물었었다. 희진도 그에게 인사를 전한 다음 학교

사정을 자세히 물어봤었다. 급사의 말에 의하면 교장 선생님(일본인)과 다른 선생님은 그제 오후 늦게까지 사택에서 짐을 꾸려놓고 밤이 되자 모두 떠났다고 했었다.

이 허망한 말을 듣고 희진은 얼굴이 어느새 어두운 빛으로 변해 버렸었다. 이날 하루해가 저물어가고 있을 때 숙소에서 나와 한 손에 선물을 들고 재만이 집을 찾아가고 있었다. 그동안 내외분을 뵙지 못했으니 문안인사를 드릴 겸 문간으로 들어섰었다. 집에 들어가자 부인은 희진을 보고 불을 만졌던 손으로 부드러운 손을 꼭 잡으면서 언제 왔느냐며 반갑게 맞아주었다. 희진은 이에 맞는 대답을 하고 집안 안부부터 여쭈어봤었다. 그러고 나서 설레임을 달래며 마루에 올라갔었다. 서로 간단한 정담을 나누었다.

멀리 고향을 두고 열차 안에서 눈여겨봤던 많은 사람이 부딪히고 있을 때 어쩌면 형민이도 저들 속에서 부모가 계신 고향 땅을 우러러보고 있으리라는 추측도 해봤던 것이다.

그러나 젊은 가슴에 남아있는 두근거림을 쉽게 버릴 수가 없었다.

부인은 희진을 보고 나 속히 저녁밥을 지을테니 잠시 앉아 쉬라는 것이었다. 희진은 부채를 부치며 아래채 쪽으로 시선을 옮겨 봤었다.

가려진 예감이 터져 나왔다. 마음에 활짝 와 닿아야 할 정감이 흔적을 감춰버린 느낌이 들었다. 그래도 의심이 생겨 부채로 얼굴을 가리고 형민의 방을 내려다봤었다.

적어도 이때쯤은 형민이 숨소리가 퍼질 번도 했었는데 아무런 기척이 없었다. 희진은 곧바로 부인의 곁에 가서 물어보고 싶었지만 그런 일이 꺼끄러워었다.

너무나 답답한 기분이 차오르자 마루에서 일어섰다.

형민이가 드나들었던 방문 앞까지 가보았었다. 아무 소리도 없었다. 외양간에 소도 안보였다. 다시 주위를 살피다가 헛간을 눈여겨 봤었다.

날마다 형민의 등을 떠나지 않았던 지게가 아직 잠잘 시간도 아닌데도 편하게 쉬고 있었다.

희진은 자연스럽게 고개를 옆으로 저쳤다. 당장이라도 알 수 있는 노릇이지만 떨리는 심장이 용납해주지 않았던 것이다.

별 힘들지 않게 발길을 내딛었었다. 쓸쓸한 심정이 발목을 움켜잡았었다. 지게 하나가 증표의 전부는 아니라 하더라도 몇 초를 눈앞에 버젓이 두고 쓸데없는 방황을 했던 자신이 무던히도 못나 보였었다.

아무리 말 한 마디가 천금이라 하지만 지나친 겸손이 오히려 더 큰 실망으로 이어졌었다. 찾아갈 곳이 있어 가버린 사람을 왜 그토록 기다려야 했느냐고 오히려 책망의 숨소리를 높이는 것이었다.

희진은 부인의 곁에 가서 최후의 진술처럼 단 한마디만 듣고 싶었던 것이다. 두 사람의 관계를 진작 말씀을 드렸으면 오늘 이런 결과는 있지 않았을 것이다.

희진은 어딘가 모르게 목에다 힘을 주고 부인 앞에서 젊은 분은 어디 갔느냐고 조심스럽게 입을 열었다.

이 말을 듣고 있던 부인은 형민이 말이냐며 겸양한 어조로 대해주었지만 그 이름이 새삼 추억 속에 가려지고 말았었다.

며칠 전 고향집을 찾아갔다는 이야기를 하면서 아무도 없으면 눈물이라도 쏟아내릴 듯 한 부인의 겉모습에 희진은 매우 당황했었다. 이러한 내용을 알고도 부인에게 언제 다시 온다는 말이 있었느냐고 묻는 것이었다.

그러자 부인은 사실 그대로 별말 없이 떠나갔지만 아마 오기 힘들거라고 대답하자 희진은 서운하고 거북스러운 기분을 감춰야만 했었다. 저녁밥 때가 되자 소를 앞세우고 주인이 집으로 들어오셨다. 희진은 예의를 표했었다. 주인이 희진의 안부를 물었다. 곧 저녁 밥상이 마루에 놓여지자 재완이를 합쳐 네 사람이 밥을 먹기 시작했었다. 식사 도중에 특별한 대화는 없었고 밥상이 나가자 부인이 바로 마루에 앉았었다. 주인이 먼저 희진을 보고 이제부터는 히라야마 선생이라고 부를 수가 없다는 뜻으로 말씀하시며 살짝 웃어 보였다. 이때에 희진은

"예, 윤희진입니다."

부인도 옆에서 희진이라는 이름을 듣고 가벼운 웃음을 지었다. 다시 주인은

"네, 알겠습니다. 윤 선생이라고 부르겠습니다."

정이 넘치는 대화 속에 주인이 다시 나는 그동안 윤 선생을 매우 친근하게 대해왔다며 별로 도와주지 못했다는 것이었다. 그러면서

"이제 세상도 변했으니 고향으로 가셔야지요"

하며 그동안 객지에서 고생을 많이 했었다는 의미로 격려를 해주었다.

희진은 이 말씀에 머리가 수그러지는 것이었다. 주인은 다시

"옛말에 가는 정 오는 정이라 하지 않았소? 아무리 친한 사이라 하더라도 멀어지면 한없이 멀어지고 마는 것이니 말이지요."

희진은 품위있는 말씀에

"예, 어르신 그렇습니다."

이렇게 공손히 말했었다.

주인은 자리에서 일어나며 뜰 아래로 내려가셨다. 그리고 아래채에 내려가서 가축을 살피고 있었다. 희진은 잠시 생각에 잠겼었다. 부인의 말씀대로 다시 올 사람이 아니었다. 더 많이 보고 싶었지만 엇갈린 탓에 그 뜻은 이룰 수가 없었다. 희진은 이른 저녁 숙소에 와서 말 한마디를 감춰놓고 공연히 마음 조이게 했던 그 순간들이 부끄럽게 여겨지는 것이었다. 그리고 마치 체념이라도 하듯 어느 날을 열심히 살고나면 만날 수 있는 좋은 기회가 찾아오리라고 스스로를 위로했었다. 그러면서도 짧았던 지난날 거친 바람에 시달림을 받으며 지게와 작별했던 심정을 알고 싶어지는 것이었다. 희진의 풍만한 가슴 위를 적시고 갈 감미로운 대화를 기대하는 것이었다. 희진의 심정을 누가 어리석다 해도 이 말에는 대응하고 싶은 마음은 추호도 없었던 것이다. 희진은 며칠 전부터 이 실상을 알았기 때문이었다. 아니나 다를까 기어코 보고 싶어했던 그 사람은 자기 혼자 상행선에 몸을 태우고 북으로 떠나가고 말았었다. 이렇게 되고 보니 희진이 앞에 찾아온 것은 오직 실망의 긴 한숨뿐이었다. 가더라도 같이 가야 했을 길이었지만 형민은 무엇이 그렇게 바빠서 검게 탄 얼굴을 지니고 먼저 갔던 것일까! 희진은 이에 대한 의문을 손 쉽게 풀어낼 수 있었던 것이다.

조국 해방의 만세 소리는 전국 방방곡곡에 들려왔다. 산천초목도 기쁨에 들떠있었지만 앞으로 다가올 이 두 남녀의 장래를 아는 사람은 과연 누구일까?

무더위를 이겨가며 여름방학을 광주에서 보낸 재만이는 개학을 이틀 앞두고 집을 찾아가고 있었다. 중학생이 된 지 반년도 안 된 이 시기에 새로운 학업(일제 교육에서 우리 교육체제로 바뀜)을 눈앞에 두고 여러 가지 고민거리에 얽매이고 있었다. 우선 일본인 선생님들이 학교를 떠나고 교과목 전체가 우리글로 배워야 하므로 무엇을 어떻게 해야 할지 도저히 알 길이 없었다.

사실 이 해 중학교에 입학한 학생들은 거의가 한글을 조금밖에 몰랐었다. 이들은 국민학교 1학년 때 『조선어 독본』이라는 과목을 배워었으나 극히 짧은 시간이었으므로 그저 수업시간만 보냈었다. 더구나 2학년 초에는 이것마저 배울 수 없었고 학교에서 우리말을 사용할 기회가 전혀 없었던 것이다.

그러므로 당시에는 우리 한글을 모르는 나이였다.

신학기가 시작되면 새로 피어나려는 꽃망울 앞에서 순수한 감성을 지니고 어리광을 부리고 싶었다. 티없이 맑은 미소를 껴안고 학업에 힘쓰며 내일의 희망봉을 우러러 봐야 하는 것이다.

누구나 자주 부르는 고향길을 재만이 혼자 걷고 있는 그 모습에도 정겨움이 묻어있었다. 소년의 나이이므로 객지에서 지내다가 부모가 계신 집을 찾아가는 기쁨이 그를 더욱 흥겹게 했었다. 가벼운 발거름을 자주 옮기는 동안 재만은 형민형과 한 분의 여선생님 생각에 젖어들었다.

두 분의 고향이 이북이므로 이미 출발했을지도 모르는 일이었다. 아무도 없는 길가 풀밭에서 발을 멈추었다.

남다른 감회를 데리고 집에 와보니 부모가 안 계시며 형민 형도 안 보였다. 좀 이상한 생각이 들어서 재완이 앞에 다가서며 집에 무슨 일이 있느냐고 묻자 재완은 별로 기분이 안 좋아 보였다. 울상은 아니지만 침울한 표정으로 말을 꺼내지 않았었다.

쉽게 말을 해도 아무 상관이 없는 일인데도 재완은 입을 꼭 다물고 있었다. 화가 치밀어 올랐지만 그대로 참으며 동생을 지켜봤었다.

재완이 말인즉

"형, 대단히 서운한 이야기지만 형민이 형은 우리집에서 떠나갔어."

재만이는 화풀이라도 하듯

"왜 그런 말을 이제야 하는거야?"

하고 되물었다.

이렇게 건넨 말은 동생을 타박하려고 그런 것은 아니었다.

어린 마음에도 숨어있는 허전함은 있었다.

서로가 따뜻한 정으로 이어왔던 사이기에 모르는 집안 사정을 빨리 알고 싶었다. 재만을 쳐다보며 재완이가 말을 이었다.

"형, 잠시 후에 어머니에게 직접 여쭈어 봐. 그러면 더 자세한 것을 알 수 있을 테니……."

재완이는 잘못 전하다가 오히려 속을 상할까 봐 일부러 알리지 않았었다.

재완은 겉으로

"형이 알다시피 나는 말재주가 없는 사람이야. 그렇다고 윽박질을 하면 곤란해!"

형은 도대체 무슨 일이기에 이렇게까지 하는 것인지 오히려 불안이 밀려왔다. 나이에 비해 제법 말도 잘한 녀석이 일부러 자기를 낮춰가며 말이다.

동생은 누가 들어라는 듯이

"일본 유학이라."

이렇게 말하며 뜰 앞을 내려다보았었다.

옆에서 듣고 있자니 울화가 치밀었다. 재만은

"너, 방금 뭐라고 했어?"

하고 사정없이 물었다.

재완은 느긋이

"외국에 머물러있으면서 공부하는 것을 말했을 뿐인데 왜 그렇게 화를 내."

형님을 대하며 나눈 대화에서 다소 빈정대기는 했으나 그때 집을 떠나던 날 형민이가 남긴 진실을 잊지 않으려고 했었다. 이날 밤 마루에서 늦은 시간까지 아버지 말씀을 잘 들었다. 한 젊은이의 인생 역정에 대해 큰 감명을 받았으며 전쟁이 끝나기를 기다려야 했던 형민 형이 장해 보였다.

형민은 이틀 동안 기차에 몸을 의지하고 넓은 들판과 장엄하게 우뚝 솟아있는 산맥과 강을 건너고 또 건넜다. 뜻있는 여정 끝에 그리운 그 시절을 붙들고 고향 하늘 아래서 저녁노을을 바라보며 침착한 발거름을 내딛었다. 달라진 세상의 물줄기 위에 자신의 꿈을 잃지 않는 것에 대해 한숨을 놓았다.

그러나 불효의 길을 선택했던 양심의 가책이 뒤따라 오고 있었다.

지난해 4월 마음 둘 바를 모르고 그저 좇기는 사람으로 은신처를 찾아 나섰던 암울한 기억이 신작로 저편에서 그를 기다리고 있었다.

금의환향은 아니지만 살아있는 몸으로 집 근처까지 왔었다. 곧이어 꿈과 생시를 분간할 수 없는 절정의 순간 앞에 이르자 큰 목소리로 얼른 누이의 이름을 불렀다. 마땅히 "어머니" 하고 했어야 옳은 일인데도 뛰는 가슴을 억누르지 못한 감정이 애란이를 먼저 찾게 해주었다.

뜻밖의 소리에 놀란 누이가 부엌에서 뛰어 나왔다. 이어 어머니도 기력을 잃은 듯 정신없이 아들 앞에 다가서며 거칠은 손목을 움켜잡았다.

그 자리에서 몸성이 돌아온 아들을 몇 번이고 살피시며 검게 탄 얼굴을 만져봤었다.

곁에 있던 누이는 오라버니가 무정하게 보이자 첫마디부터 좋은 말이 아니었다.

형민은 어머니의 손을 꽉 붙잡고 허리를 굽히며 끝없이 사죄를 했었다.

그러면서 애란의 등을 다독거리며 미안하기 이를 데 없다는 말을 전했었다.

매우 중요한 순간임에도 누이의 환한 거동은 보이지 않자 형민은 그대로 기를 죽이고 말았었다.

부모를 속인 죄의식이 번쩍 떠올랐었다. 누이의 불편한 얼굴을 보고 다시 자신의 잘못을 뉘우쳤던 것이다. 이때 부끄러운 고백이 옆구리를 힘있게 내리쳤었다. 누이는 원한처럼 간직했던 감정이 마침내 폭발하고 말았었다. 서 있는 오라버니를 눈여겨보며 투명스러운 말씨로

"오라버니 어찌 그럴 수가 있는거요?"

하고 대드는 것이었다.

이 말을 듣고 형민은 어리둥절했었다. 대답할 여유도 찾아보기 어려운 상황하에서 숨을 몇 번이고 들이마시며 미안하다는 말부터 꺼냈었다.

누이는 말을 듣지도 않고 격분한 얼굴빛으로

"집안의 고통은 전혀 모르셨지요?"

원망스러움을 전하는 말끝이 매우 날카롭게 번져갔었다. 사실 지난해 여름 일본관헌들에게 짓밟힌 집안 꼴은 말이 아니였었다. 그래서 그의 부친은 병고에 시달리며 세상을 한탄하기도 했었다.

피할 수 없었던 운명의 못 쓸 그림자가 아직도 남아있었다.

뜰 앞에는 커다란 기대가 무참하게 넘어져 있었다. 형민은 살아온 길에 대한 아쉬움과 놀라운 경험마저도 허무하게 느껴지는 것이었다. 아무리 감수성이 예민하다고 하더라도 목숨을 이어온 오라버니를 이렇게 대하는 것은 좀 과했었다.

잠시 후 그 자리를 비켜선 형민은 고향 하늘을 쳐다보며 무거운 눈을 남녘으로 돌렸었다. 그곳에 계신 재만의 부모님께 무사히 도착했다는 말씀을 전해드리기 위해 망배(望拜)를 올렸었다.

조금 전 분노의 상처는 너무나 컸었다.

넘어간 그날 주재소에 다녀와서 호언장담하고 집을 떠난 뒤 1년이 훨씬 넘도록 안부 한마디 집으로 전하지 못 했었다.

눈이 벌겋게 달아 오른 주재소 일본 순사(경찰관)가 여러 차례 집에 와서 가택수색을 했다. 그럴 때마다 온 동네에 독립군 운운하는 소문이 퍼지기도 했던 것이다.

애란은 금년 여학교에 입학하여 학생의 몸으로 틈틈이 집안 구석을 살피며 생활해 왔었다. 곱게 단장한 교복의 목에 힘이 없어 자꾸만 구겨졌었다. 지나간 어느 날 오라버니 일로 지나친 수모를 당했었다.

그때 밀어닥친 울분을 참지 못하여 눈물로 목을 적셨다.

부끄럼을 무릅쓰고 얼마쯤 울고 나서 그로부터 오라버니를 미워하기 시작했던 것이다. 소녀의 양볼에 화색을 잃고 교문을 드나들던 학생의 몸매에 가문의 슬픔과 고통이 항상 뒤따라 다녔었다.

쌓이고 쌓인 감정이 너무도 당연하게 오라버니의 심장을 자극해 버렸었다. 일부러 사전에 계획된 언동은 아니었지만 이성을 깜박 잃은 결과를 가져 왔었다.

애란은 얼마 동안 마음을 가라앉히고 나서 오라버니 혼자 있는 방으로 들어갔었다. 누이가 들어와도 감각이 없는 사람처럼 조금도 들떠보지 않았었다. 나이 어린 사람이라면 진작부터 한바탕 울음을 터뜨려야 했었다.

그것은 가슴의 아픔보다 자신을 더 모질게 꾸짖고 싶은 생각이 들었기 때문이었다.

애란은 지나쳤던 감정을 풀고 사과를 하려 왔었다.

형민은 괴로운 빛을 드러내면서도 누이를 탓하지 않았었다.

상식을 벗어난 말은 섭섭하기 이를 데 없었다. 부모 앞에서 솔직히 말하지는 않았지만 이 집안을 지켜야 할 책임이 있다는 것을 늘 염두에 두고 살아왔으므로 그 피나는 고생을 참아야 했던 것이다.

그런데도 누이의 태도를 보고 실망에 빠져든 것은 어쩌면 인지상정인가 싶었다. 부모를 속인 죄도 알고 있었고 또한 먼 남쪽 땅에 내려가 남의 집 머슴살이를 해야만 했던 쓰라림이 조금도 가시지 않았었다.

사느냐 죽느냐의 갈림길에서 살아온 것만 해도 다행으로 여겨줄 것이라 믿었었다. 품안의 상처를 받은 애란의 낮은 심성이라는 것을 이해 못하는 바는 아니지만 그래도 지나쳤던 것은 사실이었다.

정읍에서 그 어느 날 들길을 거러오다가 황혼이 곱게 물들어오면 고향 하늘을 우러러보며 부모와 누이의 그리운 모습에 한숨짓기도 했었다.

무서운 세상 높은 파도 속에서 살아남으면 그래도 따뜻한 가정이 반겨주리라는 욕심을 버린 적이 없었다.

길지 않는 침묵을 깨고 애란이가 먼저 입을 열었다.

"조금 전 저의 말에 기분이 많이 상했어요?"

사과를 하려는 뜻으로 이렇게 말했었다. 형민은 구겨진 자존심 때문인지는 모르지만 누이의 말에 탐탁치 않았었다. 애란은 아무 대답이 없자 실망이라도 하는 사람처럼 얼굴빛이 변해버렸다. 형민의 머릿속에는 말할 수 없는 온갖 상념으로 가득 차 있었고 그동안의 삶(머슴사리)에 눈물을 쏟아부어야 했었다.

전쟁의 괴로운 신음소리를 참아가며 오늘을 기다리고 살아왔던 것이다. 그런데도 현실은 자신의 생각과는 괴리가 심한 것이었다. 아무도 주목해주지 않는 자신에 대한 의식을 잃어 버리지 않으려 했던 것은 본인의 의지가 입증하고 있었다. 자기로 인해 가정의 불행이 닥쳐올거라는 것을 이미 잘 알고 있었다.

세상을 살아가는데 극히 일부 사람들을 제외하고는 모든 분이 다 고통과 맞서는 과정을 밟아야 하는 것이다.

애란은 깊이 있게 대화를 주선해봤지만 오라버니가 순조롭게 응하지 않았었다.

한편 형민은 하나밖에 없는 누이가 오죽하면 그렇게 대하겠느냐며 반성을 하고 있었다.

형민은 가라앉은 마음으로

"애란아. 먼저 오라버니를 용서해주면 어떻겠니?"

라고 숨길 수 없는 어감을 털어놓았다.

형민은 다음날 오전 내내 피로에 지친 몸을 낮잠으로 풀었었다. 그리고 오후에는 경제적으로 많은 부담을 지게했던 책들을 뒤적거렸다. 한 권 두 권 여러 책 속에는 부모의 사랑이 숨겨져 있었다. 이날 오후 늦게 애란은 오라버니가 쉬고 있는 마루에 다가왔었다. 한 손에 종이뭉치를 들고 자리에 앉자 형민은 손에 들고 온 것이 무엇이냐고 물었다. 애란은 오라버니의 마음을 더 깊이 있게 이해시켜 주려고 자기가 쓴 글을 펼쳐 보였었다.

이 내용은 얼마 전 그러니까 해방이 되기 조금 앞서 적은 것이었다. 형민은 누이동생의 말에 가슴이 내려앉은 기분이 들었다. 중요한 일이 아니고서야 이런 일은 드물기 때문이었다.

형민은 궁금해서 우선 무슨 글이냐고 묻자 애란은 읽어보시면 어린 심정을 충분히 이해하실 수 있을 것이라는 말을 건넸었다. 일본어로 쓴 글을 읽기 시작했었다.

일기장을 간추려 모은 수필집 비슷한 것이었다. 문장 속에 고스란히 담겨있는 애끓은 소녀의 사연에 형민은 갑자기 눈이 어두워지고 말았었다. 눈앞이 캄캄해졌었다. 종잇장과 손이 한꺼번에 떨렸었다. 여학교 1학년생이 쓴 문필이라고는 도저히 믿어지지 않았었다. 물론 지나치게 칭찬한 것은 조금도 아니었다.

사실적으로 묘사한 글 내용 중에는 여러 가지 색다른 어휘들이 실려있었다. 그중 애란의 대표적인 기록에 형민은 양심의 가책을 받았었다. 마을사람들의 입에 오르내렸던 독립군 운운하는 들뜬 소문이 적혀있었던 것이다. 더욱이 형민의 가슴을 내려친 글자에 시선의 감시를 당했었다.

애란의 눈물방울이 연해있다는 대목에 눈시울을 피할 길이 없었다. 어린 속에 고통이 심어졌으리라고는 상상조차 못 했었다. 맨 끝장에 윗모습의 사진 한 장이 잘 붙어있었다.

형민은 누이의 사진을 자세하게 들여다봤었다. 눈물 자국을 발견하기 위해서였다. 반듯한 사람이 되라고 유년기부터 서당을 드나들게 했던 부모의 정성이 새롭게 온몸을 짓눌렀었다. 사진을 오랫동안 들여다보고 있는 오라버니를 향해 무엇을 그렇게 보고 있느냐는 것이었다. 형민은 애란의 물음에 감격스러워했었다. 애란은 약간 미소를 띤 얼굴을 보이며

"사진을 봐서 뭘해요. 실물을 보셔야지요?"

형민이는 이 말이 더욱 고마워서

"아니, 실물도 귀엽지만 사진이 더 마음에 드는구나."

이렇게 말하자

"그 말씀은 또 무엇을 가리키는 건데요?"

형민은 그것은 그저 해석하기 나름이 아니겠느냐며 살짝 피해보려고 했었다. 오라버니는 애란이가 쓴 글에서 서러운 장면을 비교 대조하려는 듯 보였었다. 사진을 들고 있는 손이 예사롭지가 않았었다.

애란은 그만 보라며 거기 사진 속에는 진한 눈물의 흔적이 없다는 것이었다. 예리하게 자신의 심경을 파헤친 애란이가 대견스럽게 보였다. 한이 서려있는 너의 글은 매우 소중한 것이니 잘 간수하라며 수필집을 돌려주었다.

소녀는 비로소 오라버니의 태도에 마음이 놓였었다.

종이 몇 장에 적혀있는 글자를 통해서 그동안 있었던 집안 일을 자세히 알 수가 있었다. 형민은 누이와 좀 더 긴 시간을 가져 보고 싶었던 것이다. 그래서 그는 농담 삼아 "남매는 단 둘이다." 라는 물음을 하자 또 그런 말을 하느냐며 빈정대는 것이었다.

그러면서 아직 자기의 마음은 완전하게 진정된 상태가 아니라며 혹시 다른 파도가 일렁거리면 거기에 대응하겠다며 똑똑한 의사표시를 하는 것이었다. 애란은 다시 오라버니를 눈여겨보며 또 다른 공격 목표를 찾고 있는 듯 보였었다.

한 치의 후퇴도 없는 애란은 혹시 만주 국경이라도 넘어갔느냐며 손아랫사람으로서는 쉽게 할 수 없는 '소녀의 발언'이 계속있었다. 형민은 익살스럽게

"두만강을 건너보지 못했지만……."

하고는 다음 말을 끊어버렸다.

새롭게 이어지는 질문은 사상교육이라도 받고왔느냐는 것이었다.

애란은 자기 학교에서 들은 바에 의하면 오라버니의 학력소지자 중에는 사상연구에 몰두한다고 하며 그 의심의 영역은 점점 넓어가는 것이었다. 심지어 자기네 학교 일본인 선생도 그렇게 말을 했다는 것이었다. 하도 어이가 없는 형민은 너는 지적으로 상당히 높

은 수준에 와 있다며 제법 꼬집는 어투로 대응했었다. 그리고 다시

"여학교 하급학년답지 않게……."

하고 눈치를 건넸었다. 못마땅한 오라버니 말에 다소 약해 보인
척하면서

"해방이 되었으니 말이지요, 좀 때가 이르지만 좋은 직장을 구해
야지요."

하고 추켜올리는 것이었다.

형민은 누이의 언동에 진정으로 그렇게 나를 생각해주는 것은 고
마운 일이지만

"그러나……."

하고 말을 못하는 것이었다. 말꼬리를 꼭 잡고 있는 애란은 자기
는 적어도 진실을 존중한다며 오라버니는 자기 집의 대들보라는 것
이었다. 한 가닥도 헝클어지지 않고 술술 나오는 소녀의 언어실력
은 대단했었다. 형민은 갑자기

"너, 학교에서 공부 잘하고 있지?"

그러자 애란은

"이 자리에서 그 말씀은 무의미하거든요."

말문이 막힌 형민은 그것은 이 못난 오라버니의 큰 관심사라며
선심을 펼쳐 보려했었다.

그렇지만 그것은 오직 개인적인 의도일 뿐 애란의 귓가에는 와
닿지도 않는 것이었다. 애란의 말은 아직 끝이 아니었다. 형민은 오
라버니의 짧은 과거를 너는 모른다.

"살아보려고 머스……."

하고 말을 하자 애란의 생각으로는 무슨 이야기를 하려다가 말도

다 못 맺느냐고 대들면서 머스 라는 뜻은 또 무슨 외국어를 골라잡
아 하느냐며 더 세게 나오고 있었다.

형민은 불의불식간에 머슴살이를 하면서 간난신고를 다 겪고 지
내왔다는 말을 할뻔했었다. 언젠가는 해야 할 이야기지만……. 애
란은 끈질기게

"미쓰를 머스로 발음한 것은 아니겠지요? 그러니까 그동안 미모
의 연인이라도 흠모하고 있다는 것인가요?"

반복해서 묻는 것이었다.

막다른 골목에서 변명의 여지가 없었다.

그렇지만 이대로 넘어갈 수가 없었다. 그래서

"너, 도대체 무엇이 불만이냐?"

날카로운 칼날을 휘둘렀다.

그러자 이제부터는 본론으로 들어가겠다며 대드는 것이었다. 목
숨을 이어온 숨결은 가시돋힌 누이의 서글픈 발언에 가슴을 짓눌렀
다.

독특한 눈앞으로 흘러간 괴로운 과거가 있었기에 형민은 목소리
를 낮추며 참아야 했었다. 비 오는 날에도 흠뻑 젖은 우장(풀로 만든
비옷)에 몸을 가리고 인내의 한계와 과감하게 도전도 해봤었다. 오
직 살아야겠다는 뚜렷한 의지 하나로 눈앞을 가리는 길은 새벽안개
를 헤쳐가며 가족의 그리움을 목메이게 찾아 헤맸었다.

그뿐이랴 강한 햇살을 받으며 새파란 들판에서 살을 깎아 먹는
거치른 벼포기에 얼굴을 묻고 지겨운 땀방울을 많이도 털어 냈었
다. 그때의 견디기 어려운 어깨의 고통과 맞서야 했던 숨겨진 추억
이 지금 눈가에 얹혀있었다. 이토록 애써왔던 자신이 이날 따라 외

소한 존재로 전략하고 말았었다.

　무서운 전쟁의 회오리바람이 멈추던 그 다음날 북녘 밤하늘에 높이 떠 있는 큰 별을 쳐다보고 호흡을 내쉬자 잔잔한 환성이 검게 탄 얼굴을 만지며 스쳐갔었다.

　그리고 보무당당했던 그 시절의 정겨운 발자취들은 봄기운에 초목이 소생하는 그 뜻을 꽉 안아보려고 했었다. 복잡하고 고뇌에 차 있는 심정을 그 누가 알리요마는 새로운 미래를 바라보고 고향집을 찾아왔던 것이다.

　형민은 집에 와서 기력을 회복한 다음 전쟁 중에 서로 소식이 없었던 친구 태식이가 궁금해서 가벼운 마음으로 밖을 나섰다.

　가는 길에 희진을 만나 볼 겸 제법 들뜬 기대심리를 앞세워었다.

　그 누구의 억압도 받지 않는 발거름이 대륙을 횡단하는 기분처럼 느껴졌었다.

　일제하에 얽매였던 고향길도 이제 환하게 터져있었다.

　먼저 친구의 안부를 안 다음 희진을 만나는 것이 순서일 듯 싶어 그렇게 예정표를 짜냈다. 흡사 어렸을 때 소풍을 가던 들길처럼 볼품있는 감동을 지니게 했었다. 비록 험난하고 암울하게 살아왔지만 그래도 고생의 대가를 인정해보는 것이었다. 삶의 어두운 구석에서 괴로움을 걸러내며 몸을 숨기고 살아온 그날을 더듬어 보기도 했었다. 푸른 들녘에서 힘센 농군들의 뒤를 따라다니며 땀을 흘렸던 얼마 전의 일들이 아련하게 떠오르는 것이었다.

　그곳에 계절이 바뀌어 갈 무렵이면 들에는 하얗그름한 벼꽃가루가 마지막 늦더위 바람에 이리저리 흥청거리며 풍요로운 결실을 기다리고 있는 듯 싶었다.

곡식이 여물은 알찬 계절이 찾아오면 어린이들의 배고픔을 달래 줄 수 있을 것이다.

마을에 들어가 친구 집 문간에 도착했었다. 집안으로 들어서자 친구의 어머님께서 친자식으로 착각한 듯 비통한 겉모습을 지으며 사정없이 껴안는 것이었다.

급기야 슬픈 내력을 전해주셨다. 뜰 앞에서 형민의 손을 붙잡고 눈물을 보인 친구의 어머님은

"내 자식도 이렇게 살았으면……."

하고 원통함을 감추지 못 했었다.

형민은 정중하게 위로의 말씀을 드렸으나 더욱더 슬퍼하는 눈물 속에 친구의 옛 모습이 비춰졌었다.

형민은 슬픈 소식을 언제 접하셨느냐고 말씀을 드리자 금년 3월에 알게 되었다는 것이다. 그리고 나서 형민이 자네는 그동안 어디에 있었느냐고 하셨다.

형민은 잠시 아무 이야기도 못 했었다. 무심코 고개의 방향을 돌려 친구의 방 안을 들여다보았다.

바깥쪽을 내다보이는 벽에 학생복 차림의 상반신 사진이 걸려있었다. 형민은 알 수 없는 어느 땅에 아무렇게나 묻혀있을 거라는 생각을 하니 머리가 멍해졌었다. 두꺼운 한 장의 종이 위에 남아있는 얼굴이 친구의 부모님을 상심시키고 있었다.

잠시 자리를 떠나지 못했던 형민은 깊은 마음으로 친구의 명복을 빌었다. 인명은 재천이라고들 하지만 무서운 전쟁이 없었더라면 친구의 희생은 없었을 것이다.

전쟁이라는 격동기의 마지막에 두터워졌던 우의는 어디로 갔을

까? 꺼져 가는 힘을 간신히 붙잡고 집을 나왔었다.

잃어버린 친구의 옛이야기가 거러가는 것을 막아버렸었다.

희진이가 다시 남쪽으로 갔다는 이야기를 듣고 형민은 크게 실망했었다.

힘없는 발거름으로 해가 질 때 집에 왔었다. 오다가 중간에서 주막집을 찾아갔었다. 맨정신으로 도저히 앞길이 안보이므로 술을 마셨다. 술을 모르고 살아온 형민이가 이날만은 어쩔 수 없었던 것이다.

'허무한 인생' 이 말을 몇 번이고 되새기며 멍하니 앉아있었다. 취중에도 다정했던 지난날을 차근차근 더듬어보는 것이었다. 일본 유학시절도 떠올랐었다.

그가 먼 세상으로 떠나갔다는 것이 도저히 알 수가 없었다. 거역할 수 없는 마지막 순간을 누가 지켜봐 주었는지? 의문투성이의 표현을 꺼내보는 것이었다. 차라리 자기와 비슷한 일을 저질렀으면 좋았을 텐데 하고 후회도 해봤었다.

애란이가 방에 들어오자 나를 방해했다며 아무 영문도 모르는 혼잣말을 되풀이 하는 것이었다. 애란이도 매우 궁금해서 무엇을 방해했느냐고 묻자 너는 몰라도 되는 일이라며 완강하게 말문을 막아버리는 것이었다. 그러면서 철저하게 오라버니에게 대들었다는 것이었다. 애란은 이 말 끝에 다시 묻자

"아니다. 너는 알 필요가 없다. 나의 고생과 노력은 수포가 아니였지!"

제법 의기에 차 있는 어조였다.

애란은 오라버니가 평소에 술을 못 했는데 술 취해 하는 말이 예

103

사롭지가 않았었다. 다시

"그 친구 일이 결국은 내 일이야 알겠니?"

점점 더 강도 높은 언사가 이어지는 것이었다.

애란은 설탕물을 타온다며 밖으로 나갔었다. 잠시 후 그릇에 설탕물을 가지고 들어왔었다. 오라버니의 눈치를 살피며 바싹다가 앉았다.

"어서 설탕물을 좀 드세요."

하고 몸을 일으켰다.

형민은 일어나 앉은 채 여전히 술에 취해있었다. 활력을 잃은 사람 행세를 하는 것이었다. 애란의 권유로 겨우 몇 모금 마셨다. 그리고는 힘없이 그 자리에 누워버렸다. 애란은 오라버니 곁을 떠날 수가 없었다. 형민은 또 그 친구 제법 세상을 잘 내다 봤다며 중얼거렸다. 이 말은 희진이에게 가까이 하고 싶었을 때 태식이가 일부러 중간에서 만류했다는 것을 상기해내는 것이었다. 애란은 별 말씀 하시지 말고 좀 주무시라고 하자 약간 화가 난 듯 한 빛으로 잠을 잘 수 없다는 것이었다. 그 까닭을 묻는 말에

"내 심정은 무척이나 괴롭다. 그러니 어찌할 도리가 없구나."

오라버니 친구의 죽음에 대해 깜짝 놀란 애란은 그때서야 괴로워하는 심정을 알 수가 있었다. 그 이면에 또한 희진이를 만나보지 못한 섭섭함도 함께 섞여있었던 것이다. 견디기 어려운 고통의 긴 순간 속에 자신을 책망하고 있는 것이었다. 하마터면 자기 자신도 그와 동일한 운명에 처할뻔했다며 알 수 없는 그 누구의 도움으로 이 날이 있었다는 것이었다. 애란은 형민의 심각한 말속에 나타낼 수 없는 사연이 있다는 것을 알 수 있었다. 애란이 방에서 나가겠다고

하자 그건 너의 자유다 하고 나서 너무 나 욕하지 말아 달라는 부탁
도 하는 것이었다. 그리고 애란은 다시

"내가 여기 있어줄까요?"

했더니 진심에서 쏟은 어감으로 좋은 말 한 번 할 줄 안다며 비꼬
는 것이었다. 애란은 오라버니 앞에서 또 무슨 말이 나올지 몰랐었
다.

그래서 할 말씀이 있으면 더 많이 하시라고 권유했었다.

그러자 부모께서 동의만 해주신다면 기어코 하고 말거라는 것이
었다. 밑도끝도없는 이 말이 방 안으로 퍼졌었다. 오히려 정교하게
새여 나왔었다.

어느 이성을 동경하고 살아왔다는 것이었다. 형민은 다 지워지지
않는 불만스러운 말을 써가며 난처한 입장을 면해보려 했었다.

가난에 허덕이며 살아온 우리네 사회에서 형민은 원대한 포부를
품고 일본 유학을 자랑스럽게 마쳤다. 애란도 여기에 힘입어 향학
에 대한 열정의 불을 짚혔던 것이다. 남기고 간 추억인 양 다음을
계속하는 것이었다. 이번의 언어 방향은 조금 색다르게 들여왔었
다.

"차츰 말할까? 지금 할까?"

애란은 그저 아무렇게나 대답했었다.

그러자 그럼 들어보라는 것이었다. 오라버니는 친구 윤태식이에
대한 이야기를 했었다.

"언젠가 집에도 한 번 왔다는 친구……."

이렇게 말해놓고는 한숨을 깊이 내쉬었다. 애란의 의구심만 높혀
놓고 손으로 눈을 가렸다가 다시 떼어놓았다가 몇 번을 반복했었

다.

의식불명의 사람 흉내를 제법 잘하고 있었다. 전쟁 끝에 달라진 오라버니의 감정표현에 잠시 침착해졌었다. 걷어낼 수 없는 속마음에 슬픈 생각이 맴돌고 있는 듯 보였다.

단조롭지 않는 언어구사는 한바탕 눈물의 비라도 뿌릴 것만 같았다. 또한 무언가 손실을 입은 기분처럼 삭막하고 공허해지는 것이었다.

그러고 나서 애란에게 물었다.

"일본군복 목 아래 양쪽에 붙어있는 빨간 계급장 너도 알지?"

애란은 무슨 말을 하려고 그러는지 대략 짐작이 갔었다.

"예, 졸병 말이지요?"

"너도 아는구먼. 글세 빨간 바탕에 노란색 별 두 개면 일등병이야 일등병……."

애란은 조급해서 물어보는 것이었다.

"그 별을 달고서는 남양군도에서……. 금년 초봄에 전투를 하다가 전사를 했다는 것이다."

애란은 또 새롭게 놀랐다. 그리고 진정하시라는 말 외에는 할 수 없었다. 이 말에 이어

"나야. 진정할 것 뭐 있니? 그저 여기에 있는데."

하며 수그러지는 것이었다.

애란은 이 이상 말을 하지 않았었다. 얼굴을 유심히 쳐다봤었다. 괴로운 빛이 널려있는 모습을 잠시 동안 지켜보며 그 자리에 있었다.

5
회상록

재만이 집은 이 마을에서 조금은 여유 있는 생활을 하고 있었다. 그가 국민학교 5학년 때 겨울 어느 날 밤 가족들이 있는 방 안에서 재만이 어머니는 "재만아. 내일 심부름을 좀 해야 한다." 라고 말씀하셨다. 아무 영문도 모르고 그저 "예." 하고 대답만 했을 뿐이다.

실은 재만이 부모는 며칠 전부터 이 동네에서 식량의 부족함을 해결하지 못하고 있는 극히 어려운 분들에게 단 몇 끼니라도 도움을 주고자 뜻을 모았었다.

우리 농촌 서민들의 소박한 생활 속에는 더불어 살아가는 믿음이 있었고 협동심을 발휘하는 공동체 의식이 오랫동안 이어져 왔다.

한 동네에 어려운 일이 일어나면 발벗고 나서 힘을 서로 모아 도우며 지내왔었다. 가난한 집과 부자의 선을 뛰어넘어 조금은 형편이 좋으면 경제적으로 남을 배려할 줄 아는 심성들이 퍼져있었으니 이름하여 정을 가꾸며 세월을 넘어왔던 것이다.

그 가까운 예를 한 가지 들자면 일 년 농사가 다 끝나고 초겨울 어느 날 한 집에서는 절구통에서 빻아진 쌀가루에다 팥고물을 얹은 시루떡을 정성들여 만들었다. 네모난 모양에서 따끈한 김이 솟는 먹을거리를 이웃 간에 나뉘어 먹었던 일들은 정답게 지내는 전통으로 이어오고 있었던 것이다.

다음날 오후 늦게 재만이는 어머니 말씀을 듣고 여러 집을 방문하여 식량을 담을 수 있는 그릇을 가지고 잠깐 우리집까지 가자는 말을 전했었다. 한참 동안 골목을 누빈 재만은 남을 생각하는 일이 그리 쉽지만은 아니라는 것을 알 수 있었고, 이어 어머니께서 잘하시는 일이라고 여겼었다. 많은 양의 곡식은 아니지만 각별한 손놀림으로 그분들에게 나뉘어주는 일거일동이 잔잔한 물 위의 또 다른 인정의 그림을 그려놓았던 것이다. 재만은 나이가 어리지만 오늘 자신의 감정에 얽힌 짧은 체험을 바탕으로 이 대목에서 한 가지 짚고 넘어갈 것이 있다는 것을 의식했었다.

그것은 이 세상에서 좋은 일을 하는 사람이 있는가 하면 그렇지 않는 경우도 있다는 것이었다. 남을 헐뜯고 시기하는 그 마음 말이다.

가을추수가 다 끝난 들녘은 한적하기 이를 데가 없었다. 마을에 있는 한 사랑에 모여앉아 정다운 이야기를 나누는 노인네들은 지난날의 쓰라린 한숨을 잊어 보려고 서로가 속마음을 털어놓기도 했었다. 주름진 얼굴로 평화스럽고 좀 더 좋은 세상이 오기를 기대하며 심전(마음의 밭)을 가꾸어가는 것이었다. 때로는 무청 시래기국물로 끼니를 넘기며 가난한 이야기를 하는 노인들의 허약한 마음에 굶주

림의 한이 남아있기도 했었다. 시대의 흐름에 가려진 이러한 내력
들은 그리 크지 않는 상상의 화폭에 연한 물감으로 색칠해봤었다.

나이 많은 농부들은 비록 몸은 늙었지만 마음은 젊다 하여 늙은
청춘이라고까지 허물없는 대화를 나누기도 했었다. 노인들의 굵다
란 손가락 뼈마디에 대를 이어왔었고 하얀 수염과 서릿발이 얹힌
머리카락에 우리의 역사를 받들며 살아왔었다.

이것저것 복잡한 생각에 잠긴 희진은 외로움의 아픔에서 물러서
지 못 했었다. 무심히 스쳐간 대낮에 바라봤던 들길의 경치는 무척
이나 쓸쓸해 보였었다. 학교 너머 산언덕에서 겨울바람이 불어올
때면 자신에게도 애수의 서글픔이 찾아오리라는 생각을 하니 저절
로 힘이 빠져갔었다.

얼마 동안 묻혀 살다가 고향으로 돌아가는 것이 희진의 유일한
소망이었다. 넘기 힘든 가시밭길에 발을 내딛고 높이 솟아있는 애
정산맥을 우러러보고 있을 다름이었다. 어두운 밤은 깊어가고 있었
다.

희진은 텅 빈 가슴을 그 무엇으로도 채울 수가 없었다. 꿈이 허물
어진 지금의 감상은 가혹한 시련을 예고해주는 듯 했었다.

조국 광복의 기쁨에 들떠있던 그해 겨울 어느 날 김재완은 친구
들과 마을 신작로에서 놀고 있었다. 이때 지나가던 미군 짚차 한 대
가 갑자기 멈추며 네 명의 군인 중 한 사람이 무엇을 들고 차에서
내렸다. 그들은 무슨 일인가 하고 눈여겨봤었다. 그러자 그 군인은
아이들 쪽으로 가서 비스켓 과자를 조금씩 나눠주며 반가운 눈빛을
보냈었다. 그들은 고맙다는 의사표시로 고개를 약간 숙이며 두 손
으로 받았었다. 뜻밖의 횡재를 얻은 이들은 좋아서 어쩔바를 몰랐

었다. 과자를 전해준 군인이 차에 오르자 군인끼리 무슨 말을 하고 나서 그대로 출발하려고 했을 때 재완이는 차 옆에 다가서서 고맙다는 영어 한마디를 했었다.

군인들은 미소를 지으며 손을 흔들어주었다. 이국만리를 찾아온 이 미군은 제2차 세계대전에 참전했던 경험을 갖고 있었다. 고향집의 가족들이 그리워서인지 한국 아이들에게 인정미가 짙게 묻어있는 과자를 건네주었던 것이다. 소매 끝에 콧물을 닦는 자국의 옷을 입고 태평양을 건너온 과자 냄새에 어린애들은 동심의 세계를 새로운 눈으로 들여다봤었다. 나이는 어리다 하더라도 바람직스러운 인간애를 느꼈던 것이다.

재완은 중학생인 형님한테서 어깨 너머로 들은 영어를 공교롭게 말해 본 것이 신기했었다. 그리고 기쁨도 솟아났었다. 그로부터 한 달이 좀 못되었을까 하는 어느 날 재완은 마을친구들을 데리고 청둥오리떼가 자주 날아오는 들녘에 갔었다. 오리를 잡을 수는 없지만 떼지어 다니는 것이 보기 좋아 구경 삼아 그곳을 찾아갔던 것이다.

이곳 습지 논에는 겨울 내내 물이 고여있었다. 그래서인지 오리가 하루 몇 번씩 나타났었다. 그들이 거기에 갔었던 시간에는 오지 않았었다. 그 장소에서 얼마 동안 놀다가 다시 마을로 돌아왔었다. 그들은 점심을 먹고 나서 다시 그곳에 가자는 약속을 했었다. 재완은 집에와 밥을 먹으면서 '오늘은 왜 오리떼가 안 나타나지?' 하고 혼잣말을 했었다.

그들은 다시 모여 그곳에 가는 도중 미군들이 오리떼를 보고 총을 쐈었다. 이들은 빨리 뛰어갔었다. 가서보니 지난번에 과자를 주고 간 그 군인들이었다. 총을 맞은 오리 한 마리가 보였다. 그 오리를 본 군인 한 명이 군화를 벗으려고 끈을 풀고 있었다. 이때 눈치 빠른 재완이가 미군을 보고 아주 서툰 손짓말을 하며 신발을 벗었다. 그 내용인즉 자기가 가서 주어 가지고 오겠다는 것이다. 미군의 표정이 밝아 보이자 급히 몸을 움직이며 그곳까지 가서 오리를 손에 들고 왔었다.

오리를 미군에게 주자 기특하다는 어감으로 지난번에 자기가 말했던 발음으로 말하며 머리를 쓰다듬어주었다. 이 광경을 지켜보고 있던 미군과 아이들도 흐뭇하게 여겼었다. 미군은 이 오리 한 마리가 탐이 나서 잡은 것은 아니었다. 그것은 단지 타국의 정겨운 냄새를 추억 속에 담아보려는 순수한 의도로 오리떼를 가까이 했을지도 모른다는 것이었다. 미군과 소년들의 만남에서 엿볼 수 있는 것은 인간미의 교감이었던 것이다. 소위 우리들이 흔히 말하는 '정'을 진정으로 느끼고 살아갈 때 인류는 더 밝은 미래를 지향해 나아갈 수 있는 것이다. 얼음판을 맨발로 밟고 논으로 들어섰던 소년의 작은 행동은 우리들에게 시사한 바가 많았던 것이다. 그것은 비스켓 과자 몇 개로 맺어진 인간유대의 본질을 궁극적으로 발견하고자 먼저 나섰던 것이다. 차가운 바람을 머금고 있는 계절 속에서 우리와 사뭇 다른 눈동자를 바라보며 잠시나마 말없이 오고 가던 정겨움을 그들의 기억 한구석에서 오랫동안 남겨두고 싶었던 것이다. 과자를 전해준 미군들도 고맙다며 두 손을 내민 어린이들도 다같이 이국적인 고운 향기가 고스란히 배어있었다.

늘 합당한 진리만을 생각해왔던 유순한 여인이 기약 없는 그림자를 다독거려야 했다. 그리고 슬픈 나날이 다가오는 그날 가슴에 눈물 자국을 어떻게 지울지 알 수 없는 일이었다. 지게에 목을 감춘 고난의 손등을 지켜봤을 때 급작스럽게 덤벼드는 특유의 감동을 억제하지 못했던 기억들이 또 한 번 가물거렸다. 주인의 말씀에 불평한마디 없이 순종하며 쌀자루와 반찬거리를 숙소에까지 가져다주었었다. 그 당시 뜻하지 않았던 일에 희진은 당황하고 말았었다. 험난한 시대에 아픈 가슴을 움켜쥐고 살아왔던 우리 민족은 정치적으로 대혼란의 세상을 맞이했었다. 그것은 바로 시련과 도전의 시기가 온 것을 의미하는 것이었다. 뜻있는 국민은 국가의 번영과 이익을 위해 매진해보려고 헌신적으로 노력을 기울여보기도 했었다. 시대 상황에 맞게 희진은 그 어디에도 울음 섞인 하소연을 하지 못 했었다. 해가 바뀐 1947년 초봄을 알리는 어느 날 밤 눈이 많이도 내렸었다. 아침을 지으려고 바깥으로 나온 희진은 자연의 아름다움에 저절로 감탄을 아끼지 않았다. 맑고 깨끗한 풍경에 얼마 동안 정신을 놓아둔 채 부엌으로 들어갔었다. 이날은 재만이 집을 방문하기로 날짜를 잡아 두었던 것이다. 마음속으로 하필이면 왜 이렇게 사람들의 눈을 자극하는 날이었을까 하는 감정에 물들어 갔던 것이다. 지난밤에는 심한 방황의 길목에서 애태우는 사람처럼 보이지 않는 숨소리가 들려오기도 했었다. 석유 냄새로 등잔불을 밝혀놓고 책장을 넘기는 동안에 참을 수 없는 괴로움을 달래야 했었다. 억지로 잠을 청해봤으나 긴장이 더 무거워지는 것이었다. 아침 기운이 사라지는 시각 희진은 두터운 옷을 입고 하얀 눈길을 따라 재만이 집을 찾아가고 있었다. 이때 확실히 떠오르는 것은 그리운 고향집이었다. 여학교 시절 교복을 감싼 외투에 눈송이가 와 닿으면 어쩐지 모르게 낭만에 젖었던 먼 추억이 알현하게 떠오르는 것이었다.

꿈을 소중히 가꾸어가던 그때를 잊을 수가 없었다.

인생길에서 수많은 진실을 터득한 사람들이라 하더라도 이 자연의 현상만은 격멸하지 않을 것으로 보여졌었다. 재만의 집에 늘 신세만 지고 살아오는 동안 아직도 제대로 보답을 못했던 것이다. 마치 시집간 여자가 아무 채비도 없이 빈손으로 친정을 찾아가는 느낌이 들었었다. 교직이라는 명분 하나만을 앞세우고 허물없이 대문을 들어섰다. 집에 계신 부인이 방문을 열고 밖으로 나오며 아름다운 미소로 흡족하게 반겨주었다.

곧 두 사람은 방으로 들어갔었다.

희진은 재만 부친에게 문안 인사를 드렸다. 그러자 정이 넘치는 말씀으로 윤 선생이라고 부르며 특별한 손님처럼 대해주었다. 얼마 후 부인은 밥상을 차려왔었다.

한가롭게 느껴지는 농촌의 정경이 평화롭고 다정다감한 집안을 엿보고 있었다.

많은 날들이 지나가는데도 형민 생각을 새롭게 떠올렸다.

그가 집안의 기대를 저버리고 어렵게 보낸 이곳이 첫사랑의 흔적으로 남아있었다. 희진이 자기 집 앞에 나타났을 때 당당했던 몸매가 눈앞에 보이는 듯 했었다.

이 세상을 살면서 단 한 번도 공중을 나르는 날개를 펴보지 못 한 가슴에 무슨 울음을 남겨놓을지! 넘어간 그날 평범하고 순수하게 외쳤던 목소리는 먼 바닷가 저편으로 사라져버렸다.

희진은 자연발생적인 인간 감정을 들춰보며 희미한 기억을 찾고 있었다. 그리고 또한 형민은 자기가 만든 자기 인생이기에 안개에 갇혀 소리없이 흐르는 눈물을 삼켰을 것이다. 어쩌다 있었던 짤막

한 대화표현에서 사랑을 외쳐보는 청춘의 시간이 지나갔었다.

형민은 삶의 길을 올바르게 일으켜 보려는 정신을 앞세우고 먼저 이곳을 떠나갔었다. 홀로 남은 추억이 희진의 마음을 넌지시 떠보는 것이었다. 도대체 어떻게 하라는 것인지 말이다.

가을에 피는 국화 한 송이에 푸른 정의 그리움을 담고 또 다른 눈빛을 먼 곳으로 보내야 하는 희진은 명백히 설명할 수 없는 인성변화와 갈등을 빚고 있었다. 못 잊을 한 젊은이의 자태에 대한 기다림 때문에 대단히 지쳐있었다.

엄격히 말하자면 체념이라는 선택이 희진의 앞으로 찾아오고 있는지도 모르는 일이었다. 살아온 흔적에 대한 아쉬움이 희진의 곁을 떠나지 않았다. 커다랗게 부풀어올랐던 기다림도 이제는 다 물거품에 지나지 않았었다.

우울한 겉모습을 감추려고 노력을 해봤으나 본 마음이 이를 도와주지 않았었다. 더없이 절망의 세상을 한탄하는 감정은 전보다 훨씬 민감해지는 것이었다. 재만이 부친께서 자신의 처지를 항상 염려해주시며 격려의 말씀도 잊지 않았었다.

이처럼 인생의 철학이 지향하는 고무적인 언급은 어두운 밤 등불처럼 환하게 빛이 났던 것이다. 외로움에서 벗어날 수 있는 날을 찾아보는 희진은 때때로 침묵의 어둠 속에서 몸부림을 쳤었다.

하늘을 머리에 이고 다부지게 이끌어보겠다는 힘을 더 많이 길러내야 했었다. 이날도 재만 집에서 폐만 끼치고 돌아서는 발길은 무거워었다. 다음날 소리없이 찾아왔던 울음의 자취를 생각하며 막연한 현실을 들여다보았었다. 멀리 저 멀리서 불어오는 바람결에 혹시나 집안 소식이 전해오는 것은 아닌지 하고 어처구니 없는 환상을 좇다보면 그만 기가 죽고 말았던 때도 있었다.

참아내는 것에 지쳐있는 희진은 깊어진 쓸쓸함을 이 이상 두고볼 수 없었다. 저절로 헤매는 눈동자에 비춰진 나날이 해를 거듭할수록 불효의 죄는 늘어만 가고 있었다.

딸자식 걱정에 애를 태우시며 노년기를 맞이하신 부모는 어떠한 지? 정든 시골마을 집집마다 저녁밥을 짓는 노란 연기가 피어오르면 먼 기억 속에 뛰어들어 물끄러미 아득한 옛 하늘을 쳐다봤었다.

희진은 마침내 새로운 결심을 하고 이 학교를 떠나가기로 했었다. 화려한 석양빛이 물들면 성숙한 안목으로 더 많은 때를 기다리고 있는 앞날에 대해 안타까워했었다.

그동안 농촌에서 경험했던 마지막 모습을 기록하며 미리 짐을 챙기는 눈가에는 이슬방울이 맺혀있었다.

일상 생활을 하면서 방 안에 두고 늘 가까이 들여다봤던 한 장의 사진을 만지며 지난날을 회고하고 있었다. 아름다워 보이는 교복 차림에 곱게 따 내린 갈래머리를 혼자만의 느낌으로 감상하는 동안 "그런 때도 있었지!" 하며 다복했던 그 시절을 마음껏 안아보고 싶었던 것이다.

여러 해 동안 따뜻한 정으로 도와주신 두 내외분에게 아무것도 해드리지 못 하고 이 고장에서 아쉬운 작별의 인사를 드려야 했었다.

때로는 행주치마에 물 묻은 손을 닦으시며 반갑게 맞아주시던 정겨움도 잔잔한 미소도 희진은 여기에서 더 기대할 수 없는 일이었다. 돌이켜보면 숨길 수 없는 흔적들이 그날을 말해주는 것이었다. 그토록 원했던 길을 가지 못하고 또 다른 삶의 시작을 위해 깜박이는 네온 불빛 황홀한 거리를 찾아가야 하는 희진의 얼굴에는 근심이 가득 번지고 있었다. 만남이 있으면 헤어짐이 온다는 말처럼 여기를 두고 또 다른 타향을 찾아 몸을 옮기는 것이었다.

처음 이 학교에 들어설 때 일장기(일본국기)가 시선을 끌어 모았었다.

그러나 머지 않아 해방을 맞이하고 나라를 잃었던 설움을 달래주는 태극기가 교실마다 장식되었다.

그런데도 국토는 분단되어 세상은 어수선했었다. 분필가루를 마시며 수업을 지도하는 과정에서 수많은 시행착오를 범했고 또한 남모르는 고충도 많았었다. 이렇게 자랑스럽지 못 한 일들을 부끄러워하며 교정을 떠나가는 발길을 막을 수 없었다.

그리고 더 나아가 한 남성에게 사촌 오라버니의 죽음(전사)을 알리지 않으려고 했던 것은 무슨 이유 때문이었을까?

이 의문에 대해서는 누구라도 짐작해보면 쉽게 이해할 수 있는 일이었기에 이제까지 명쾌한 대답을 피해왔는지도 모르는 일이었다.

넘어간 과거에 원숙한 면모를 대하고 기묘한 감정이 찾아왔을 때 형민이 앞에서 자신의 속 심정을 고백하고 말았던 것이다. 그 열정의 언약은 모질게 앗아가 버렸다. 그리하여 두 사람은 갈 수도 올 수도 없는 서로 다른 곳에서 인생길을 걷고 있었다. 암울한 눈앞을 헤치며 온갖 정성을 쏟아 마음으로 엮어온 '회상록'을 그 언제라도 슬픈 심정이 저어오면 그 앞에서 펼쳐보기로 했었다.

희진은 살아온 인생에 대한 아쉬움이 떠나지 않았었다.

힘없는 모습을 감춰보려고 많은 애를 써봤지만 인간의 본능이 도와주지 않았었다. 더없이 절망의 세상을 한탄하는 감정은 전보다 더 심했었다.

　1947년 따뜻한 계절에 붉은 장미꽃이 활짝 피기 시작한 어느 날 학교에 사직원을 제출했었다.

　이 결정을 하기까지 서글픔은 늘어갔었다.

　암울한 생각들이 다시 눈앞을 스쳐가면 그것은 지난날의 감정을 자극했었다. 아름다움을 자아내던 그때 자연의 푸르름에 빛나는 마음을 꼭 붙잡고 자유스러운 방향으로 처음 초저녁 길을 함께 거닐었다. 등에 짐을 진 자세에 특별한 감정이 얹혀있었던 것이다. 그러한 태도가 흔들림이 있었던 허탈감을 형민은 끝까지 극복했었다. 생명의 표현을 감추고 멀리서 나타나는 황혼의 눈길에 또다시 떠오르는 아침 햇살을 보고 희망을 가꾸어 갔었다.

　이러한 가운데 현실의 감각을 겨냥한 인내력을 뼈저리게 요구해 왔고 '생존의 조건'을 버릇처럼 외우며 살아왔었다.

　고향에 피는 들꽃 향기에 마음껏 취해보고 싶었던 형민의 고달픈 소망이 하루속히 찾아왔으면 하고 염원했었다.

　결국은 그 뜻을 이루어냈었다.

　기다림을 망설이지 않고 혼자 떠나는 발목에다 자신의 그림자만을 달고 갔었다. 왜 좀 더 참지 못 하고 그러한 판단을 했을까? 이러한 일들은 상식의 영역 안에서 충분히 알아낼 수 있었다. 빗겨간 등뒤를 붙들고 보이지 않는 형민의 모습을 쳐다봤을 때 희진은 절망의 한숨 소리를 들으며 밤을 지새워던 것이다. 힘든 운명을 견뎌내며 오고 가는 사계절을 넘어야 하는 고통이 특별한 색깔로 물들어져있었다.

잃어버린 아픔을 눈물로 막아야 하는 윤희진…….

하나의 등불에 기대던 속세의 낭만도 지금은 희진의 곁을 떠났었다. 강하게 뛰쳐나오는 정신적 요소를 외부의 사물에다 적절히 융합시키려는 의지의 뒷면에서 어떤 방향으로 나아갈 길을 찾아야 할는지! 교문 옆에서 있었던 아찔한 보살핌도 흘러간 그림자였었다. 울음소리가 저무는 구름 속에 가려질 날을 생각해보았다.

소중한 생명을 위해 신분의 귀천을 구별할 여유도 없었던 형민은 분명한 목적 아래에 살아왔었다.

형민은 더 멀리 뛰려고 개구리처럼 움추리고 하늘과 땅을 유심히 지켜봤었다.

한 지역에 있으면서 상냥하게 웃음을 띤 얼굴로 차분히 이야기할 여유는 없었지만 그래도 서로가 그토록 사랑했으니 행여나 한 번 쯤은 꼭 달려올 줄 알았는데 기다린 보람도 없이 혼자 남쪽에 아무렇게나 버려졌었다.

거침없이 두 날갯짓을 하며 북으로 나르는 새들을 보고 38선(북위 38도선)이 원수처럼 미워질 때 하늘은 온통 검은 비구름뿐이었다.

희진은 옳고 그름을 분별하여 판단할 줄 아는 나이가 되자 아버지께서 삼종지도(三從之道)에 대해 말씀해주셨다.

이는 여자가 지켜야 할 세 가지 예의도덕인데 어렸을 적에는 어버이를 따르고, 시집 가서는 남편을, 남편이 죽은 후에는 아들의 뒤를 좇으라는 것이었다. 아버지의 따뜻한 사랑 아래 이 가르침을 받고 곱게 자랐었다. 삼종지도에는 여자는 따를 것에 따르며 올바르게 살아야 한다는 의미를 지니고 있는 것이다. 혼자서 외로움을 만나면 자신도 모르게 옛 기억이 서러운 눈가에 이슬을 남겼었다.

몸동작이 익숙해도 아무나 쉽게 모방할 수 없는 형민의 지게질은 한이 맺혀있을지도 모르는 일이었다. 스스로 못살게 짓눌렀던 '염원의 계절'도 희진의 괴로움을 불러 일으킬만 했던 것이다.

저 멀리 바라다 볼 수 있었던 애정의 능선에 말이 잘못 전해진 것은 아니였는지!

희진은 출발하기 전날 오후 학교에 나가 선생님들과 조촐한 송별회를 갖고 난 다음 곧바로 재만이 집을 찾아갔었다.

지금까지 세상을 살아오면서 황혼이 물들 무렵 이렇게 무거운 발거름을 내딛어 보기는 두 번 째였다. 집에 들어서자 부인이 부엌에서 나오시며 반갑게 맞아주었다. 희진은 부인의 얼굴과 마주치자 참아야 하는 눈물을 보이고 말았었다.

아무 영문도 모르는 부인은 희진이가 우는 모습을 지켜보고 슬퍼하는 까닭을 조용히 물어봤으나 대답은 전해지지 않았었다.

부인은 낮은 목소리로 다시 한 번 희진의 속시원한 대답을 요구했었다. 인정이 샘솟는 한 마디 두 마디 물음에 희진은 고개를 들지 못했다.

이렇게 가만히 있을 때가 아니라며 희진의 손을 잡고 방 안으로 들어갔었다. 꼭 참아야 할 울음을 왜 보이고 말았을까!

그것은 차곡차곡 쌓인 외로움을 달랠 수 없었기 때문이었다.

얼마 동안 피를 나눈 두터운 사이처럼 정을 지켜왔던 내외분(재만이 부모)과 작별을 해야 하는 서글픔이 못내 희진의 숨소리를 억누르고 있었다.

희진은 큰 용기를 앞세우며 차분하게 자신의 처지를 대략 말하는 것이었다.

부인은 침울한 얼굴빛으로 희진의 사연을 하나도 놓치지 않고 들었었다.

늘어가는 혼인의 나이이기에 희진을 대할 때마다 마음속으로 걱정을 해왔었다. 객지타향살이란 우리네의 삶에 있어서 그렇게 만만한 것은 아니다. 더구나 여성의 몸으로는 그러했다.

눈물의 여왕은 아니지만 그동안 희진이가 흘린 눈물 속에는 여러 가지 어려움이 숨겨져있었다.

희진은 잠시 입을 다물고 있었다. 결례가 될 정도로 말이다.

그러나 그것은 실례로 이어지는 것은 아니었다. 드디어 독특한 마음을 먹고 형민이가 무척 보고 싶다며 과거사를 기탄 없이 말했었다. 때늦게서야 둘 사이의 관계를 알아차린 부인은 크게 놀라는 표정으로 희진의 손을 힘주어 잡았었다.

순정의 발언은 부인에게 엄청난 충격을 안겨주었다. 그리고 이러한 진실들이 부인의 피가 혈관을 순환하는 동안 또 한 번의 아찔한 기분에 젖어들었다. 희진의 메마른 목소리 뒤에는 고통의 자취들이 그려져있었다. 이따금 질긴 숨소리로 혹은 느긋하게 힘센 감정을 달래 봤지만 자신으로부터 비아냥거림을 받았었다.

희진에게 있었던 선량한 기적도 사라진 꿈이었다.

그리하여 돌아오지 않는 메아리에 귀를 떼고 한숨 섞인 미련을 말끔이 매듭지어 보려고 했으나 잇따라 반사되는 요란스러운 빛에 얽매이고 말았었다.

세상 속의 서릿발에 흠뻑 젖은 시련을 그냥 지켜보고 있었다. 부인이 희진이를 대접하고 싶어 저녁밥을 지으려고 밖으로 나아가는 것을 애써 말렸다. 할 수 없이 그대로 주저앉는 부인은 침묵에 빠져들었다.

얼마 후 희진은 방에서 일어서며 내일 떠날 때 다시 찾아와서 어른신께 인사 말씀을 드리겠다며 방문을 나섰다.

희진이가 집을 나간 다음 부엌에서 일을 하는 동안 정신이 온통 딴 곳에 있었다. 그것은 정으로 엮어온 지난 일을 잊을 수가 없기 때문이었다.

먼저 고향을 찾아간 손형민과 그리고 또 떠나는 윤희진 두 사람은 부(富)와 덕(德)을 두루 갖춘 집안의 귀한 자식들이었다. 밖에 나갔던 주인이 저녁밥 때에 집에 돌아왔었다.

밥상을 들고 방으로 오는 아내의 거동이 밝아 보이지 않자 집에 무슨 일이라도 있었느냐고 물었다. 부인은 어색한 말씨로 차츰 전해드리겠다며 성급하게 나서지 않았다.

조금 뒤에 부인은 형민의 모습을 찾으면서 밥상을 치우고 방으로 들어왔다. 새로운 진실과 충격에 매달여야 했던 방금 전의 순간을 되짚어 보는 것이었다. 과거의 그날로 달려가면 해방이 되자 형민이가 떠나던 그때 기차 화통에서 나오는 검은 연기가 멀리 사라져 가는데도 우뚜거니 서서 지난날을 회상하며 형민의 장래를 기원했던 일이 부인의 가슴 안팎을 스쳐갔다. 참된 웃음을 잃어버린 그날이 지금도 잊혀지지 않고 있었다.

그런데 이 밤이 지나면 또다시 한 여성과 석별의 정을 나눠야 했었다. 마음 깊이 간직해두었던 속정을 털어놓은 희진이가 내일 여기를 떠나간다는 말을 솔직한 어감으로 전했었다. 이 이야기를 듣고 있던 바깥어른도 조용한 숲길에서 하염없이 방황하고 있는 듯했었다.

두 분의 동정어린 눈빛에서 짧은 대화가 이어졌다.

"실은 우리가 윤 선생의 사정을 잘 알고 있지 않소. 고향이 이북이어서 늘 고독에 젖어있었으니 말이요."

바깥어른이 이렇게 말했다. 그러자 부인은

"그것은 사실이지요. 그러니 이곳에서는 깊은 쓸쓸함을 참아낼수가 없는가 봐요."

말끝에 기운이 보이지 않았었다.

부인의 말을 듣고 나서 가지고 갈 짐 걱정을 하자 마침 내일 읍내로 싣고 갈 짐이 있어 우마차 주인이 편의를 봐 준다는 것이었다.

이 말을 듣고 난 다음 전별금은 내가 마련해놓을 테니 역까지 배웅을 다녀오면 어떻겠느냐고 부인의 의향을 물어봤었다.

서운한 기분을 감추지 못하고 이렇게 말하자

"예. 그렇지 않아도 그렇게 생각하고 있어요."

다시 힘이 빠져있는 대답을 했었다.

친자식처럼 대했던 인연이 이제는 추억만을 남겨놓았다.

두 분은 등잔불이 가물거리는 방 안에서 밤늦도록 형민이와 희진이 두 사람에게 제대로 다 해주지 못했던 정성을 아쉬워하며 이야기를 주고받았었다. 남의 집에서 고된 농사일을 멀리하고 떠나던 그날의 기억이 왜 이렇게도 오늘밤 부인의 마음을 사로잡고 있는 것일까?

그것은 낮에 희진의 순정어린 고백을 들었기 때문이었다.

여기서 멀어진 시간 속으로 좀 더 다가서서 그날을 찾아봐야 했었다. 둘이는 이북에 부모형제를 두고 한 사람은 타향에서 그리고 또 다른 사람은 고향에서 조국 광복의 기쁨을 누렸던 것이다. 불우한 운명의 꾀임이 있었다 하더라도 희진이는 다시 이 고장 학교에 오지 말았어야 했었다.

다시 말해 누가 어떻다고 해도 말이다. 그런데도 교직이라는 사명감을 잊을 수가 없어 찻길을 따라 남으로 내려왔었다.

이곳에 온 즉시 인사를 할 겸 보통 거름으로 집에 들어섰었다. 손에는 작은 선물을 들고 잘 다녀왔다는 안부 인사를 하자 부인의 얼굴빛이 예전 같지 않았었다. 속으로 '왜 왔을까?' 하는 생각이 반가움을 뒤로해두었던 것이다.

희진은 형민의 자취를 눈여겨 찾아봤지만 그는 상행선 열차를 타고 이미 발거름을 옮겨버렸었다.

희진은 이때부터 자연스럽게 외로움의 늪에 빠져들었던 것이다. 절망처럼 찾아왔던 심한 감정의 영향을 희진은 어떻게 극복해보려고 했었을까? 울컥 생각하기에 언젠가는 다시 만날 수 있으리라는 희망을 품었던 것이었다.

이렇게 단순하고 평범한 상식 앞에 서고 말았었다.

그 후 계절 따라 넘고 넘었던 그 시간 속에서 학교생활에만 힘을 쏟았던 희진에게도 때로는 눈물을 원망했었다.

한순간의 판단과 실수가 자신의 운명을 바꿔놓고 말았었다.

돌이킬 수 없는 후회와 좌절에 젖고 있는 이 사연이 내일을 넘어다보고 있었다.

다음날 아침 일찍부터 부인은 아침밥을 지었다. 희진이에게 아침 식사를 권해보려고 그랬던 것이다.

부인도 희진과 함께 가야 하므로 서둘렀다.

희진은 우마차 주인과 동행을 하다가 잠깐 기다리게 해놓고 온화함을 느끼며 밟아 다녔던 문간을 들어섰다.

마당에 서서 두 눈으로 집을 한 번 둘러봤었다. 어느 때와는 달리 슬픔이 먼저 찾아오는 것이었다.

마루에서 일어서는 두 분의 표정도 어딘지 모르게 어두운 그늘이 드리워져있었다. 떠나는 사람을 대하는 눈가에는 희진이와 똑같은 감정이 고여있었다. 깊이 있는 아름다움의 품위를 감추고 부인은 마루에서 내려와 희진을 맞이 했었다.

어머니와 딸자식처럼…… 아마 부인도 딸자식이 있었다면 간혹 이러한 심정이 소리없이 저려왔을지도 모르는 일이었다.

희진이가 공손히 인사를 하자 어르신은

"윤 선생. 나하고 하고 싶은 말은 많으나 그저 줄이겠소. 객지에서 부디 몸조심하고 지내시기를 바랍니다."

목이 메인 어감으로 이렇게 말하고 나서 부인을 보고 전별금을 전해주라고 했었다. 직접 건네줄 수도 있었지만 희진의 마음이 행여 어떨까 싶어 이렇게 부탁을 한 것이었다.

부인은 마주보며

"윤 선생. 다음에 기회가 오면 우리 꼭 만나요."

인정의 숨결에서 세여 나오는 말이었다.

희진은 어렵게 사절했지만 여기서 부인이 남긴 말씀에 성의를 져 버리지 않았었다. 다시 머리를 숙이는 그녀의 거동에 내외분은 시각이 모아졌다. 대문 밖까지 나온 어르신에게 예의를 표하고 골목을 따라 부인과 나란히 거러갔었다. 이렇게 솟는 인간애의 길을 그 누구도 막을 수 없었다.

희진은 지난날에는 북에서 남으로 왔었고 오늘은 남에서 북방 서울을 향해 정붙이고 살았던 시골마을을 떠나가는 것이었다. 농촌에서 장거리 운송수단인 우마차가 신작로 옆에서 기다리고 있었다.

그 주인이 부인을 보고

"마님. 어디 가실려고 나오셨습니까?"

하고 인사를 했었다.

그러자 부인은 윤 선생하고 같이 가고 싶어 나왔다며 수고를 해주시게 되어서 고맙다는 말을 전했었다.

신작로 흙먼지가 조금씩 발등에 살짝 와 닿았다. 부인과 희진은 거르며 그동안 지내왔던 이야기를 주고받았다.

그 가운데에서도 형민이 말을 놓치지 않았었다.

두 사람 사이를 일찍부터 알았다면 언제라도 집에 와서 좀 더 한가로운 대화를 나눌 수 있었을 텐데 하며 아쉬워하는 것이었다. 그러고 나서 부인은 내 나이가 좀 들어 보이지 않느냐며 실은 출가 후 남들보다 훨씬 늦게 애들을 보았다며 조금은 쑥스러운 표정을 지었다.

이때 우마차 주인은 깜박 잊었다며 어르신네의 안부를 묻는 것이었다. 다른 사람의 화물과 희진의 짐을 싣고 가는 이날의 시골길에서 자연의 냄새가 세 사람을 지켜보고 있었다.

그분이 뒤를 돌아다보며 희진이가 다소 피로해 보이자

"윤 선생님. 우리 좀 쉬어 갑시다."

하며 우마차를 멈추었다.

조금 뒤에 울퉁불퉁한 시골길에서 힘센 발굽 소리를 들으며 다시 걷기 시작했었다. 이날 오후 검은 석탄 연기를 뒤로 저쳐가며 슬피 우는 기적 소리가 희진이를 차에 오르게 했었다. 모녀의 정을 가슴에 안은 듯이 희진이도 울고 부인도 울었다. 손을 흔들은 부인의 눈물 섞인 그 말씀에 희진은 '엉엉' 더 크게 울었다.

자신의 살 길을 따라 혼자 떠나는 그 심정을 친부모에게 알릴 수 없는 고통이 연약한 몸을 휘감고 말았었다.

하얀 손수건으로 얼굴을 적셨던 오늘을 희진이가 서울생활에 익숙하고 나면 아니 그 이전이라도 추억을 찾고 헤맬 때면 고이 간직한 회상록의 한 장에서 이 애절한 감동을 뜨거운 입김으로 받아들일 것이다. 보잘것없는 짐보따리를 몇 개를 가지고 혼자 서울에 도착한 희진은 마음을 가라앉힐 사이도 없이 그 다음날 시내에 있는 한 국민학교를 찾아가 자신의 딱한 처지를 자세하게 말하고 교사로 채용해 줄 것을 간절히 부탁했었다.

그러나 실망스럽게도 이 학교에서 거절을 당했었다.

교정을 빠져 나와 힘없이 거리에 나섰다.

일자리를 얻어보려는 욕구는 강했으나 현실은 그렇게 쉽지 않았었다. 임시 숙소에서 며칠 동안 밤낮을 가리지 않고 궁리를 했었다. 그 후 다시 용기를 붙들고 시내 변두리 학교를 찾아갔었다.

지난번과 마찬가지 내용으로 이 학교 교장 선생님에게 하소연을 했었다. 요행이도 상상의 범위를 뛰어넘었었다. 이 학교에서는 교원을 더 채용하는 참이었으므로 곧 교단에 설 수 있었다.

이날 오후 늦게 학교에서 숙소로 돌아왔었다. 밤이 깊어 가는데도 밖으로 나와 서울 하늘에 떠 있는 둥근달을 바라보며 북녘을 향해 두 손을 가슴에 모으고 서러운 미련을 품안에 껴안았었다.

서울에 와서 생활환경이 바뀌자 모든 일이 어리둥절하여 마음 둘 바를 몰랐었다. 그리고 한편으로는 정들었던 정읍땅이 그리워졌었

다. 넘어간 그날 겨울밤이면 조용한 골목에서 개 짖는 소리에 마음
의 움직임도 있었다.

잠시 후에 방으로 들어갔었다. 온갖 사연 때문에 수없이 손수건
을 적신 그때가 부끄럽게 느껴지기도 했었다. 조바심을 가지고 기
다렸던 새 출발의 날이 밝아왔었다.

교직생활의 경력은 적지만 열과 성의를 한데 모아 보려는 희진의
결심이 인간 본래의 집념을 다독거리는 것이었다.

그때 그날 서울행 열차에서 못 잊을 숨소리에 귀를 바싹 대봤던
엊그제의 절망감이 지금도 심장의 피에 섞여있었다.

우리가 거러가는 인생길에는 천차만별의 가시밭이 가로놓여있
다. 이러한 길 앞에서 헤쳐 나아가는 방법도 각양각색이므로 본인
들이 처해있는 상황을 눈여겨보며 슬기롭게 살아가고 있을 때 삶의
보람을 찾을 수 있다.

희진이가 이 학교에 몸을 담은 지도 해와 달이 몇 번 바뀌었다.

이 세상을 뒤돌아보면 누구나 나이는 멈추게 할 수 없다.

계절을 뒤따라 다니는 나뭇잎이 떨어지고 그 가지에 하얀 눈이
곱게 내려앉아 색다른 자연의 모습을 자랑하고 있던 1949년 말 잘
아는 사람의 중매로 인생의 동반자를 만났었다.

이로 인해 학교에서 물러나 가정이라는 삶의 보금자리를 꾸며가
고 있었다. 순한 바람에 돛을 달고 단꿈을 가득 실은 배가 바닷물
속 암초에 부딪치고 말았었다. 사랑 이야기의 서막이 오르기도 전
에 1950년 6월 민족의 비극 앞에서 가슴 조이며 통곡과 눈물을 챙
겨야 했었다. 임을 부르고 또 부른 윤희진……

한맺힌 전쟁이 죄 없는 사람의 온몸에 총부리로 시퍼렇게 멍이

들었다. 죽임을 기다리는 행동들은 맥없이 점점 서울을 멀리했었다. 단란한 신혼의 향기도 미처 만나보지 못 한 임이 반동이라는 이유로 끌려갔었다.

6
분노

전쟁이 일어난 지 며칠만에 서울은 적의 공격에 휘말리고 말았다. 기갑차를 앞세운 적 주력부대는 수도를 점령하고 계속 남으로 진격해왔었다. 무더위 속에 항전의 숨결은 거칠었으나 방어능력을 잃은 아군은 제대로 덤벼들지 못 했었다.

우리의 가슴을 파낸 비통함은 이루 말할 수가 없었다. 국군장병들은 피끓은 호국정신으로 용감하게 싸웠으나 적의 총알을 막아낼 수가 없었다.

이에 따라 수많은 젊은이가 최후의 생을 보냈었다. 급한 물결처럼 밀고오는 적의 기세에 우리 측은 힘이 없어져 갔었다. 총을 맨 병사들은 별을 등에 지고 새벽길을 따라 넘기 힘든 길을 거러었다. 가라앉은 사기를 일으키며 슬픈 내력과 더불어 총구를 북쪽으로 겨누었다. 이와 때를 같이하여 겨레의 애끓은 울분이 터져 나왔다.

어느덧 서울 이남이 적의 발굽에 유린당하고 말았다.

피맺힌 저항에도 불구하고 적은 태연스럽게 밀고 내려왔었다. 적을 물리치지 못한 아군은 악몽에 시달리며 대전까지 절박하게 후퇴하고 말았었다.

적의 힘센 전투력에 맞선 국군은 다시 먹구름을 쳐다보며 전선을 지켜야 했었다. 서산에 지는 해를 바라보며 모든 병사들은 입술을 깨물었다. 분노에 사무친 현실을 원통해 하며 적을 향해 몇 마디를 던졌었다.

"우리는 죽어서 이 땅을 수호하겠노라고!"

비장한 외침에 힘을 얻은 용사들이 흙먼지 묻어있는 손으로 식은 땀을 닦기도 했었다.

전쟁이 발발한 지 얼마 안되는 날 김재만 학생은 학교에서 급히 집으로 갔었다. 부모에게 군에 지원하겠다는 말씀을 여쭙고 싶어서 그랬던 것이다.

전쟁터에 자식을 보내는 부모의 심정은 누구나 매일반일 것이다. 재만은 부모의 만류도 있었지만 기어코 대문을 나섰던 것이다. 재만은 이날 밤 광주에 와서 재완이가 자고 있는 사이 자기 짐을 정리해놓고 바깥주인에게 간단히 자신의 행선지를 말했었다. 그리고 내일 당장 떠난다는 것이었다. 옆방에서 이 이야기를 듣고 밖으로 나온 안주인이 매우 놀라는 표정으로 그때서야 집에 다녀온 까닭을 알 수 있었다. 두 분은 똑같은 말로 어찌 그러냐며 힘주어 말리는 것이었다. 재만의 성격은 타고난 인성 때문인지 남다른 데가 있었다. 신의를 저버리지 않으려는 일로 가끔은 마음에 걸리는 경우도 있었다.

이 하숙집에 온 지도 어느새 3년. 앞으로 더 있어야 할 거처에 동생을 두고 떠난다는 것이 형의 도리가 아니라는 생각도 들었다. 오늘밤이 지나면 조국을 위해 싸움터로 나아가야 하는 마음은 착잡하기만 했었다.

매정하게 퍼붓는 총소리가 우리 강토를 포염으로 휩싸이게 했었다. 지리적 위치로 보아 우리나라의 중앙지 대전은 천혜의 요충지로 알려진 곳이다. 아군이 방어진을 구축해놓은 것은 그동안의 시간들이 넉넉하게 기억해주는 듯싶었다. 이 지역을 중심으로 해서 동서로 뻗친 상향전선만은 적의 어떤 공격에도 기어이 사수해야 한다는 전략상의 의미부여가 우리의 속마음을 두둘겼었다. 아군은 얼마전의 전황으로 미루어보아 접전배후에서 높이 날뛰는 적의 무력을 대충 짐작해낼 수 있었다.

6 · 25 그날 여명을 기해 38선(북위 38도선) 지역에서 전면적인 비운의 서곡을 울린 지도 어언간 낮과 밤이 여러 차례 바뀌었다. 이 시점에서 다시 전선을 남으로 이동시킨다는 것은 국방상 중대한 일이었다.

다시 솟는 햇살이 대전 시가지를 밝게 비추었다.

이즈음 인민군 대위 손형민은 적의 후방지역에서 갑자기 경상도 방면으로 진격하라는 상부의 명령을 받았다.

소속부대를 따라 대전 북방근교에 당도한 시각은 야간전투가 개시되기 이전이었는데 이날 밤의 전투에 참가하지 않았었다. 불을 뿜는 치열한 전투가 잠시도 쉬지 않고 있었다. 다음날 아침 총소리가 멈춘 주변 일대와 야산에는 화약연기가 그대로 남아있었다.

손형민은 이곳에 오는 동안 몇 가지를 생각해 봤다. 그것은 개인적으로 경상도보다는 전라도로 진군하는 것을 크게 원했었다. 그 이유는 남몰래 혼자만 알고 있기 때문이었다. 이에 저절로 터져 나왔던 실망에 무척이나 괴로워했었다. 이날 아침부터 적은 어제와 마찬가지로 높고 낮은 고지에서 야간공격을 계획하며 아군의 전황을 살피고 있었다.

아군은 어떻게 해서든지 지연작전을 펼쳐야 했었다. 그리하여 아군은 위장전술로 적과 맞섰던 것이다.

아침이 식어지고 태양열이 찾아올 무렵 군수차량 몇 대를 대전역으로 집결시켰다. 역전에 동원된 차량은 면밀한 지휘체계하에 움직이기 시작했다. 텅 빈 차에 덮개를 둘러 씌우고 얼마만큼의 간격과 시간을 조절하며 대전역을 출발했었다. 이렇게하여 목적지에 도착한 차량들은 다소 시간을 끈 후 차의 덮개를 벗기고 빈차 모양 그대로 다시 되돌아 왔다. 아무것도 적재하지 않는 차량들이 온종일 오고가고 했었다.

대전역에서 진지까지 막강한 병력과 군수품을 대량으로 수송한 것처럼 적을 속였던 것이다. 적은 견고하게 확보해놓은 고지에서 망원경으로 주의 깊게 아군의 동향을 지켜봤었다.

해가 질 무렵 적은 흙먼지 속에 시간을 보낸 아군의 차량에 당황하고 말았었다. 이 전법에 속아 넘은 적은 늦은 밤까지 앞지른 공격을 하지 않았었다.

전쟁에서 '적을 알고 나를 알면 백전백승' 한다는 손자병법을 우리는 무심코 넘어갈 수 없는 일이었다.

짧게 흘러간 어제와 그제의 날씨 속에 가라앉지 않은 슬픈 운명의 높은 소리가 남으로 향해 내려가고 있었다.

동족간의 전쟁에 대한 원한을 품고 지친 장병들은 대전을 떠나야 했었다. 항쟁의 숨결이 서려있는 그곳을 되돌아 볼 적마다 산과 들에는 어둡고 담담한 기운이 펼쳐져 있었다.

　한 눈을 감고 실탄 한 발이라도 아껴 보겠다는 우국충정이 길바닥을 내려다보고 있었다. 이슬과 햇살을 맞은 군복에 대한 남아의 기백이 활발하게 움직이고 있었다. 군화끈을 졸라매고 남으로 방향을 옮겨가는 등뒤에 거센 적탄이 끈질기게 뒤따라 오는 것이었다. 맹렬한 기세로 포문을 앞세우고 들판길을 진동시킨 적 기갑부대에 맞선 젊은 몸들이 있었다. 대전이 적에 함락당하자 그로부터 며칠 후 한 중대 소대장인 황진혁 소위는 부하 두 명과 함께 목숨을 바쳤다. 전쟁이 일어나기 전 서울에서 어여쁜 젊은 여성들의 눈길을 많이 끌었던 것이다.

　남들의 부러움이 몸에 와 닿았던 초년 병영시절 거리를 누볐든 원만한 자세는 그가 지금 생각해봐도 멀어진 추억이 아닌 느낌이 들었다. 청춘을 군문에서 나라 위해 충성을 다하겠다고 맹세했던 그 소중한 각오들이 얼마 뒤면 아주 멀리 그의 곁을 떠나 버릴지도 모르는 일이었다.

　푸른 나뭇가지로 얽히고 설키게 위장한 적 탱크가 강열한 태양 아래서 아군을 뒤쫓고 있었다. 황 소위는 소대원 두 명을 데리고 반나절 동안 적의 진로를 정확히 알아두었다.

　희미한 어둠이 내리자 그리 넓지 않은 들판을 지나갔었다. 평탄한 신작로를 거쳐 산구비 경사진 길가에 닿았었다. 산속으로 조금 들어가서 주위를 살핀 뒤에 몸을 숨겼다.

　이때 멀리서 들려오는 진동 소리에 세 사람은 정신을 가다듬었다.

황 소위는 두 병사에게 자신이 먼저 탱크 앞에 뛰어 들면 즉시 위쪽으로 올라가 내부에 수류탄을 던지라고 조심스럽게 지시했다. 그러고 나서 황 소위는 수류탄 한 개를 오른손에 쥐고 안전핀을 만져봤었다. 두 병사 중 한 명은 총을 맨 채 수류탄을 들고 황 소위와 거의 비슷한 동작을 취했었다.

남은 한 병사는 길쪽을 내려다보며 사격 자세를 서둘렀다. 밀려오는 소음은 점점 더 크게 들려왔었다.

황 소위는 수류탄을 몸에 품고 커다란 물체 앞에 뛰어들었다. 이때 탱크는 급히 멈추는 것이었다. 적 탱크 위에서 멋모르고 바깥을 경계하고 있던 인민군 한 명을 총으로 사살해버렸다. 한 병사가 재빨리 기어 올라가서 수류탄을 철판 안으로 내던졌다. "쿵!" 하는 폭음이 울려 퍼졌다. 작전도로를 따라 천하무적인 양 무력을 과시하고 남으로 쳐내려오던 전차가 산모퉁이에서 멈춰섰다. 육탄으로 적을 막아 내려고 했던 그들은 오직 한 가지를 잊지 못한 채 전사하고 말았었다.

그것은 그동안 시대의 변천에 따라 강력하고 다양하게 발전시키지 못 한 국방력을 원망했을 다름이었다. 최후의 맥박이 고동치고 있을 때 지나친 감상의 날뜀도 인간 본능의 울음도 그들을 멀리해버렸다. 고향집을 지키는 부모와 그리고 형제들하고도 말 한 마디 없이 다시 나누지 못한 채 이별을 하고 말았었다.

분노의 거칠고 험한 물결을 따라 남쪽 땅의 한 산야에 와서 그들은 마지막 생을 보냈었다.

높은 목표를 지향했던 그 시절 황 소위와 두 병사도 장래를 바라보는 꿈은 있었던 것이다.

우리 강산을 무자비하게 짓밟았던 적의 전차 중에는 소련제 외에 미제도 있었다. 이 사실이 바람따라 장병들에게 전해지자 이에 모두는 몸을 떨며 걱정을 크게 했었다.

불행한 역사를 바탕으로 이 내력을 잠깐 알아보자면 그 의구심은 군사적인 면에서 매우 중대한 의미를 갖게 했었다.

문제의 전차가 나타난 것은 시대를 거슬러 올라가 현대 중국사의 한 장을 훑어보면 분명히 그 의문은 쉽게 지워질 수 있었다. 제2차 세계대전 직후 세상은 민주 공산 양대진영으로 갈라져 이념적 대립 양상이 표면화되기 시작했었다.

소위 말하는 냉전시대가 막을 올렸던 것이다.

세계대전 당시 일본에 억압당했던 중국의 장제스(장개석) 정부는 전쟁이 끝나자 곧 새롭게 정치체제를 확립했었다.

더구나 국제연합상임이사국의 일원으로 의젓한 자리를 지켜왔었다.

그런데 중국 내부에서 중화민국 정부와 중국 내의 공산당 사이에 사상적 갈등이 깊어지기 시작했었다. 그리하여 결국 무력 대결을 유발했고 이 도화선이 급기야 자국 내에서 국부전의 양상으로 변모하고 말았었다.

이에 즘하여 미국은 국부군(장개석 정부)의 지원을 목적으로 미 군수품 생산공장에서 만든 전차를 중국본토에 수송했었다. 이처럼 제2차 세계대전 이후 시작한 중국 내의 전세는 해를 거듭할수록 그 힘이 더해갔었다. 그로부터 얼마 후 중국공산 측과 국부군 사이에 휴전을 하자는 제의가 있었다.

이에 국부군은 순수히 휴전 제의에 응했던 것이다.

이 과오가 오늘날 중화민국이 대만땅에서 국가의 명백을 이어오는 결과를 가져왔다.

휴전이라는 이름 아래 곧바로 공산군은 그들의 계획대로 군비증강에 가일층 박차를 가했었다. 그로부터 얼마 동안의 시일이 지나자 공산 측과 국부군 사이에 다시 싸움이 벌어졌다.

현대 중국역사에 한 줄의 기억으로 남을 수 있는 국공회담(國共會談)이 바로 양쪽에서 휴전에 관해 진지하게 논의했던 회의였다.

이리하여 그 후 국부군이 패배하자 광활한 중국본토 전역에 공산화를 추진했었다. 자국 내에서 승리를 한 공산당은 많은 군사장비를 차지했었다.

중화민국 정부가 대만으로 옮겨간 지 얼마 안 있어 한반도에 전쟁의 비극이 찾아왔었다.

더 구체적으로 설명할 필요도 없이 해방 직후부터 남침을 획책했던 북쪽 공산집단은 중공군으로부터 그 무기(전차)를 입수했었다. 땅 위에서 최고의 무기로 대항하는 아군의 군 장비와 비교될 수 없었다. 슬픔을 느끼며 한여름 길가에 쏟아 부은 황 소위의 충성심에 그곳은 애국의 색채로 아로새겨졌었다.

한 시대를 살고 나면 누구나 다 이 세상을 떠나고 말지만 나라 위해 깊은 인연을 멀리하여 조국의 비극 앞에서 아픔을 참고 멀리 사라진 몸들이 너무나 원통했었다.

나뭇가지와 풀잎이 지켜봤던 그 길을 적군은 그저 밟고 남으로 내려왔었다.

형민은 대전을 지나면서부터 자꾸만 재만이 집안일이 걱정스러우었다. 그때마다 힘이 없어져 걷기조차 어려워었던 것이다. 땀 냄새와 육체적 피로도 몰라보고 병력 이동이라는 큰 물결 속에서 오직 결초보은(結草報恩, 한 번 입은 은혜는 끝까지 잊지 않고 보답한다는 뜻)을 다시 한 번 다짐하며 명령계통에 따라 움직이고 있었다.

형민은 대단한 인간적 용기를 소유하고 있는 사람이지만 제2 고향이라고 할 수 있는 정읍땅을 그저 마음먹은 대로 손쉽게 찾아간다는 것은 어떻게 보면 거의 불가능에 가까운 일이었다.

그러나 다만 세상에는 기적이 있을 수 있다는 요행을 확고하게 믿었었다.

형민이 부대는 경상북도 서부지구에서 전라북도 쪽으로 진격로가 바뀌었다. 밤새 이슬을 맞고 떼를 지어 전라도에 온 대원들은 아침 햇살을 맞이했다.

밥을 시켜먹으려고 마을을 찾아온 무리들이 나타나자 민간인들은 겁을 감추지 못하고 살살 피했었다.

머리에 쓴 모자와 어깨 등 뒤에 나뭇가지 잎이 꽂혀져있는 군복을 보고 더욱 놀랐었다.

떠돌아 다니는 소문이 거짓이 아니라는 것을 확인할 수 있었다. 마을사람들은 멀리 도망칠 수도 없었으니 오직 잡히면 어쩌나 하는 공포가 온동네를 뒤덮었다. 이구동성으로 이제는 독 안에 든 쥐라며 얼굴빛을 서로 감추었다. 농사일에 그을린 겉모양이 더 한층 짙은 색으로 변해갔었다. 총구 앞에서 위협을 받으며 떨어야 하는 부락민들은 아침식사를 대접했었다.

그리고 시키는 대로 두서없이 휴식처도 마련했었다.

밤으로 활동하는 무리들이 해가 지자 딴 곳으로 떠나갔었다.

밤이 지나갔다.

형민이는 연일 계속되는 강행군으로 몸이 매우 지쳐있었다.

전라북도 넓은 평야를 거쳐 자기가 뜻을 세운 이곳에서 병력이 나뉘었다.

명령에 따라 다소 무리를 하며 어렵게 왔다. 힘을 주어 버틴 소원의 의지가 관철된 셈이었다.

형민이가 과거에 얼마 동안 살았던 집을 찾아간다는 것은 실로 길고도 먼 기다림이었다. 전쟁을 하면서 이 열정이 궁극적으로 좋은 결과가 있기를 바라고 있었다.

그러나 뚜렷한 목표를 위해 조금이라도 마음을 놓아서는 안될 심각한 얼굴에 자신의 의지와 노력에 한계를 느끼는 듯 한 겉모습을 들어내고 있었다.

그때의 일들이 기다리고 있는 곳 정읍에 다 오자 형민은 비바람을 맞은 자신의 군복을 쳐다보며 잇따라 긴 호흡 속으로 급히 빠져들었다. 이 정신적 충동에 매달린 것은 지난날에 숨겨진 옛정의 그리움이 바닷가 들물처럼 밀려오고 있기 때문이었다.

그 보답을 위해 몹시 지쳐있는 몸을 추스리며 심장에 와닿는 한 자락 희망을 눈감고 더듬었다.

그것은 오직 그 어떤 경우라 하더라도 재만이 부친께서 희생을 당해서는 안된다는 것이었다. 무엇을 바라보고 있는 듯 굳어있는 표정 앞으로 말 못 할 조바심이 스쳐 지나갔다.

머슴살이로 고된 삶을 살아오면서 염원의 계절 속에 갇힌 채 인명에 대한 존엄성이 무엇인가를 젊은 나이로 몸소 체득했었다.

그런 까닭에 도처에서 벌어지고 있는 지금의 무서운 상황을 지켜보며 가까스로 여기에 당도한 의미를 깊이 깨닫는 것이었다.

이 시각 자기 부하 하사관 한 사람이 여기가 어디쯤 되느냐고 말을 걸어왔다. 고을 이름을 확실히 모르는 그는 몹시 침울한 얼굴빛을 하고 있었다. 형민은 그 말의 내용에 무슨 의도가 담겨있는지 알수가 없었다.

얼핏 지난날을 들추어 내보며 퍽 안타까워했었다. 남원을 거쳐가면 찾아갈 곳이 있다라고 혼잣말을 꺼내는 것이었다.

과거 불리했던 생활처지를 몇 마디 털어놓고는 형민이 앞에서 이이상 말을 하지 않았었다. 혹시 자기를 이겨내려는 노력이 모자란것이 아닌지 잘 살피는 것이었다. 그리고 무슨 생각을 하고 있는 눈치가 보였다. 형민은 소속 대원들을 데리고 지난날 초록색 향기에 몸을 적시고 살아왔던 마을을 가까이서 바라보았다.

대원들을 길가에 머물게 한 다음 곧바로 혼자 골목을 정신없이 거렸다. 매우 급하고 중대한 관심사는 재만의 부친이었다.

대문 밖에 도착했을 때 옛집을 찾는 정겨움은 어디론가 알 수 없게 사라져버렸다. 급한대로 집으로 들어갔었다.

마루에서 몇 사람의 여인네들이 부인을 가운데 두고 모두 고개를 빠뜨리고 있었다. 비관적 판단을 앞세운 형민은 아무 예의도 없이 그 장면을 지켜봤었다. 마루에 있는 사람들이 처음 보는 인민군 복장에 새롭게 놀라며 위협을 지켜보는 것이었다.

형민은 가까이 가서 부인(재만 모친)을 쳐다보며

"저. 형민이 임네다."

추억이 남기고 간 과거에 몇 차례씩이나 들었던 말씨에 부인은 감격했었다. 그리고 무언가 두려움 없이

"아니, 형민이 이게 왠일이요?"

힘없이 앉은 자리에서 나온 말이었다.

5년의 시일이 이렇게도 변해서 형민이가 적군의 몸이라니……
눈물이 북받쳐 어떤 말을 먼저 찾아내야 할지 갈피를 못 잡았었다.
박동치는 맥박의 수가 급하게 늘어만 갔었다.

그때 그 시절 한 젊은이에게 바쳤던 정성이 부인을 떠받치는 것
이었다. 기쁨도 슬픔도 섣불리 찾을 수 없는 이 대목에서 무척 원망
스러워했다. 남의 집 대(代)를 이을 사람이 그 고생을 당해내고 후
련히 떠나가던 날 부인의 눈에 고였던 눈물이 아직도 기억에 남아
있는데…… 어쩌다 운이 모자라서 집주인은 죽임을 면치 못 할 판
국에 이르렀지만 꿈에도 상상조차 못 할 일이 숙명으로 다가왔던
것이다. 오늘로써 이 세상 햇볕을 마지막 대할 줄 모르는 주인의 거
동이 연약한 기력을 갈아먹고 있었다. 굳어있는 표정을 재빠르게
살핀 형민은 재만이 부친께서 지금 어디에 계시냐고 물었다. 부인
이 값진 물음에 대답을 못 하자 곁에 있던 친척 한 분이 있어 왔던
사실을 대략 전했었다.

군인 가족이라는 죄목에 집안은 꺼져가고 있었다. 인간이 갖는
영감은 실로 묘한 것…… 형민은 이 이상 지체하지 않았었다. 부인
에게 몇 마디 짧은 말을 보내놓고 신속하게 그대로 집을 나섰다. 도
로변에 있던 대원들과 뛰어서 면소재지까지 갔었다. 다시 대원 중
에 달리기를 잘하는 두 명을 데리고 악당들이 판을 치는 내무서로
들어섰다. 형민은 주위를 눈여겨볼 여유도 없이 김성덕(재만의 아버
지) 씨를 묻자 끔찍하게도 사살장(사람을 죽이는 곳)으로 데리고 갔다
는 것이었다. 형민은 화를 내며 그 자들을 쳐다봤었다. 그러고 나서

길 안내자를 앞세워 뒤좇아갔었다. 작은 냇가를 하나 건너 산모퉁이 비좁은 길을 따라갔었다. 형민은 뒤에서 숨이 멈출 때까지 뛰어가라고 비상한 호령을 내렸었다. 평소에 인적이 드문 곳이었다. 산모퉁이를 막 돌아서자 "땅!" 하고 한 발의 총성이 들려왔다. 좀 더 뛰어가자 무서운 장소에 사람들이 보였다. 형민은 총을 쏘지 말라고 고함을 지르며 힘껏 권총을 뽑아들고 공포탄을 쏴 댔다.

네 다섯 명이 달려오는 것을 보고 그 자들은 동작을 멈추웠다. 네 사람 중 이미 한 사람은 총에 맞아 쓰러져있었고 재만의 부친은 세 번째 차례였다. 실로 아슬아슬했었다.

형민은 손에 땀을 쥐고 재만이 아버지의 묶인 팔을 잡았다.

왜 이렇게 되었으냐는 말조차 꺼내지 못 했었다.

그래서 그저 말없이 위로를 해드렸다.

이때 밝히지 못 할 사정이라도 있다는 눈치로 고개를 들지 않고서 있었다.

형민은 참을 수 없는 분노가 치밀어 올랐었다. 총을 들고 있는 그 자 목에 권총을 바싹 갔다 대었다. 그리고는 큰소리를 지르며 당장 방아쇠를 당기려 했었다. 이때 두 팔이 묶여있는 재만의 아버지께서 쳐다보셨다. 두 시선이 부딛치는 순간 형민은 심하게 몸을 부르르 떨면서 참아 쏘지 못 했었다. 참는 괴로움이 머릿속을 스쳐갔었다.

곧이어 두 명의 병사를 시켜 귀가를 도우라고 지시했었다. 이 중 한 사람이 형민에게 남원을 경유하게 되면 찾아갈 곳이 있다고 말했던 병사였다.

그 자리에서 두 팔이 묶여있는 손목을 그 자들을 시켜 풀어주라고 했었다. 그러고 나서 희생을 당한 그분의 가족에게 빨리 알리라고 엄하게 명령을 내렸다. 그 자들을 끌고 내무서를 찾아갔었다. 뛰는 가슴과 극한 분을 억누르지 못하고 그들을 전원 집합시켰다. 형민은 흥분된 어조로

"너희들은 부모도 가족도 없느냐?"

하고 물었다. 그러고 나서 지적으로 보나 인격적으로도 남에게 뒤진 사람이 아니므로 비판적 사고로 경멸했었다. 그들이 저지른 모든 만행의 이유를 묻기 전에 이렇게 말하는 의도는 왜 죄없는 인명을 함부로 살상하느냐는 것이었다.

형민은 비록 인민군 장교의 한 사람이지만 사람의 도리를 알고 있었다. 형민은 무식한 그 자들 앞에서 자신이 애써 습득했던 세상 살이의 경륜을 털어놓고 싶은 마음은 조금도 없었던 것이다.

그리고 더 나아가 그 자들을 상대하고 있다는 사실 자체에 대해서도 낯뜨거운 일이라 여겨지는 것이었다.

우리 인간은 해야 할 일이 있고 해서는 안될 일이 있는 것이다.

과거에 있었던 크고 작은 개인간의 감정관계를 빌미삼아 이제는 나의 세상이라고 날뛰는 것은 그 자들 외에는 협조할 사람이 흔치 않았던 것이다.

형민은 매우 날카로운 기분을 좀처럼 누그러뜨리지 못하고 그곳을 나왔다. 힘없이 비틀거리며 학교에 당도한 인민군들은 잠시 행군을 멈추었다. 형민은 커다란 충격에 대단히 지쳐있었다.

그러면서도 멀어진 꿈을 회상하며 교정을 다 밟은 뒤에 대원들을 한 교실에 들어가게 해놓고 나서 잃어버린 과거의 시간을 물어보고자 교무실 쪽으로 거러갔었다.

첫사랑이자 자신의 어두운 삶에 용기와 희망을 주었던 사람이 이 학교에서 언제 어디로 떠나갔는지 그 행방이 매우 궁금해지는 것이었다. 그때의 처지가 자랑스러운 기억이 아니므로 누구를 붙잡고 물어볼 수도 없는 일이기에 단지 감춰진 그림자나마 기록을 통해서 더듬어보려고 했었다.

갈 곳 없어 숨어 사는 날짜를 보냈던 또 다른 고향에 마음을 조이며 힘들게 찾아와 보니 진실을 감추고 지내왔던 몇 년 전의 일들이 더욱 심장을 두근거리게 했었다.

그것은 생명을 이어가기 위해 몸부림쳐야 했던 뼈를 깎는 괴로움이 다시 온몸에 배어들어 있기 때문이었다.

늘 순진한 감성을 지니고 비교적 짧은 시간 동안 이리저리 세상 눈치를 봐가며 지켜준 그 원숙한 아름다움이 이 순간 구름으로 짙게 가려진 먼 산마루에서

"운다고 옛사랑이 오리오마는……."

진정 눈물겨운 '애수의 소야곡'을 들려주고 있는 듯 한 감상에 젖어 들었다. 제2차 세계대전이 끝나갈 무렵 세상은 차츰 변해가고 있었지만 서로가 사랑을 목이 타게 원하는 마음은 강했었다.

그런데도 애정어린 눈빛 한 번 제대로 건네보지 못 하고 결국은 불우한 날들을 맞이하고 말았었다. 이 두 남녀에게 있어서 넓은 학교 마당은 그리움의 의미를 듬뿍 지니고 있는 곳이었다.

옛 추억의 끝을 바라보 듯 혼자서 순정에 대한 흔적을 어루만지며 다시 한 번 교문을 쳐다봤었다.

교무실 앞에서 주춤하고 있던 형민이가 불쑥 안으로 들어가자 학교를 지키고 있던 한 남자 선생님이 크게 놀란 눈치로 쳐다봤었다.

그 선생님은 인민군이 묻는 말에 순순히 응했었다. 형민은 '교사 발령부'를 좀 보여 줄 수 있느냐고 묻자, 아무 까닭도 모르고 급히 가져와 보여주었다.

형민은 왼손으로 받아들고 한 장 한 장 넘기기 시작했다. 이때 마치 야릇한 꿈 속을 헤매듯 아직까지 지녀보지 못했던 감동 속으로 들어가는 것이었다. 지난 시간들이 과연 무엇을 전해줄지······. 이미 떠나버렸는데도 형민은 만연필을 꺼내 잡고 수첩에다 희진의 종적을 자세히 적었다. 어디까지나 이런 일이 부질없는 짓이라는 것을 잘 알고도 남음이 있었지만 손동작을 그대로 멈추지 않았었다. 행여나 하며 무더위도 아랑곳하지 않고 아무리 뒤저봐도 기품있는 집안의 규수였던 윤희진은 여기에 없었다. 전쟁 중에 옛정의 그리움을 아니 첫사랑의 흔적을 찾고 있는 인민군 대위 손형민은 그 무슨 까닭에 이렇게 해야만 했던 것일까?

그것은 과거 속으로 깊이 가까이 가면 명확히 알 수 있었다. 넘어간 그날에는 자신의 생존을 위해 여기에 왔었고 지금은 그 시절의 발자취(보은)를 찾아보려고 너무나 힘들게 왔었다.

교무실에서 나온 형민은 피로를 좀 덜어 보려고 대원들이 있는 교실에 들어가 휴식을 취했었다. 야간에 있을 행군을 대비해서 필요 이상으로 잠을 청해 봤지만 밀려드는 많은 공상들이 잠 길을 무겁게 방해하는 것이었다. 교실 바닥에 누워서 눈을 감았다 떴다 하면서 깊은 생각에 잠겼었다. 잠이 오지 않은 틈을 타서 숨겨진 감정은 치를 떨었던 그곳으로 달려가는 것이었다. 극한 상황까지 몰고 왔던 감정을 참지 않고 그 자리에서 처치해버렸어야 옳은 일이었는데······.

이것은 내면적인 표현으로 해석될지 모르지만 사실은 그렇지가 않았었다. 그 자와 개인적인 입장에서 살펴봐도 때이른 후회를 결코 넘겨버릴 수 없었다. 그 자의 행위로 보아 자신이 내비친 판단이 가까운 훗날 언젠가는 세상 이야깃거리로 이 고장에 전해질 날이 올지도 모른다는 마음의 증거가 굳어지고 있었다. 뜨거운 태양열이 식어가고 있을 때 학교 부근에 있는 농가에서 저녁밥을 가져왔었다. 거역할 수 없는 강제적 타의에 의한 식사대접은 소박한 농촌 부녀자들의 부담이었다. 느긋하게 식사를 끝낸 대원들은 밤길을 따라가야 하므로 잠시 머물렀던 교실과 짧은 만남을 아쉬워하며 교문을 나섰다.

형민은 잘 못 된 역사 속에서 남침 대열의 일원으로 5년 전 은신 생활을 하기 위해 어렵게 살아왔던 이 지방을 거쳐가야만 하는 괴로움이 더없이 마음을 아프게 했었다.

김재만 소위처럼 전투에 참가했던 젊은이들이 쉽게 총을 잡을 수 있었던 것은 역사의 물결을 거슬러 올라가면 그 내력을 알 수 있었다.

우리나라는 해방 직후부터 과도기 3년 동안 미 군정하에서 지냈었다. 정부수립 내지는 이후의 시기를 거치면서 국내 극소수의 일부 좌익분자들의 움직임이 심했었다. 이러한 사회적 혼돈 양상은 결국 국민 생활에 불안 요소로 작용했고 또한 동족간의 이질적 대립이 높아갔었다.

이러한 연유로 국내 특정지역에서 살상을 일삼는 크고 작은 사건들이 발생했었다. 당시 위정자(정부요원)들 중에 초대 문교부(지금의 교육부) 장관께서 국가의 현실과 장래를 관망하는 안목이 대단히 뛰어났었다. 말씀인즉 재직중에 중학교 학생들에게 군사훈련을 실시할 수 있도록 주한 미군의 고위층에 제안했었다.

그러나 나라 걱정을 앞세우고 신중하게 제의했던 그 안이 미군 측과 견해 차이로 처음에는 받아들이지 않았었다. 이 거부 내용의 미군 측 이유는 이렇게 되면 한국도 머지 않아 군국주의 양태로 가지 않을까 하는 우려 때문이었다.

세상은 민주 공산 양대진영의 이데올로기가 발전하고 있었다. 독일·한반도·인도차이나 등 국가들의 국토가 분단되어 있었으니 전쟁 위험의 가능성은 충분히 존재하고 있었던 것이다.

그러므로 장관께서 강력한 의지를 갖고 계속 접촉한 끝에 소기의 목적을 달성할 수 있었다. 이리하여 중학교에는 학도호국단이 결성되었고 여기에서 기초과정인 몸동작부터 익혔었다.

이에 관해서 좀 더 이해를 돕자면 민족의 비극 6·25전쟁 이전(그 이후에도 이어짐)의 중학생은 모두 이러한 문을 거쳤던 것이다.

그 시절 그때 '호국'이 어떤가를 잘 아는 학생들이 많았으므로 학도병이라는 이름 하나로 용감히 전투에 참전했었다.

그들이 전사한 곳에 "피끓는 호국대 학도호국대……"라는 젊은 패기로 힘차게 불렀던 노랫소리가 추모의 묵념으로 아로새겨져 있었다.

김재만은 학생 신분으로 전선에 달려갔었다. 우리군의 병력충원을 위해 전국에서 청·장년들이 속속 군문으로 들어왔다.

이에 전선을 지키는데 전투병력 중 상당수의 초급 지휘관이 부족했었다. 그리하여 자질이 있는 젊은이들을 차출한 후 이들에게 최단기간의 군사교육을 실시하고 나서 현지 임관을 시켰던 것이다.

김재만도 여기에 속해있었다. 그는 현지에서 소위로 임관하여 땀에 젖은 전투복에 영예로운 계급장을 달았었다.

소대장이 된 김 소위는 경북지구에서 여러 차례 적과 싸우며 작전 임무를 성실히 해왔었다.

그동안 전선을 따라 부대 이동이 자주 있었다. 이럴 때마다 아군의 진지로부터 들려오는 총소리가 강행군에 지친 병사들을 사랑으로 어루만져주고 격려해주었던 것이다.

이때쯤 적의 완강한 공세에 반격을 가하는 아군이 경상북도 상주에 진지를 닦아놓고 치열한 전투가 있었다.

김 소위는 밤길을 따라오다가 동녘하늘에 밝은 햇살이 비추고 있을 때 부대원들과 이곳에 도착했었다.

사방에서 풍겨나는 화약냄새로 어렴풋이 코의 감각을 건드려 봤었다. 평화롭게 기름진 삼백(세 가지 흰색)의 땅, 그리고 순박한 인심에 넘쳐흘렀던 새 아침이 이제는 어디론가 가버렸다. 실바람이 산들 불어오는 들녘과 산자락에서 격전지의 참상을 찾아볼 수 있었다. 정겨운 향토민은 일상의 모습을 깨뜨렸고 무서운 총성에 유심히 귀를 기울렸다.

더 큰 반격전의 앞잡이가 된 김 소위는 이날밤의 전투에 나섰다. 상주시내에서 동북쪽으로 들녘을 따라 얼마쯤 가면 작고 낮은 산들이 나타나 있었다. 들판에서 다가오는 풀 냄새와 함께 숲속에서도 푸른빛 여름 향기가 정취를 뿜어냈었다. 자연 그대로 모습이었다. 이곳은 아직 총소리가 지나가지 않았다. 그래서인지 다시 맞은편 산봉우리를 바라보고 얼마쯤 더 가면 산속에 적이 많은 병력을 배치해두었다. 적은 남으로 내려오는 작전을 계획하고 진격시간만을 기다리고 있었으므로 그 위협은 매우 높아가고 있었다. 밤하늘에서 이슬이 지상으로 내려오고 있었다.

며칠 전 아군은 이날 있을 전투를 대비해서 면밀하게 작전을 수행했었다. 독특한 방법으로 큰 폭격을 감행했었다.

미 공군 폭격기에 휘발유 드럼을 탑재하여 공중에서 바로 적진지에 쏟아부었다. 이곳저곳에 내려온 휘발유통에서 불꽃이 사방으로 번졌었다. 보라는 듯이 무섭게 춤추는 불덩어리 사이로 퍼져 나온 소리가 산꼴을 뒤덮었다.

수려한 산세와 전형적인 농토가 화염에 가려진 채 행복한 웃음을 잃어버린 상주땅에서 전 장병은 용맹스럽게 싸워었다. 새벽녘에 허전해진 자신의 주위를 돌아봤었다. 조국을 위해 전쟁터에서 활약하는 호국정신을 아침마다 정화수를 바라보신 어머니의 깊은 품안에 전해드리고 싶었었다.

막바지 무더운 여름 날씨가 이어지고 있었다. 땀을 닦고 다시 닦아도 흘러내리는 물방울이 지겹기만 했었다.

아군은 상주전투에서 또 남으로 내려왔었다. 경상북도 칠곡군은 대구와 가까이 있는 지역으로 적은 대규모의 병력을 이끌고 와서 아군과 접전을 벌였다.

우리군은 어떤 일이 있어도 대구를 지키겠다는 필사의 각오로 예상하지 못했던 많은 희생을 치르며 적군이 밀어닥치는 것을 막아냈었다. 만약 적의 발굽에 대구가 짓밟힌다면 두말할 나위 없이 나라의 운명은 위태롭기 그지없기 때문이었다.

다시 말해 국가의 존립과 직결되는 문제였다. 이 싸움이 우리가 기억하고 있는 다부동전투였다.

무섭게 들려오는 총소리는 밤과 낮은 가리지 않고 쉴 새 없었다.

그런데 특별히 용사들의 대단한 관심을 끄는 일이 있었다. 그것은 다름 아닌 선무공작 즉 대적방송의 임무를 맡고 있는 한 여성이었다. 남자들도 당해내기 어려운 화약연기를 마시며 혼신의 힘을 다해 적군을 크게 자극했었다. 아군의 사기를 높이는 것은 물론 적의 항복을 꾀어 이끌어내기 위해 확성기에서 울려 퍼지는 잔잔한 감동의 목소리는 이러했었다.

"친애하는 인민군 여러분! 여러분은 지금 한민족의 가슴에 총부리를 겨누고 있습니다. 무엇 때문에 인류의 도를 어기며 이렇게 하고 있습니까? 세상에는 태양도 달도 하나요, 조국도 하나입니다. 여러분! 아름다운 금수강산을 왜 해치며 소중한 사람 목숨까지 앗아가고 있습니까? 곧 있으면 싸움터의 상황은 뒤바뀝니다. 한시바삐 무기를 버리고 자유 대한의 품 안으로 돌아오세요. 때늦은 후회는 결코 그 어디에서도 보상받을 길이 없는 것입니다."

나이 스물한 살 이름은 진미선 어여쁜 얼굴로 수줍어하며 단정하고 맵시 있는 학생복 대신 군복을 입고 두려움 없이 전선에 뛰어들었다. 전쟁터에 활짝 핀 꽃송이 처럼…….

이 진미선 양의 눈부신 활약상에 힘입어 인민군 수십 명(약 40여 명)이 두 손을 높이 들고 아군의 진지로 찾아왔었다.

치열했던 전투에서 먼저 떠난 아군의 수는 이루 헤아릴 수 없었다. 날이 어두워지자 저쪽 풀밭에서 밤이슬 맞으며 슬피 우는 벌레 소리가 들려왔다.

싸움터에 결실의 계절 9월이 다 가고 있었다. 이때쯤 뜻하지 않는 한 마리의 비둘기가 햇볕을 가리며 하늘을 나르고 있었다.

평화를 염원하는 장병들에게 하루속히 북으로 진격할 수 있는 시간이 왔다는 사실을 전해주었던 것이다. 그 새가 지닌 상징적 의미는 누구냐가 다 알고 있지만 낮은 비행을 마치고 나서 어디론가 나라가 버렸다.

남쪽으로 내려오는 적군을 물리치지 못한 우리군은 주 저항선을 여러 번 변경해야만 했었다.

말 그대로 유비무환의 결과를 가져왔으므로 우국충정어린 울부짖음의 목소리는 높아갔었다.

이에 대해 장병들은 사기를 잃지 않으려고 했었다.

나라의 외침을 따라 남으로 후퇴를 하면서 참전용사(국군과 UN군)들의 소중한 목숨은 많이도 희생시켰다.

김재만 소위는 '초로와 같은 인생'이라는 말을 여러 번들은 적이 있었다. 이는 비단 어느 특정인에게만 한정되어 붙어 다니는 수식어는 아니었다. 누구나 피해갈 수 없는 길 앞에 서면 이 언어의 참뜻은 저절로 이해를 할 수 있는 일이었다. 전투시 사용한 총과 실탄은 미국의 군수물자에 의존하며 전쟁을 수행했던 것이다.

그리고 또한 UN군의 일원으로 참전했던 국가들이 인적 병력은 물론 전투기를 비롯해서 군사장비가 전선에 투입되었다. 한맺힌 6·25전쟁…… 피바다로 얼룩진 격전지에서 마지막 보루라는 뼈를 부수는 외침이 들려왔을 때 저 유명한 영천지구 그리고 포항·창녕·안강전투(기타 접전지)에서 우리 국군(UN군 포함)은 참으로 잘 버텨왔었다.

살벌했던 그 목청들은 조국 수호의 선봉에서 세계 평화를 위해 대한의 남아답게 우리 강토를 지켜왔었다.

이날밤 진지의 상황은 예측을 못했던 것이다. 드디어 북진을 개시할 수 있는 기회가 찾아왔다. 거침없이 대자연의 겉모양을 자랑하며 도도히 흐르는 강물 위에 먼저 떠나간 전우들의 영상이 피를 흘린 채 떠내려가고 있었다. 굽이치는 물줄기마다 전쟁의 고된 흔적을 가득 싣고 잘 싸우라는 몇 마디의 부르짖음이 섞여 나왔다. 이제까지 나라 위해 뿌린 피가 강물 되어 애절하게 흘러갔었다.

영천 전투지구에서 아군과 적은 서로 맞붙었다.

우리의 은인이며 명망 높은 맥아더 장군의 전술로 인천상륙작전이 성공을 거두자 이어 9월 28일 아군과 UN군의 진격에 의해 수도 서울을 되찾았다. 무섭게 힘찬 기세로 적 앞에 달려들었던 해병대 용사들…… 그들은 소중한 목숨을 아침 이슬처럼 여기며 조국 수호를 위해 온몸을 바쳤다.

나뭇잎도 점차 물들어 가는 가을의 계절, 서울에 태극기를 맨 먼저 게양하는데 선봉이 된 이들의 장하고 용맹스러운 군인정신을 우리는 잊어서는 안된다.

청춘의 기백을 굽히지 않고 피 흘린 어제의 모습들을 뒤로 한 채 전진 또 전진을 부르며 다정하게 물결치는 한강을 건너왔다. 적을 뒤좇아 가는 곳에 전우애로 굳게 뭉쳐 세운 전공은 해병의 자랑이었다.

7
은장도에 물어 보는 여인의 마음

　맑은 하늘에는 보기 좋은 흰 구름이 오고가고 따스한 햇볕에 벼 이삭이 여물어가는 어느 날 재완은 의용군에 끌려가야 했었다.

　재완은 이 사실을 알고 아무 죄 없는 아버지께서 죽임을 당할 뻔 했던 그때가 다시 무서워지는 것이었다.

　다시 말해 지난번 끔찍한 장소에서 형민이에게 당했던 앙갚음으로 이 악한 자를 시켜 재완이를 죽여없애 버리라고 했었다.

　참으로 무서운 일이었다. 이렇게 불순한 자들이 있었으니 정상인의 생활감정 밑바닥에서는 인간성 탐구의 중요성을 부르짖는 사람들이 있었다.

　재완이 집은 바람 앞에 등잔불처럼 그날이 또 찾아 왔다.

　고통스러운 하룻밤이 지나고 아침 해가 밝아왔었다. 어젯밤 아들의 말을 듣고 근심에 가득 차 있던 부인(재만이 어머니)은 일찍부터

설거지를 끝낸 다음 물기가 있는 손으로 재봉틀 가까이 갔었다. 잠시 멍하게 앉아있는 부인은

"우리가 왜 이렇게 살아가야만 하는 것일까?"

아무 보람없이 혼자 물어보는 말속에 벌써부터 싸늘한 기운이 가까이 오고 있었다. 두 형제를 양육하면서 서럽지 않게 넘어온 기간들이었다.

우리 민간인들은 그 누구도 예측하지 못했던 전쟁이 재완이네와 유사한 절망 앞에서 몸을 떨며 숨을 내쉬어야만 했었다.

그렇지 않아도 큰자식 생각을 하고 나면 제대로 밤잠을 이루지 못했던 것이다. 그 시각 잇따라 찾아온 괴로움은 부인을 사납게 짓누르기도 했다. 견디기 어려운 고민 속에 나라 위해 집을 나선 그 모습에서 조금이라도 위안을 얻어 보려고 했던 것은 어머니로서 버릴 수 없는 솔직한 심정이었다. '전선'이라는 개념을 아직 익숙하게 들어본 적이 없는 시골사람들은 그저 적군과 서로 맞붙어 총을 쏴대고 있으며 단지 군사력이 약한 탓으로 이렇게 된 줄만 알고 있었다.

얼마 전 이따금 미 공군 전투기의 낮은 비행에 깜짝 놀라며 오직 북진의 승리를 기다리고 있었다. 한 고을 그리 멀지도 않은 동네에서 살아왔던 극히 일부 사람들이 악당이라는 이름을 자랑삼아 그자들의 눈밖에 밟히면 소중한 목숨을 함부로 해치고 다녔었다. 그자들도 부모는 있었을 것이다. 질이 다른 사상이 어떠냐며 마구 불어대는 나팔 소리에 선량한 모든 국민은 지쳐버렸었다.

부인은 비참하게 허물어져 가는 자신의 의지를 슬픔 속에 오히려 씩씩한 눈동자로 드려다보는 것이었다.

이는 비단 순간적 감정으로 다스려보고 싶어서 그랬던 것은 아니었다. 그것은 지금까지 쌓인 분노가 그 어떠한 피치 못 할 극한 상황에 이르면 남들이 부러워했던 어진 마음씨가 떨어져 나갈 수도 있다는 여러 가지 생각이 용솟음치고 있기 때문이었다. 지렁이도 밟으면 꿈틀거린다는 말처럼 이 이상의 참는다는 것은 단순하게 넘어갈 수 없는 노릇이었다.

이윽고 아들의 속옷을 만드는 부인의 숨결은 거칠어졌었고 그 돌아가는 소리도 한없이 마음에 걸리는 것이었다.

옷을 다 만든 다음 적당한 곳에 지폐(돈)를 겹쳐서 넣을 수 있는 자그마한 주머니를 한 개 달았었다.

떼놓을 수 없는 모정 앞에서 자식을 위하는 일이 이토록 괴로운 것인가! 하는 생각을 아직 한 번도 느껴본 적이 없었다.

괴로워하는 맥박 소리는 더 크게 방 안으로 퍼져 나가는 것이었다.

'의용군'이라는 말만 들어도 심하게 두근거리는 심장을 가라앉힐 수 없었던 부인의 곁에 명백히 말할 수 없는 그 무슨 이상한 일들이 접근해오고 있는 듯 한 짐작이 들었다.

곧이어 한 손으로 눈을 훔치며 큰방으로 들어갔었다.

힘이 죽어있는 손으로 문갑을 열고 지폐 몇 장을 꺼내 쥔 채 아무 경향없이 방을 나와 그 돈을 속옷 주머니에 넣은 다음 실바늘로 알맞게 꿰맸었다. 그러고 나서 양손으로 펼쳐들고 두세 번 위아래로 털어 봤었다.

이러한 동안에도 괴로움은 늘 따라다니는 것이었다. 집을 떠나게 될 재완은 기죽은 표정으로 집안 구석구석을 유심히 눈여겨보다가

어머니가 밖으로 나오시자

"너무나 걱정하시지 마세요."

하고 자식된 도리로 위로하는 것이었다. 품안으로 깊숙이 들어온 아들의 목소리를 가까이하며 부인은 가벼운 대답을 했었다.

그리고는 아들의 행동을 주의 깊게 지켜보는 것이었다.

나이는 어리지만 이제까지 집안일에 대해서 관심이 많은 편이었다.

지금쯤 재만이는 군복을 입고 적과 싸우고 있으리라는 것을 상상하니 아들의 속옷에 색다른 두려움과 맞서야 했었다.

몇 푼 안되는 옷 천이 돈으로 따져봐야 별것 아니지만 여기에 숨어있는 어머니의 참뜻은 직접 당해보지 않는 사람은 쉽게 헤아릴 수 없는 일이었다. 혼돈과 불안이 겹치는 아들의 출발을 막을 수는 없는 것인지? 한심스러운 눈길을 돌려봤었다. 그리고 그 행렬을 뻔히 쳐다봐야 할 부모의 심정은…… 집을 떠나기 전 재완은 부엌에 계신 어머니를 찾아가서 어려운 부탁을 했었다.

그것은 쉽게 이해할 수 없는 일이었지만 어머니는 아무런 이유도 묻지 않고 성의를 아끼지 않았었다. 재완은 뜻밖에도 담배 두 갑이 필요했었다. 집에도 그 정도의 담배는 있었지만 행여 바깥주인의 심기를 불편하게 만들까봐 다른 곳에서 어려움없이 구해왔다. 나이에 걸맞지 않는 담배를 받아든 재완은 그 어떤 힘이 솟은 것처럼 기분이 좋았었다. 마음에 숨겨져 있는 의도는 자신이 직접 전부 피우려고 그런 것은 아니었다. 만약의 경우를 대비해서 사전준비를 해두자는 것이었다. 재완이가 집을 나가기 전에 어머니께서는 속옷에 돈이 들어있으니 급한 일이 생기면 꺼내 쓰라는 말씀을 하시며 옷을 건네주었다. 재완은 고집 아닌 고집을 부리며 완강하게 어머니의 뜻을 거절했었다. 돈 문제를 놓고 몇 마디 대화가 오고가고 했었다.

재완은 먼저 어머니에게

"어머니, 저 돈은 필요 없어요."

"아니다. 내 말을 들어야 한다."

다시 자신의 진심을 털어놓으며

"몸수색을 당하게 되면 그 자들이 그대로 가만 놔두겠어요?"

그러니 안 가지고 가겠다는 것이었다. 어머니의 속을 모르는 것은 아니지만 자칫 잘못하면 돈을 빼앗길 수도 있다는 판단이 앞섰던 것이다. 다시 어머니는

"너는 아직 몰라. 빼앗기는 한이 있더라도 몸에 돈이 있어야 한다. 재완아!"

이렇게 어머니는 말했었다. 아들이 걱정되는 어머니로서 마땅히 할 일이라고 생각했었다.

그리하여 설득과 강요를 동시에 해봤던 것이다.

재완은 어머니가 나가신 뒤에 혼자 있는 방에서 속옷을 입었다.

먹구름이 좀처럼 걷히지 않은 재완이네 집에 늘 농사일을 거드는 동네 아저씨가 찾아왔었다. 어디서 소문을 들었는지 몹시 침착한 얼굴빛으로 집안 식구들에게 위로의 말씀을 전했었다.

재완은 한 번이라도 자신의 긴장된 정신을 의심해보려는 기색도 없이 그저 세상을 미워하는 단순한 눈망울로 집안을 훑어보고 나서 곧바로 집을 나서는 것이었다. 재완의 집은 남들과 크고 깊은 원한 관계는 조금도 없었다. 남들이 밥을 먹으면 그 집도 밥을 먹었고 다

른 사람들이 죽을 먹으면 죽을 먹고 살아왔지만 대대로 이어오는 가정형편이 다소 여유가 있는 것은 사실이었다.

이런저런 이유 때문에 지난번에도 그 놀라움이 재완에게 정신적 상처를 입게 했었다.

내무서를 향해 거러가는 그의 발자국 소리는 집에서 점점 멀어져 가고 있었다. 마을을 등지고 신작로를 들여다보는 재완은 소년기의 예민한 감수성이 장래를 망쳐버린 듯 한 절망에 젖어들고 있었다.

어쩔 수 없이 끌려가는 어두운 심경에 불행의 그림자가 따라오고 있는 것이었다. 가야 할 길에는 전쟁터를 헤매야 할지 아니면 그 어떤 알 수 없는 혹독한 위험 앞에 나서게될지 아직은 알 수도 없고 물어볼 수도 없었다. 한참 가다가 길가에 우뚜거니 서서 짓궂은 마음으로 공상의 세계를 꿈꾸며 허탈하게 깊은 한숨을 내 몰아쉬었다. 어쩌면 현실의 고통을 잠시나마 잊기 위한 것인지도 모르는 일이었다.

광주에서 형과 함께 책을 가까이 하면서 맑은 웃음으로 명랑하게 지냈던 그 모습은 없고 악당들의 채찍을 받아야 하는 근심이 더 괴로워었다. 재완은 무턱대고 혼자서 내무서로 찾아갔었다.

여러 마을에서 모여든 사람들이 땅바닥을 내려다보며 아무 말없이 그대로 앉아있었다. 이곳저곳에는 감시의 눈독이 심했고 한 동네에서 한두 명씩 온 이들은 모두 힘을 잃고 있었다.

이로부터 얼마 뒤에 인솔책임자로 보이는 한 사람이 나타나 식사가 끝나자 또 다른 한 사람이 얼굴을 내비추고 더 철저하게 모두의 이름을 부르며 위협적인 언동으로 대하는 것이었다.

그 자의 말 가운데는 만약 인솔도중 도망자가 있을 경우에는 가

차없이 총살을 시켜버린다는 것이었다. 이 말을 듣고 모두는 겁에
질리고 말았었다.

재완은 이들 중에서 나이가 제일 어려보였었다.

다들 건장한 체구로 의용군에 가는 대열에 서 있었다. 곧 인솔자
세 명중 총을 든 군당원 한 사람과 나머지는 면당원이었는데 지체
없이 곧바로 길바닥으로 몰아넣었다. 드디어 알 수 없는 곳으로 가
기 위해 그들의 명령에 따라야만 했었다. 하늘에는 구름 몇 점과 별
들만이 반짝이고 있었고, 저녁 신작로는 차츰 어두워져 갔었다.

아군의 야간공습에 주의를 해야 한다는 그들의 강요는 다소의 성
과가 있는 듯 보여졌었다.

이런 까닭에 농가의 불빛은 그렇게 흔한 편은 아니었다. 끝없는
불안과 공포심을 가슴으로 느끼며 줄지어 가는 사이 아무 잡담도
길바닥에 새어 나오지 않았었다. 기가 죽을 대로 죽은 이들의 뒤에
는 두고 온 가족들의 애타는 숨소리만이 들여오고 있을 뿐이었다.
이러한 입장에서 생명에 대한 애착을 붙들어본들 별로 의미가 없다
는 것을 이들 스스로가 인정하고 있는 지도 모르는 일이었다.

어둡고 무서운 길을 거러가고 있는 것만은 분명한 사실인데도 어
디가 어딘지 도저히 가늠할 수 없었다.

간간히 인솔자 한 사람이 뒤에서 좋지 않은 말을 늘어놓고 있었
다.

마치 동물적인 취급을 받으며 발길의 분노는 계속 이어졌었다.
맨처음 '총살'이라는 이 말에 다들 떨고 있는 탓인지는 모르지만 아
무 불평도 반항도 하지 않았었다. 끌려가는 이들 가운데 중간쯤에
서 쳐져있던 재완은 이제부터라는 결심을 했었다.

앞으로 바싹 몸을 옮긴 다음 신이 들린 사람처럼 행동을 시작한 것이었다. 소위 말하는 열성분자의 티를 내며 인솔자에게 호감을 사려 했었다.

작은 몸매에 소년이면서도 마치 용감한 사람들의 뒤를 따르는 기분으로 상황에 알맞은 소리를 지르며 떠들어대는 것이었다.

재완의 태도는 갑작스럽게 나타나는 발작증세가 아니며 이미 치밀하게 계획된 행동양식이었다. 어찌보면 자신의 대담성을 확인해 보려는 시간 조절인지도 모르는 일이었다. 한 발짝을 옮겨갈 때마다 좋은 순간을 노리는 것이었다. 잠시도 긴장을 늦추지 않고 있었다. 마을도 들판도 이들의 눈앞을 스쳐 지나갔었다.

드디어 쉬어가라는 지시가 내려졌다. 모두는 길바닥에 그대로 앉아 몸의 피로를 풀고 있을 때 몇몇 사람들이 담뱃불을 붙이며 꺼져가는 한숨을 토해냈었다. 이때 재완은 호주머니에서 담배 한 개피를 꺼낸 다음 다른 사람의 불을 빌려 연기를 뽑아내고 있었다.

그리고 자리에서 일부러 인솔자 한 사람 앞에 다가서며 더 센 호흡으로 연기를 품어 댔었다. 상상이 안가는 재완의 행동에 대해 어두운 장소에서 그 누가 간섭할 수 있는 성질의 내용은 아니었다.

담배가 떨어지고 없는 그 인솔자는 재완에게 와서 동무 담배있느냐고 물어보는 것이었다. 그가 첫 번째 놔둔 덫에 걸려 들었다.

재완은

"담배가 있습니다만……."

제법 거만스러운 말로 맞섰다. 그러자 한 개피 피울 수 있느냐는 것이었다. 재완은 그 자를 다시 노려보고 하는 말이 어둠 속에서 경멸의 미소를 내보며

159

"나으리, 한 개피가 뭐요. 나 한 갑 드리지요."

생전에 알지도 모르는 사람에게 선심을 써보자는 것이었다. 조금 침착한 티를 내보이며 어두운 주머니에서 담배 한 갑을 꺼내 그 자에게 주었다. 그러고 나서 피워 물고 있던 담배에 다시 큰 숨을 갔다 댄 다음 땅에 던지며 발로 밟아버렸다. '나으리'의 호칭은 '동무'라는 말을 써본 적이 없음으로 그저 급한 김에 꾀 높임의 언어를 사용했던 것이다. 자신의 속마음을 잘 다스리는 것과 또한 행동감각에 세심한 주의가 필요했었다.

재완이 말대로 '이래도 죽고 저래도 죽는다.'라는 참뜻은 목숨을 대수롭지 않게 여기는 염세주의자들의 곁에서 많이 들은 것이 아니냐 하는 의구심도 있었던 것이다. 그리고 좀 더 과장하게 표현하자면 계획한 '거사'가 좋은 결과를 가져올지 아니면 실패할지는 좀 더 두고 지켜볼 일이었다.

'총살'이라는 이 한마디가 공포의 대상으로 남아있었다. 베풀었던 인솔자 곁에서 재완은

"우리는 어디까지 가는 거요?"

하고 물었다. 이 말은 그저 건낸 것이 아니며 곧 치려야 할 중대사가 있으므로 지리 파악을 확실히 해두기 위해서였다.

그 인솔자는 쉬운 말씨로 그저 가는데까지 가면 된다는 것이었다.

시간은 많이 가고 밤은 깊어가는데 모두 다시 쉬라는 것이었다.

이때 재완은 숨겨놓았던 꾀를 발휘해야만 했었다.

그 사람을 보고 나는 이제 힘이 모자라 이 이상 선두에 서서 갈 수가 없으니 우리 세상 돌아가는 이야기도 할겸 뒤에서 가자고 제

의했었다. 그리고 다시 담배 한 개피를 입에 문 다음 한 개피는 그 사람에게 주었다. 재완의 선심공작은 이렇게 이어지고 있었다.

뒤에 처져 얼마쯤 더 가다가 갑자기 배를 움켜쥐고

"동무 나 급한 일이 생겨서. 아이고……."

이렇게 숨 넘어가는 소리로 애원하는 것이었다. 그리고 도저히 참을 수가 없다는 듯이 몸을 위아래로 흔들며 길바닥을 휘졌고 다니는 것이었다.

생각만 해도 참으로 어처구니없는 일이었다. 어둠 속에 이를 지켜봤던 그 사람은 용무를 보고 빨리 뒤따라오라며 그대로 거러가는 것이었다. 재완은 속으로 매우 기뻐했었다. 혹시 볼까봐 허리를 약간 구부린 자세로 얼굴을 찡그리며

"동무 고맙소이다."

생각할 사이도 없이 튀어나오는 말이었다.

어느새 '나으리'라는 말을 아무 꺼리낌 없이 '동무'로 바꿔버린 것이었다.

그도 그럴 것이 일이 다급하므로 어쩔 수가 없었다. 길가에서 어둠을 뚫고 그들의 움직임을 잘 살핀 다음 논두렁을 쏜살같이 달렸었다. 겁이 무엇인지도 모르고 도망가는 것이었다. 재완은 신작로를 피해 좁은 길이면 좁게 넓으면 넓은 대로 인정사정없이 헤쳐나갔었다. 참을 수 없을 만큼 숨이 차오르자 길 한쪽에 주저앉고 말았었다. 이러한 밤길을 조금 더 가다가 아무데나 허리를 펴고 눈을 감은 채 시간을 보내었다.

나이에 비해 무던히 버텨왔다. 새벽 녘에서야 자기네 집 소유의 산에 온 재완은 이곳에서 하루해를 보낸 다음 어두워져야 집으

로 갈 수 있었던 것이다. 아침밥도 점심도 두 때를 굶어야 한다는 생각을 하니 벌써부터 머리가 빙 도는 것이었다. 이 산의 지리에 익숙한 재완은 숨어있을 곳을 쉽게 봐두었다.

동녘하늘이 밝아오며 드디어 아침해가 떠오르기 시작했었다.

산꼴자기에 서려있는 안개 속으로 자신의 일을 한 번 비춰보는 것이었다.

도망자가 된 재완은 느긋한 인내심을 붙잡아 보려고 했었다.

어설프게 거닐다가는 모든 일이 물거품이 될 수도 있었다.

이러한 마음을 먹으니 겁 뒤에는 또 다른 겁이 뒤따라 오는 것이었다.

그리고 발이 저절로 떨렸었다. 무서움 없이 발길을 헤맸던 탓이라고 여겼었다. 이렇게 몸의 이상을 느끼면서 이슬에 젖은 옷을 들여다보고 근심에 차 있었다.

재완이가 도망쳤던 그다음날 내무서에서 악당 두 명이 집을 덮쳤다. 그 자들이 겨누는 총부리가 집안 곳곳에 닿았었다. 집안에 혼자 있던 부인은 겁에 질려버렸었다.

총으로 위협하며 아들을 찾아오라는 것이었다.

그런데 처음부터 야생의 짐승 눈초리로 사람 이하의 행동을 하며 온 집안을 뒤지는 것이었다. 점점 야비해진 행위는 차마 두 눈으로 볼 수가 없었다.

심지어는 매일 아침 일찍 아들의 무운을 비는 정화수대를 발길로 차버리는 것이었다. 그도 부족해서 큰소리를 지르며

"자식놈을 국방군(국군)에 보내놓고 잘 싸우라고 날마다 비는 모양인데 그런 수작은 이제 그만 떨면 될걸."

하고 야유를 퍼부었다.

부모의 깊은 정성을 흙 묻은 발로 무침히 짓밟아버렸다.

담겨진 정화수는 엎질러지고 그 그릇이 깨져 사방으로 흩어져 나
갔었다.

부인의 비통함은 천근의 무게에 억눌린 고통보다 더 컸었다.

분이 북받친 부인은 죽음을 무릅쓰고 그 자들한테 덤벼들었다.

"너희 놈은 부모형제도 없느냐? 짐승보다 못한 것들아."

격분에 못 이겨 이렇게 소리쳤었다. 그리고 다시 죽일테면 나를
죽이라고 대들었다. 그 자들은 손이 간 곳마다 뒤졌다. 곳간도 털어
봤었다. 아래채 헛간에 들어가서 별의별 것을 다 꺼냈었다. 그리고
하다못해 마루에 있는 뒤주도 열어보는 것이었다.

비인간적 만행을 천하에 폭로하는 그 자들도 과거와 현재를 가릴
것 없이 가정이라는 것을 분명히 갖고 있었다. 한 고장에서 오랫동
안 살아온 몹쓸 족속들이었다. 쇠가 쇠를 먹고 살이 살을 먹는다는
말뜻이 재완이네 마당에서 확인할 수 있는 것이었다.

부인은 그 자들이 나간 후에도 한참 동안이나 옳은 정신을 차리
지 못 했었다. 너무나 원통해서 눈물도 말라 버렸던 것이다. 혼자
당하는 치욕적인 일에 하늘이 무너져 내려앉는 불안감에 젖고 말았
었다. 큰자식 재만의 무운을 아침 일찍 정화수 그릇에 빌었던 것이
다. 그런데 그 그릇이 산산조각이 나버렸으니 나라를 지키는 군인
의 앞날이 무섭도록 염려스러워었다.

재완은 남들의 눈을 피할 수 있는 장소에서 몸을 숨기고 있는 사
이 밥을 굶은 탓인지 하늘도 땅도 노랗게 보이며 머리는 빙빙 도는
것이었다.

정말로 참아낼 수 없는 지경이었다. 그 정신에도 언젠가 들었던 풀뿌리와 나무껍질이라는 말이 떠오르는 것이었다.

이는 비단 말뿐만 아니라 일제 말기 실제로 자기네 마을에도 이런 일을 보고 자랐었다.

그래서 비극의 공포가 얼마나 혹독한가를 어린시절의 기억에 남아있는 것이었다. 지금 오늘 이 자리에서 알고 보면 그때의 그 생활모습이 결코 남들의 일만이 아니라는 것을 알았다. 불과 5년 전의 일인데도 말이다.

이상하게도 배고픔을 참으려고 하면 웬일인지 더욱 견딜 수가 없었다.

산속에서 대낮에 자유로이 움직이지 못하므로 먹을거리를 구한다는 것은 극히 어려운 일이었다.

그것은 만약 재수없게 다른 사람이 본다면 큰일이 날 수 있기 때문이었다. 동네사람은 모두들 의용군에 끌려갔다는 사실을 알고 있을 터이므로 아무리 배가 고파도 함부로 돌아다닐 수 없었다.

이런 고민 앞에서 자신을 돌보고자 오른손으로 속옷 주머니를 만져봤다. 그 돈이 어디로 가지 않고 그 작은 주머니를 야무지게 지키고 있는 것이다. 그 돈에 커다란 애착을 느끼며 얼마 동안 더 참아보자고 다짐했었다. 산속에서 곰곰이 생각해보니 어머니께서 하신 말씀이 옳았다는 판단이 드는 것이었다.

도망자가 아니고 더구나 배가 든든하다면 더없이 좋은 공기를 마시며 편안하게 하루해를 보낼 수 있으련만 제법 감회에 찬 말을 끄집어 냈었다. 이때 재완은 문득 집안에 무슨 걱정거리가 일어나고 있는 듯 한 불안에 사로잡히고 말았었다.

실은 오전 일찍부터 이런 생각에 잠겨왔었지만 그대로 넘겨버리고 말았었다. 소년이지만 성인 못지 않게 어떤 상황을 미리 알아보려는 태도는 매우 성숙한 편이었다.

　해가 질 무렵 재완은 주변을 살피며 드디어 먹을거리를 찾아나섰다. 색다른 기대로 사방을 기웃거리며 으름덩굴에 온 신경을 쏟아봤지만 헛수고만 하고 말았다. 맛이야 두 말할 것도 없거니와 보기 좋고 탐스럽게 달려있는 것은 높은 산에만 있는 것일까! 뻔히 알면서도 배고픔을 못 이긴 것에 이러한 탄식을 했었다. 낮은 산꼴자기에서도 자라고 있는 식물이기에 더욱더 목이 타는 생명력이 이처럼 온몸을 누르고 있었다.

　여러 가지로 보아 그 어떤 독이 들어 있을지도 모르는 다른 열매보다 칡을 캐서 수분을 섭취하고 그 냄새도 좀 맡고 나면 좋을 듯 싶었다. 재완은 단단해 보이는 나뭇가지 하나를 구해 가지고 칡덩굴이 있는 곳으로 갔었다.

　손과 막대기로 흙을 파헤치며 그 뿌리를 캐냈었다. 제법 알맞은 크기에 곱게 자란 칡뿌리가 재완을 만족하게 했었다. 땅 위로 나온 그 뿌리를 만지며 흙을 닦아내고 돌멩이로 찧었다. 그러고 나서 먹기 좋게 다듬은 뒤에 얼른 씹기 시작했다. 냄새와 맛은 여하튼간에 물기가 목으로 넘어가는 순간 재완은 "이제는 됐다."며 곧 환호성이라도 지를 듯 한 기분이었다.

　입가에 흙이 묻어있는 줄도 모르고 한곳에서 계속 씹는 것이었다. 이렇게 큰 힘을 기울이고 있을 때 재완은 사람이 하루만 굶어도 이 지경이구나 하며 자신을 새로운 눈길로 바라보는 것이었다.

　그리고 "칡뿌리여 고맙소이다." 이렇게 우스꽝스러운 말을 던지는 것이다.

그러나 무언가 들어나지 않는 말 가운데 한맺힌 전설처럼 재완의 머리를 어지럽게 했었다.

그것은 나이는 어리지만 더 살아야겠다는 욕망과 아버지께서 살아오신 인생 그리고 형님의 몸을 이 산은 알고 있으리라는 것을 믿고 있는 것이었다.

얼마 후 온종일 햇볕이 내리쬐던 산에도 어둠이 찾아왔었다. 드디어 굶주렸던 그 순간을 곰곰이 따져보며 산에서 내려오기를 서둘렀다. 정말로 칡뿌리에 고통스러운 몸을 달래야 했던 것은 자연의 덕분이었다.

안전지대를 지나 집으로 가기까지는 좀 더 참아야 했었다. 재완은 내려오다가 길 옆쪽으로 더 가서 풀밭에 앉았다. 어두워지고 있는 사이 지금 무슨 표정을 짓고 있는 것조차도 가늠하기 어려웠다. 남성다운 용맹을 키워가고 있었지만 체력의 한계에 부딪히고 말았었다.

그리고 '왜 내가 이 모양일까!' 가느다랗게 세어 나온 후회 뒤에서 어린 가슴의 아픔을 더듬어보는 것이었다.

이 시각 밤이슬은 내리고 있었다. 산언덕 공기는 제법 차갑게 몸을 스쳤다. 아는 길을 터덕터덕 얼마만큼 내려왔다. 이제는 집에 가고 있는데도 어디서인가 자꾸만 요란스러운 소리가 들려오는 것이었다.

골목을 들어서려면 아직도 멀었는데 여기저기서 개 짖는 소리가 야단법석을 떠는 것이었다. 재완은 두려움을 참아가며 발길을 옮기고 있었다. 마음이 바싹 조여드는 것이었다.

집 앞까지 가서 대문을 밀어 봤지만 굳게 닫혀있었다. 할 수 없이 담을 뛰어 넘었다. 그리고 살금 큰방으로 기어 들어가

"어머니. 재완이가 왔어요."

이렇게 나지막한 소리를 냈었다.

그러나 아무 기척이 없자 그때 다시 똑같은 말로

"저가 왔어요."

이렇게 전해드리자 어머니는 엉겁결에 아들을 꺼안았다.

꿈속을 연상시키는 한 장면이 잠시 스쳐 지나갔었다.

재완은 참다 못해 밥이 있느냐는 것이었다. 잘 들리지 않는 아들의 말소리에 번쩍 정신을 차렸다. 급하게 호소하는 목소리에 어머니는 혼란스러워었다. 밥을 차려 오자 컴컴한 방에서 밥그릇을 더듬으며 숟가락을 잡았다. 곁에 앉아서 소리만 듣고 있던 어머니는 물을 마셔 가며 먹으라 했었다. 밥을 먹으면서 아버지에게 다락방을 좀 치워주시라는 것이었다. 그 말에 눈치를 채고 아버지가 다락방으로 올라가서 아무것도 보이지 않지만 누워서 허리를 대게끔 해두고 다시 내려 오셨다. 그리고 절망의 한숨을 내쉬었다.

어두운 방에서 후다닥 기어 올라가는 검은 모습을 보고 뜬눈으로 밤을 세웠다. 그로부터 며칠 뒤에 재완이 집에 또 다른 일이 일어났었다. 내외분은 아침식사를 마치고 엊그제와 다름없이 불편한 심기로 마루에 앉아있었다. 고통이 이어지는 것을 한탄하며 대문 쪽을 바라보고 있을 때 인민군 한 명이 다발총을 메고 불쑥 집안으로 들어오는 것이었다. 그를 본 두 분은 너무나 놀랐었다.

얼굴은 검은빛으로 변했고 사지는 오들오들 떨렸었다. 큰 변이 또 몰아닥치는 것은 아닌지 하는 위기의식에 사로잡히고 말았었다.

167

그는 마루 앞까지 가까이 다가서며 지난번에 어르신과 함께 온적이 있다는 자기 소개를 하는 것이었다. 자세히 보니 그분이 틀림없었다. 뜻밖의 일이므로 조금 전에 품었던 공포심은 슬그머니 사라지는 것이었다.

부인이 고운 말씨로 어서 올라오라는 것이었다. 어떤 사연인가를 묻기 전에 그는 전쟁상황을 간단히 말하는 것이었다.

아직 아무것도 모르는 두 분은 그의 말을 반은 믿고 반은 믿을 수가 없었다. 사실 그의 말에 따르면 전황은 뒤바뀌어서 인민군은 후퇴 중이며 아군의 사기가 하늘 높이 오르며 북진하고 있다는 것이었다.

넘어간 날 험악한 장소에서 주인을 모시고 왔었다.

부인은 이야기를 듣다가 뛰는 심장을 억누르며 부엌으로 들어갔었다. 별다른 반찬은 없지만 밥 한 그릇을 가득 담아 차려 왔었다.

그가 밥을 먹는 사이 두 내외분은 아무 말 없이 그 무언가를 골똘히 생각하고 있었다.

곧 밥을 다 먹고 나서 그는 대충 자신의 과거사를 말했었다. 그러고 나서 두 분께서 궁금해 하실까봐 손형민 대위에 대해서도 지금 후퇴 중이라는 사실을 말했었다.

형민의 부하인 그는 전라북도 남원이 고향인데 해방이 되던 해 국민학교를 졸업했었다. 가정형편이 어려워 열여섯 살의 나이로 흥남 비료공장에 일자리를 찾아갔었다. 돈벌이를 목적 삼아 이 공장에서 일해오던 중 해방을 맞이하였으나 고향에 돌아오지 못했던 것이다. 그 후 나이가 들자 인민군에 입대했었다.

군인의 신분으로 부대를 이리저리 옮겨 다니다가 남으로 진격해

올 때에는 손형민의 소속부대원으로 있다가 함께 정읍까지 왔었다.

그리하여 지난번에 이 지방의 지리를 알아두었었다.

망설이지 않고 꺼낸 그 병사의 말에는 진실되고 솔직함이 드러나 보였었다. 옛집을 찾아가고 싶어하는 목이 탄 하소연에 부인은 오늘밤 집에서 쉬어가라고 했었다. 그리고 또한 깊이 스며드는 동정심을 혼자 힘으로 간직해보는 것이었다.

그 병사는 다시 조심스럽게 말을 했었다. 아직은 마음놓을 때가 아니라고 하며 그 자들이 이 지방을 떠날 때 흉악한 짓을 저지를 지도 모른다는 것이었다. 주인은 그를 데리고 아래채 방으로 들어가 몇 가지를 물어보며 잠시 함께 있었다. 바로 이 시각 부인은 집 밖으로 나갔었다. 이때 재완은 바람을 쐬러 방문을 열고 나왔다. 마루에 서서 마당을 내려다보고 있는데 내무서에서 봤던 한 사람이 총을 들고 집안으로 들어왔었다. 재완은 깜짝 놀라 멍하니 그대로 서 있었다. 도망칠 수도 없었다. 그 자는

"요 생쥐 같은 놈. 이제야 잡혔구나."

하고 겁을 주며 빨리 마당으로 내려오라는 것이었다. 그리고는 시간이 없다하며 호통을 쳤었다.

재완은 내려오지 않고 그 자리에서 버티고 있었다. 그러자

"이놈이 맛을 못봤지."

하며 총을 들이대었다. 아랫방에서 시끄러운 소리를 듣고 있던 주인이 뛰어 나왔었다. 그 병사 말대로 이 고을에서 마지막으로 발악하는 기세였다.

주인은 그 자를 보고 당신은 누구냐며 핏발선 눈으로 쳐다봤었다.

그 병사가 총을 메고 밖으로 나오자 그 자는 손을 내밀고 악수를 청하는 것이었다. 서로 동무하면서 약속이라도 해놓은 것처럼 보였다. 이 병사는 눈치 빠르게 이 집 아들이 국방군에 간 사실을 잘 아느냐고 묻자 그 자는 얼른 그렇다는 것이다.

그러면서 잘 찾아왔다는 말을 남겼었다. 이 말의 뜻은 반동의 집이니 감시할 필요가 있어서 찾아왔다는 것이었다.

그 자는 사실인줄만 알고 활기차게 날뛰려는 태도를 보이는 것이었다. 그 자는 재완을 가리키며 이놈이 의용군에 가는 도중 도망쳐 왔다고 하며 실은 오늘 죽여 버리려고 왔다는 것이었다. 그러면서 속히 끌고 나가자고 했었다. 그 병사는 어이가 없었다. 그 자를 보고 어디서 처치하겠느냐고 묻자 우리가 가는 산길 근처에서 없애버리자는 것이었다. 이 말을 듣고 있던 주인은 몸이 몹시 떨리는 것이었다. 그 병사는 아래채에 가서 소지품을 가지고 뒤따라가겠으니 먼저 집에서 나가라고 했었다.

그 악당은 시키는 대로 나갔었다. 이어 그 병사는 주인에게 눈짓을 하며 아래채로 오시라는 것이었다. 안심하고 계시라는 말을 남겨놓고 뛰어갔었다.

길을 잘 아는 그 악당을 앞세우고 세 사람은 산길을 쳐다보며 별말없이 거러가고 있었다. 산 아래쪽에 갔었을 때 그 병사는 얼마를 더 가야 되느냐고 묻자 거의 다 왔다는 것이었다.

얼마를 더 가다가 길옆 풀밭에서 쉬었다. 그 악당도 앉고 재완이와 병사도 앉았었다.

이 자리에서 인민군 병사는 그 자를 보고 무슨 원한이 있어서 이 소년을 죽이려 하느냐고 캐물었다.

이 말에 대꾸는 하지 않고 날쌔게 일어서며 총구를 병사의 가슴에다 들이댔었다. 재완을 살해하자는 요구에 응하지 않자 앙심을 품었다. 못 된 인간성이 끝내 본심을 드러내고 말았었다.

둘 다 없애버리자는 불길 같은 악의가 실천으로 옮겨지려는 찰라였다. 이때 하도 어이가 없는 병사는 조심스럽게 앉은 자리에서 몸을 일으키며

"그렇게 해도 되는거요?"

하고 기죽은 말로 맞섰다.

이어 숨돌릴 여유도 없이 그 자의 눈을 똑바로 감시했었다. 그리고 나서

"나는 아직껏 당신처럼 생긴 사람을 본 적이 없소. 쏠테면 쏘시오."

라고 했었다. 생의 마지막임을 잘 알면서도 사나이의 기개를 잃지 않았었다. 결정적인 최후의 위태로운 길목 앞에서 재완은 벌떡 일어서 그 자를 보고 아무 겁없이

"나를 죽여라. 무엇 때문에 다른 사람을 괴롭히는 거냐?"

하고 거세게 대들었다. 죽임을 당해야 하는 장소에 온몸을 내려친 분노가 놀라운 소리로 옮겨갔던 것이다. 이때를 놓치지 않고 그 자의 정신이 흔들리고 있다는 것을 알아낸 병사는 빠르게 방아쇠를 당겼다. 연거푸 쏟아지는 총알 껍데기와 함께 그 자는 쓰러지고 말았었다. 하마터면 두 목숨을 한꺼번에 잃을 뻔했었다.

그 병사는 놀라운 표정을 지으며 전쟁이라는 비극 속에서 소수 인간들의 무자비한 행동을 아프게 탄식했었다.

무더위가 식어 가는 산언덕에 얹혀있는 자연의 색상도 차츰 변해 가고 있었다. 그 빛깔은 곧 다가올 계절을 기다리고 있는 것이었다.

무척 절박한 상황하에서 슬기롭게 대처한 재완은 정신을 다시 찾고 나서야 병사의 두 손을 꽉 잡았었다. 두려움을 아직도 덜어 낼 수 없는 탓인지 고개를 숙이고 아무 말도 하지 않았었다.

　그 병사는 피가 섞여 있는 냄새를 이 이상 가까이 하고 싶지 않았었다. 그 자리를 피해 가려고 재완의 손을 놓으며 어서 집으로 돌아가라고 했었다.

　재완은 혼자 집에 가서는 안된다는 결심을 하며 문득 그 무엇을 곰곰히 생각하고 있었다. 그것은 한평생 잊을 수 없는 형민이를 찾고 있는 것이었다. 그리고 다음으로는 개미와 산비둘기의 이야기를 들추어냈었다. 우리들이 잘 알고 있는 이야기의 두 주인공들은 죽음에서 서로의 도움으로 살아남을 수 있었던 것이다.

　아무리 미천한 생명체라 할지라도 은공을 잊지 않았던 검은 개미 한 마리가 어디선가 땅바닥을 기어오고 있다는 환상에 젖어들었다. 나이는 어리지만 제법 성숙한 생각에 잠겨있으면서도 정신적인 상처가 심한 때문인지 얼굴에는 여전히 무서운 그림자의 흔적으로 가려져 있었다.

　이윽고 괴로운 심정으로 그 자리를 떠나가는 병사의 뒤를 따랐었다. 어느 지점에 이르자 좀 쉬어 가자는 말은 재완이가 먼저 했었다. 집에 가라고 했지만 자기의 의사에 따르지 않고 같이 가려는 속마음을 이해하지 못한 병사가 아무데나 몸을 기대자 재완이도 풀밭에 덥석 주저앉았었다.

　개미와 산비둘기에 대해 전해진 이야기는 어느 날 하늘을 나는 산비둘기가 웅덩이 물에 빠져있는 개미 한 마리를 발견했었다. 그 비둘기는 곧바로 가까운 곳에 가서 나뭇잎 한 개를 물고와 개미한

테 던져주었다. 개미는 이 고마운 나뭇잎 덕분에 목숨을 건졌던 것이다.

그로부터 얼마 후 구사일생으로 살아난 개미가 산길을 거닐고 있을 때 나뭇가지에 앉아있는 그 비둘기를 보고 사냥꾼이 총을 겨누고 있었다. 개미는 재빨리 기어가서 포수의 발등을 물었다. 이에 깜짝 놀라 몸을 움직이는 사이 비둘기는 먼 하늘로 날아가 버렸다.

밖에 나갔던 부인이 집으로 돌아 왔다. 아들이 조금 전 끌려갔다는 이야기를 듣고 하늘도 무심하다 하며 방 안으로 들어갔었다. 이 시간에 친척 한 분이 뛰어서 집을 찾아왔었다. 그분은 가픈 숨소리를 내며 재완이가 총을 든 인민군과 또 다른 한 사람하고 같이 들길을 따라 산 쪽으로 거러갔다는 것이었다.

이 말을 듣고 나서 더욱 분노에 찬 부인은 마음대로 경대(화장대) 서랍을 열며 매우 소중한 물건을 찾았다. 죽음을 선택한 부인의 행동은 자신의 본질을 아무렇게나 생각했었다. 부드럽게 잘 쌓아 둔 은장도를 꺼냈었다. 그것은 아무 때나 함부로 만질 수 없는 것이었다. 서슴없이 바른 손에 힘을 주어 칼자루를 뽑았었다. 이러자 은빛이 거울을 비추며 방 안을 비장하게 장식하는 것이었다. 칼날을 두 눈으로 만져보고 나서 칼집에 넣은 다음 그 무슨 힘을 얻었는지 품안에 감추었다. 호신과 선비의 굳건함을 상징하는 은장도에 절박한 앞일을 물어보는 것이었다.

"자식을 잃고는 세상을 살아갈 수 없다는 것을……"

다음 말을 끊고 말았다. 방 안을 둘러보며 경대 앞에서 몸을 비춰 봤었다. 애끓은 모정이 자식을 구하러 나가려는 것이었다. 지금 이 시간에는 그 어떤 만류도 강력한 꾸지람에도 굴복할 수 없었던 것이다. 방에서 나온 부인은 주인에게 아들의 뒤를 좇겠다고 알렸다. 그리고는 집을 나섰다.

급박한 위험에 처해있는 아들 앞으로 좇아가는 것이 집안에 더 큰 불미스러운 일을 몰고오는 것이 아닌지……. 누가 말리던 끝내 옳은 이유만을 부르짖는 목에서 곧 붉은 색감이 터져 나올 듯 했었다.

이날까지 고이 간직해온 한국적인 여성의 아름다움을 전쟁이라는 무서운 악마가 한 꺼번에 몰아내고 있었다.

힘센 행동을 내비추며 대문 밖으로 나갔을 때 분명 죽을 지경을 염두에 두었던 것이다.

아무리 붙잡아도 뿌리친 옷자락과 그 무서운 태풍의 위력이 섞인 표정을 주인은 뚫어지게 쳐다보며 대강의 숨결을 끊어 모았었다. 이때에 지난번에 있었던 일이 소름이 끼칠 정도로 머리를 스쳐 지나가는 것이었다.

살벌한 마당을 원망스러운 눈빛으로 한참 동안 지켜봤었다.

더욱 더 곤역스러운 것은 마음 약한 감정으로는 삶에 대한 궁극적인 물음조차 꺼낼 수 없었던 것이다. 넋을 잃고 마루기둥에 기대 앉아 바깥쪽을 바라보는 두 눈에는 검은 그림자만이 비치고 있었다.

부인은 숨을 헐떡거리며 그들이 간 길을 따라 갔었다. 많은 시간 차이가 있었으므로 그들이 밟고 간 흔적조차 알 수 없었다. 그저 무작정 산의 방향을 쳐다보고 있었다. 정신이 나간 채 몸을 움직이기만 했었다.

산 아래쪽 좁은 길목에 이르자 듣기 흉한 총소리가 주변으로 퍼져 나왔었다. 부인은 너무나 놀라 그만 길바닥에 주저앉고 말았었다.

곧바로 무서움을 탓할 틈도 없이 떨리는 손으로 가슴을 어루만지며 소중한 은장도를 더듬고 있었다.

혼이 나간 손놀림은 생존을 포기하고 악독한 그 자와 맞서보려는 거동이었다. 다소 거리가 멀어서 전혀 보이지는 않았지만 누가 쓰러져 있는 것일까? 하는 참기 어려운 의문이 몸을 짓누르는 것이었다.

처참한 소리가 온통 부인의 눈앞을 뒤덮고 말았었다.

이럴 때 강렬하게 새어 나왔던 숨소리마저도 희미한 안개로 흩어져버렸었다. 즉시 어렵게 정신을 가다듬고 나서 몸을 일으켜 그곳을 똑바로 쳐다봤었다. 그리고 발길을 서둘렀던 것이다. 얼마쯤 가니 피비린내가 풍겨왔었다. 가던 길을 멈추지 아니하고 더 갔었다. 별안간 "으악!" 하고 인간 본능의 소리를 지르며 두 손으로 두텁게 얼굴을 가렸다. 깜짝 놀라움과 두려움이 온몸을 내려치는 것이었다.

급한 마음으로 눈에서 손을 떼고 눈길의 지시에 따랐었다. 무엇보다 더 힘센 무서움이 찾아오는 것이었다. 그렇게도 남을 못살게 하던 그 자의 마지막 몸통이 보기 싫게 들어나 있었다.

부인은 잔인했던 과거의 일을 미워하기 이전에 가련한 생각이 먼저 떠올랐던 것이다. 무슨 원수를 맺었기에 아버지와 자식을 죽이려고 했었을까? 그곳에 의문사만을 던져놓고 다시 거러갔었다. 의식적으로 무서움이 찾아왔었다.

가을 햇살이 아직 조금 남아있을 때 총소리로 뒤덮혔던 장소 근

처에서 목메인 소리가 사방으로 흩어져 나갔었다. 치솟는 적개심과 가슴 아픔을 젖혀놓고

"재완아, 어디있니 재완아……."

이렇게 몇 번이고 아들의 이름을 부르는 소리가 하늬바람에 섞여 나르고 있었다. 한결같은 모성 보호본능을 앞세우고 아들을 찾는 숨막힌 울부짖음이었다. 오다가 아래쪽에서 꼭 봐야 할 장면을 확인은 했었지만 그래도 웬일인지 안도감은 다가오지 않았었다. "설마" 하는 마음을 먹으면서도 헷갈린 판단은 다시 두려움으로 바뀌는 것이었다. 비틀거리는 거름을 재촉하다가 또 한 번 목소리를 높였다. 그 음양의 한계를 조금도 생각하지 않고 터져 나오는 가냘픈 부르짖음이었다. 이때 아들의 뜨거운 숨소리가 어머니의 귓전을 스쳐갔었다. 그러나 정신이 나간 상태에서 헤어나지 못한 탓인지 좀처럼 맑고 깨끗한 기운이 돌아나지 않았었다. 그저 앞만 보고 발자국을 남겼었다. 재완은 곧바로 달려왔어야 했었는데도 그럴 수가 없었다.

그 까닭은 병사를 놓치기 싫어서였다. 허공을 휘졌고 가는 동작으로 느껴질 때 간신히 심장 한 구석으로 온 힘을 끌어 모았었다.

곧 맞은편 방향에서 한 두 번 떨리는 목소리가 전달되었다.

그 독특한 음성은 더 가깝게 부인의 청각기능을 교묘히 자극했었다. 말로 다할 수 없는 놀라움이었다.

부인이 두 사람이 있는 곳에 갔을 때 그들은 별 말없이 침통한 얼굴을 하고 앉아있었다. 재완은 병사와 함께 일어서며 어찌 여기까지 오셨느냐고 말하며 힘없이 어머니를 맞이했었다.

부인은 당황한 안색으로 병사를 쳐다보며

"무슨 말씀을 드려야 옳을지 모르겠어요."

겨우 이 정도로 목청을 두드렸었다. 그 한마디 떨리는 소리의 빛깔은 마지못해 일부러 꾸며낸 인사말이 아니었다. 곧이어 사태의 경위를 급히 알고 싶었지만 뜻대로 되지는 않았던 것이다.

한 사람을 살려낸 젊은이의 참된 인간애에 머리를 제대로 들 수가 없었다. 부인은 저지난달에 겪었던 처절함이 아직도 가시지 않고 남아있었다. 그러한 이유에서인지 모든 겉모습이 다 굳어져 있었다. 시계바늘 초침이 가리키는 광음 속에 그들의 마음에 품은 여러 가지 생각이 이어져 갔었다.

아버지와 아들이 어쩌면 그렇게도 죽을 고비를 넘겼을까 하는 탄식의 숨소리만이 희미하게 새어 나오고 있었다.

이와 함께 부인의 진심을 깊이 파고드는 것이 있었다.

그것은 일 년이 훨씬 넘도록 한솥밥을 먹고 살아온 인민군 장교한 사람과 큰아들이 생각났었다. 지난날 운명처럼 가까이 왔던 인연 때문인지 먼 곳을 힘들게 찾아와 한 목숨을 구해주고 이제는 패잔병(敗殘兵)이 된 모습을 상상의 힘을 빌려 애써 찾아보고 싶었다.

집을 나간 지 석 달 자식의 군복 차림을 아직 본적은 없지만 머릿속에 새겨진 그림자를 다시 더듬어보는 것이었다. 유년시절의 아름다운 기억과 그때의 고운 목소리도 한없이 기다려 졌었다. 얼핏 눈물이 핑 돌았으나 얼른 감추고 말았었다. 얼마 후 부인은 대자연으로부터 많은 위안을 받고 나서 병사에게 말을 전했었다. 여기에 있지 말고 어서 집으로 가자고 했었다. 그것은 분명히 재완의 생각과 일치했던 것이다. 그러나 이 부인의 말에 따르지 않는 기분이 보였었다. 그래서 다시 아무리 세상 사람들이 미워하고 욕을 한다 해도 우리를 믿고 따라 오라고 애써 권유를 했었다.

이 노력은 은혜에 대한 작은 성의를 표시하고 싶어서 그랬던 것이다. 부인은 여러 가지 진실이 담긴 말로 설득을 해봤으나 별소용이 없었다. 그 병사는 갈피를 못잡는 고통에 억눌림을 당하고 있었다. 스스로 신세를 비관한 탓인지 정중하고 좋은 뜻에 동의하지 않았었다.

이러는 사이 부인은 어찌 잘못하다가 저고리 안섶에 품었던 은장도를 두 사람 앞에서 보이고 말았었다. 일부러 그렇게 했던 것은 아니었지만 실수로 인하여 그만 자존심에 큰 손상을 입혔었다.

곁에서 이 장면을 지켜보고 있던 병사는 마지막 생명이 남을 때까지 아들을 보살피려는 부인의 진정한 희생정신을 감탄하는 눈치였다.

그는 잠시 침묵을 지키며 '은장도에 물어보는 여인의 마음'을 알 수 있었던 것이다. 집을 뛰쳐나올 때 마지막 불행까지 결심했던 부인의 몸에는 아직도 열기가 남아있었다. 가난이 무엇이냐고 울먹이며 굶주림을 이겨내기 위해 국민학교 졸업이라는 나이로 흥남부두를 돌아다녔었다. 극히 위태로워었던 그곳을 뒤로하고 몸을 움직이기 시작했었다.

땀에 젖어 있는 어깨 위에 다발총을 메고 출발을 서둘렀다. 눈앞에 피어있는 이름 모를 여러 야생화를 바라보며 재완의 손등을 가볍게 만져보는 것이었다. 그러고 나서 부인에게 몇 마디 슬픈 이야기를 남겨놓고 산길을 따라 무작정 떠나갔었다. 고향에 가서 부모형제를 한 번 만나 보고 죽으면 여한이 없겠다고 털어놓은 마지막 표현에 전쟁의 현실을 그저 지켜만 보고 있었다. 병사의 등 뒤에는 가슴속 깊이 맺혀있는 과거의 쓰라림이 지금도 식지 않고 있는 듯 보였었다. 열여섯 살…… 누구한테 물어봐도 먼저 생소한 느낌이 앞설 수 있었다. 본인은 물론 가족에게 경제적 도움을 주고자 추운 곳을 동경했던 그 시절의 아픔이 이제도 이어지고 있는 것이었다.

　만약 그 당시 집안 형편이 그렇게까지 곤란하지 않았던들 비료공장 취직도 없었고 인민군이라는 신분도 아니며 또한 그물 조각이 너덜거리는 위장복도 입지 않았을 것이다. 한 시대를 잘 못 태어난 숙명이기에 아무리 부인을 실망시켜봐도 그 병사의 거름거리는 고향집을 향해있었다. 인간이 왜 살아야 하는가 라는 의미를 다시 가지런히 다듬어봤었다. 부모가 계신 곳(주소)이 어디냐고 물어보는 말에 끝내 대답을 하지 않았다. 결국은 알아낼 수 없는 부인은 무사히 집앞에 가서 큰소리로 어머니를 부를 수 있기를 간절히 빌었다.

　부인은 그 병사가 안 보일 때까지 지켜보고 있었다. 두 번째로 대했던 그 얼굴과 괴로운 정을 나누며 그 자신이 더듬기 싫어했던 기억을 추측해봤었다. 5년이라는 비교적 오랜 기간을 북에서 보내고 등졌던 고향길을 바라보는 눈가에는 방금 전 견디기 어려운 고통의 흔적들이 드러나 있었다. 부인은 멀어진 꿈을 원망이라도 하듯 매우 속상해하는 심정을 감추지 못 했었다.

　재완은 심각한 태도로 어머니를 부추기며 쉽게 떨어지지 않은 발거름을 내딛었다. 내려오는 길 주변에는 온통 피비린내로 물들여져 있었다. 지독한 냄새를 맡고 어느새 쇠파리떼가 "윙윙" 소리를 지르며 엉겨붙어 있는 것이었다.

　한 가정의 불행과 몰락을 원하고 주도해왔던 못 된 인간을 보고 곤충은 아무 거리낌없이 찾아왔었다. 그 장소에 대한 물음은 오늘날 조국을 훼손한 역사가 잘 알고 있는 사실이었다. 아들을 앞세우고 집으로 오는 도중 부인의 눈가에는 또 다른 추억의 샘물이 솟고 있었다. 지난날 기차 정거장에서 검은 연기로 몸을 가리고 떠나가던 얼굴과 정확히 오늘 오전 불쑥 집으로 찾아왔던 인민군은 다 적군이었다.

두 사람이 베푼 고마움은 하늘과 땅이 변한다 하더라도 부인은 잊을 수가 없었다. 맺어진 인연을 버리지 않고 무더운 여름날에 자신의 깊은 뜻을 이루고자 행군의 길바닥에다 초조와 불안의 숨결을 바쳤던 것이다.

이처럼 과거와 현재를 놓고 한 젊은이가 쏟았던 정성에 대해 다시 한 번 조상님에게 감사했었다.

부인은 좀 더 정신을 차려가며 걷고 있었다. 바로 이 시각 친척 두 분과 집안일을 살펴주는 아저씨가 다가오고 있는 것을 눈여겨봤었다. 진작 왔어야 했는데도 바깥주인이 무서운 충격 때문에 쓰러졌다는 것이었다.

부인은 이 말을 듣고 세상도 무상하다 하며 허리가 끊어질 듯 한 절망과 맞서야 했었다. 지친 상태에서 이 이상 물어보는 것은 오히려 자신을 약하게 만들 우려가 있다고 판단하자 꺼져 가는 불빛처럼 체념하는 것이었다. 재완은 어느새 집으로 달려가고 있었다. 마을 뒤쪽 길가에는 많은 사람들이 나와 모여 있었다.

8
보은(報恩)의 혈전산맥(血戰山脈)

전쟁이 일어난 다음해 새 아침이 지난 며칠 후, 북으로 다시 진격하려는 기세가 약해지자 아군(UN군 포함)은 작전상 어쩔 수 없이 후퇴를 해야 했었다.

이는 오로지 중공군이 한국전에 개입했기 때문이었다.

그리하여 적군은 다시 서울을 짓밟았다. 한강 이남으로 전선을 옮긴 아군과 UN군은 반격작전 태세 확립에 총력을 기울이고 있었다.

전쟁의 아픔을 모르는 계절이 추위를 몰고 왔었다. 살을 에는 강한 바람 속에 눈송이가 휘날렸고 꽁꽁 얼어붙은 자연의 공간은 그대로 떨고 있었다. 소중한 생명을 이어가려는 북한 동포들의 피난이 이어진 것은 바로 이 무렵이었다.

손애란은 혼자서 집을 나왔었다. 뒤돌아 볼 마음도 없이 수많은 발길에 밟혔다. 꽃송이처럼 어여쁜 몸으로 자유를 찾기 위해 험한 산길을 넘어야 했었다. 죽느냐 사느냐의 갈림길에서 사방을 휘젓거리는 가볍고 무거운 몸통이 서로 부딪혔다. 애란은 힘이 모자라 여러번 넘어지면서 뒷길에 처지기도 했었다.

공포와 좌절이 그 많은 사람을 엮어 놓았다. 거대하게 움직이며 남으로 내려오는 줄기가 목숨의 존엄성을 유감없이 인정했었다. 똑같은 운명을 선택하고 피난길에 오른 사람들은 군데군데에서 생존을 증명해주는 힘이 나부끼면 꺼져가던 용기를 붙들고 목이 메여 울었다.

동족상쟁이 엊그제 그 짧은 역사가 한 사람의 낙오자도 발생하면 안된다고 힘껏 격려해주었다.

애란은 길을 거러가다가 피로에 지쳤다. 차가운 하늘 구름에 가려진 겨울 해가 아직은 조금 남아있었다.

눈을 감은 채 발자국을 옮길 때면 머리 위로 매서운 바람이 앙상하게 서 있는 나뭇가지를 스쳐갔다.

이때 애란은 찬 소리에 번쩍 눈을 떴다. 결국 거러가면서 잠을 자야 하는 고달픔이었다.

애란은 집에서 나올 때 겨우살이 옷차림을 단단히 한 탓에 목도리로 귀를 조이고 번갈아 힘을 덜면서 봇짐을 어깨에 메기도 했었다.

때때로 찾아오는 집 걱정이 더욱 마음을 쓰리게 했던 것이다. 하루해가 지고 밤을 넘기고 나면 다시 고난이 가까이 왔었다. 무거운 보따리를 남자는 등에 지고 여인네들은 머리에 인 채 산꼴을 지나면 그곳에 흘린 눈물 방울이 혹독한 추위에 못 이겨 얼어붙고 말았었다. 치맛자락을 붙잡고 이따금 어머니의 발등을 밟으며 길을 따라오는 어린 모습이 곧 있을 시련의 길잡이를 해주었다.

목적지도 찾아갈 집도 없이 그저 막연하게 남으로 밀려오는 행진은 실로 어두컴컴하고 외소하기만 했었다. 아군과 UN군의 진격을 지켜봤던 그때에 그들은 지금의 처절한 상황을 상상도 못 했던 것이었다. 태양빛을 감추고 어둠이 찾아오면 몇 사람씩 한곳에 모여서 그때를 회고하며 추위와 맞서기도 했었다. 애란은 여러 날의 고생 끝에 살벌한 대자연을 대하며 서울 근교에 도착했었다. 지치다 못해 이 이상의 무리한 행군을 포기하고 말았다.

떠도는 소문에 마음의 중심을 잃고 계속 한강을 건너가는 보따리 일행과 헤어지고 말았다. 일정한 언약도 없이 각자는 방향을 바꾼 셈이었다. 애란은 굶주림과 절망이 실려있는 시 한 구절을 속으로 읊으며 그곳을 떠났었다. 추운 겨울 몹시 멀고 아득하게 느껴진 하루였다. 그저 힘없이 거러가는 길가에 해는 저물어가고 있었다.

전쟁으로 피해를 입은 서울 시가지는 쓸쓸한 모습만을 들어내고 있었다. 애란은 날이 어둡기 전에 피난을 나온 사람들이 모여있는 곳을 찾아가야 했었다. 이 거리에서 그 누가 선뜻 친절하게 길 안내를 해주지 않았었다. 갈피를 못잡는 조바심에 지친 몸을 더욱더 어리둥절하게 만들었다.

찬바람이 몰고 온 설익은 경치에 가슴을 파묻고 고향길을 물어봤었다. 곧이어 대답 없는 먼 곳의 풍경이 눈앞에 벌어졌었다.

알게 모르게 심장이 크게 두근거리기도 했었다.

어디서인가 인기척을 내 듯 쓸데없는 잡념을 버리고 어서 찾아갈 곳을 찾아가라고 했었다. 그러면서 다시 몸은 피로에 젖어있어도 마음은 온갖 고통과 투쟁하여 기어코 이겨내라고 하는 숨찬 목소리가 들여왔었다.

잠시 환상의 세계로 사로잡혔던 애란은 무슨 말인지도 모르게 혼자 중얼거렸다.

일찍이 들었던 말 가운데 용기를 잃으면 모든 것이 마지막이라는 명언이 문득 생각났었다. 단 한가지 이유로 그 길목을 지키며 떠나지 않고 있었다.

애란은 자기가 찾아갈 곳을 지나가는 행인에게 물어보기 위해서였다. 그동안 참아내기 어려운 시간 속에 얼굴빛은 많이 달라졌었다. 마음이 텅 빈 기분은 늘어만 가고 참아 내려는 힘마저 약해지는 것이다. 서 있는 동안 발꿈치로 길바닥을 다독거렸다. 잠시나마 추위를 이겨보자는 동작이었지만 구부러진 손가락은 자주 입가에 와 닿았었다. 길 구석에 놔둔 짐보따리는 노출된 채 누가 봐도 피난민이라는 것을 쉽게 알 수가 있었다. 조금 전 처음으로 한 사람을 붙들고 물어봤었다. 그랬더니 그저 모르겠다는 대답만 하고 지나가 버렸다.

잠시 살다가 어려운 시간이 흘러가고 통일이 오면 다시 북쪽 땅을 찾아가야 하는 몸인데도 친하지 않는 거리에서 길을 잃고 말았다. 좀 더 깊은 뜻으로 새기자면 현실에서는 고아이므로 오고 가는 행인들의 눈에는 거북한 존재로 보였었다.

낯선 곳에서 지금부터 방황과 설움의 아픔이 시작된다는 것을 알았다.

이런 연유로 두려움 앞에서 서러움을 몰아낼 수가 없었다. 앞으로 삶을 지켜가는데 꼭 필요한 지혜가 있다면 그것은 오직 용기뿐이었다.

　형태도 없고 눈에 보이지도 않는 그 의지로 과연 거칠어질 세상 파도와 싸울 수 있을는지! 그에 관한 의문의 여지는 남아있었다. 벌써부터 고독한 표정이 애란의 슬픈 감정으로 바꿔버렸었다. 애처로운 자신의 처지가 두고 온 산하, 강물 위에 찬서리를 맞고 떨어진 나뭇잎이 갈곳을 잃은 것처럼 느껴졌던 것이다. 밤을 걱정하는 마음은 점점 불안하고 초조해졌었다.

　윤희진은 추운 날씨에도 불고하고 을지로에 급한 볼일이 있어 신설동 집을 나온 후 동대문 뒷쪽 길과 청계천을 지나 을지로 5가에 당도했었다. 눈발이 섞인 서쪽하늘을 무심코 쳐다보니 어느덧 하루해가 저물어가고 있었다.

　매서운 추위는 여러 날 기승을 부리며 길 가는 사람들의 몸을 움츠리게 했었고 간혹 거센 바람소리는 겨울밤을 더욱 사납게 몰아칠 징조를 들어내고 있었다.

　큰길을 건너 한 모퉁이에 이르자 검은색 목도리로 얼굴을 단단히 두른 한 여성과 갑자기 마주쳤었다.

　희진은 결례를 하지 않을 정도로 빗겨가려고 한 발은 옮겼을 때 여성의 차가운 입에서 힘든 말이 새어 나왔었다.

　희진에게 길을 묻는 어감은 매우 당황한 목소리로 퍼져나왔고 온몸에는 서글픔이 감돌고 있는 듯 했었다. 그리고 어디서 누군가로부터 동정을 받고 싶어하는 눈치가 역력히 나타나 있었다. 애란의 물음은 피난민이 많이 모여있는 곳을 알고 있으면 안내를 좀 해주라는 간절한 부탁이었다. 희진은 그때서야 이 여성이 피난민이라는 사실을 확실히 알았지만 길을 묻는 데는 아무런 도움도 주지 못 했었다. 애란은 희진의 말끝에 큰 실망을 느끼며 얼굴이나 잘 알아두려는 듯이 눈을 딴 곳에 팔지 않고 주의를 기울어 쳐다보는 것이었다.

희진은 갈길이 바빠서인지 애란에게 별다른 친절한 마음을 베풀 수가 없었다. 그래서 진심이 담긴 말로 미안하기 그지 없다는 표정을 지으며 멈추었던 몸을 움직이기 시작했었다. 우리들의 혼돈된 삶 속에 비록 부지초면이기는 하지만 이 세상에 매우 신기한 인연도 운명적인 만남도 현실의 시간경과에 따라 서로가 서로를 알아보지 못 하고 더구나 고향에 대한 말 한마디 없이 멀리만 느껴지는 감정을 간직한 채 두 여성은 여기서 이렇게 헤어지고 말았었다. 정말로 등잔 밑은 어두운 것이었다.

현시점에서 개인이 당하는 천신만고의 인생역정은 전쟁이 지어서 만든 비극의 역사였다.

이날밤 늦게서야 애란은 어렵게 그들이 있는 곳을 찾아가 며칠 동안 엄동설한에 어려움과 괴로움을 겪어내야 했었다. 그 어떤 거부의사도 옮길 수 없었고 오히려 천만다행으로 여겼었다.

그로부터 며칠 뒤에 생존을 위한 투쟁 마당에 첫길을 찾아가려 나섰다. 추운 날 오후 겨울 햇살을 받으며 시내 변두리를 가다가 나이가 지긋한 부인 한 분을 만나 염치 불고하고 자신의 딱한 사정을 자세히 알리고 난 다음 간곡히 구원을 요청했었다.

그러자 갈데 없는 피난민의 어려운 처지를 너그럽게 이해해주셨던 것이다. 이날 그 분의 덕택으로 어느 단란한 가정으로 들어갔었다.

그 다음날부터 가정일을 돌보는 것이 신비스러워었다. 그리고 따뜻한 위안도 받았었다. 마치 뜨거운 태양을 가까이서 안아보는 기분에 젖고 말았었다.

참혹한 전쟁 세계평화와 우방을 지키기 위해 참전한 국군과 UN군…… 포염 속에 몸을 바친 그 공포의 순간들을 기억하며 새로운 반격을 개시하였다. 이해 초목이 생기를 더해 가는 3월. 수도 서울을 되찾고 북으로 진격하는 총소리는 거듭 천지를 진동시켰었다.

희진은 오랫동안 피난민들의 틈에 끼어 혹시나 돌아오는가 하고 마음졸이며 하루하루를 살아온 지도 벌써 수개월이 지나갔었다. 그러나 임의 소식은 없었으니 약한 육체와 마음은 더 많이 허약해져 갔었다. 드디어 어쩔 수 없이 방황의 길목에서 울고 말았었다. 텅 빈 가슴에는 거대하고 맹렬한 폭풍우가 몰아치는 것이었다.

정이 없는 눈물을 감춰보려 했던 발자취들이 인간 존재의 의미를 보듬어주었다. 여러 색깔의 꽃이 활짝 핀 계절에 핏기 없는 눈망울이 사방주위를 두리번거렸었다. 더구나 차디찬 방황은 오늘의 괴로움으로 떠올랐었다.

이즈음 희진은 절망의 함정에서 몸부림쳤던 것이었다.

정신적 아픔에 못 이겨 본의 아니게 많은 사람의 시선을 접대하는 직업전선에 뛰어들고 말았었다. 그곳이 어떤 성향의 길인지도 확실히 모르면서 그저 운명적 선택을 하고 말았었다.

한 업소에서 오래 근무할 수 없는 곳이므로 자주 옮겨 다녀야만 했었다. 그 어느 날 텅 빈 가슴에 와 닿는 임의 목소리를 그리워하며 시내에 있는 한 다방으로 처음 출근을 했었다.

아침 기운이 사그러지자 조용한 음반소리에 담배연기가 자옥하게 뒤섞여 형형색색의 목소리를 내며 급한 일이 있어 찾아온 사람과 혹은 여가를 즐기려는 계층들도 드나드는 곳이었다.

갑자기 달라진 자신을 평범한 심판대에 올려놓았었다.

하루 종일 시중을 들면서 많이 울었다. 그 눈물을 마음껏 들이마시며 먼 북쪽 하늘로 흘러가는 구름 떼에 슬픔을 적셨던 것이다. 지나간 그 시간 속에 진한 향기를 내뿜었던 고향의 하얀 노랫소리가 어서 오라고 손짓을 하는 것이었다. 세상만물이 다 수척해보였던 절망의 나날에서 목메이던 아우성은 오늘도 안개 그늘에 가려져 있었다.

손바닥으로 자신의 심장을 다독거리는 것이 이제는 어느새 익숙한 손놀림의 일부로 바꿔버렸다.

때로는 혼자서 아무 조심 없이 '어찌 살아가야 하나.' 하고 식지 않는 자기 실현을 도모해 보기도 했었다.

기억 한쪽에 남아있는 진실에 대한 중요성과 가치를 안고서 내일도 동일한 길을 거러가야 했었다.

세상을 원망하는 약한 감성 앞에서 갈피를 못 잡는 흔들림이 더욱 더 희진을 억누르고 있었다.

구겨진 자존심을 들여다보며 착잡한 시대에 아무렇게나 부딪치고 나면 지난날들을 온 힘으로 꼬집어 보는 것이었다. 용기와 희망의 존재를 꿈의 노랫속에 담아놓고 싶은 희진의 의도는 무엇을 의미하는지!

견디기 무서운 고통이 서러운 울음을 지켜보고 나면 그 알 수 없는 선율을 더듬어 보게 했었다. 기쁨을 맛볼 수 없었던 흔적들이 가보지 못한 길을 향해 힘든 첫발을 내딛게 했었다.

시들지 않은 자연의 무늬에 굳은 의지를 비춰보며 멀리서 들여온 그 알 수 없는 소리와 맞서야 했었다.

인간의 본성에는 저 넓은 우주질서와 조화의 원리가 자리하고 있는 것이다. 속세의 다양한 모습이 좇기는 계절마다 고갯길에서 등불 없는 어두운 방황을 기다리고 있었다.

그것은 석연치 않은 과거의 감정을 녹여 보려는 작은 노력이 드리워져 있기 때문이었다.

말없이 흘러간 추억을 붙들고 서럽게 목이 메던 그날, 정신을 빼앗긴 애달픈 고통이 아직도 주변을 서성대고 있었다. 분노에 흠뻑 젖은 눈동자도 피를 토하던 목청의 소리도 텃없이 가는 날짜 속에 가려졌었다.

'임이여 어서 빨리 돌아와요' 숨가픈 기다림의 애원이 길게 퍼져 나가면 아픔을 떠안고 사뭇 고개 숙인 여인이 되고 말았었다.

무더위가 기승을 부리던 그때 전쟁이 멈추었다는 소식을 듣고 한 자락의 희망을 안가슴에 깊숙히 품었었다.

행여나 여건 변화에 힘입어 살아서 돌아오는가 하고 기다렸다.

그러나 시간의 흐름 속에 대망의 꿈은 여지없이 꺾이고 말았었다. 늦가을을 알리는 찬 서리가 힐긋힐긋 가로등 불빛에 광택을 자랑하고 있었다.

그날 밤 희진은 가로수 가지에서 떨어진 낙엽을 밟으며 쓸쓸히 거러가다가 무슨 생각에 젖어있었는지 허리를 굽혀 가랑잎 한 잎을 바른 손으로 집어들고 몸을 일으켰다. 이처럼 하찮은 몸놀림은 막연하게 텅 빈 자리를 혼자 지켜보려고 그랬던 것은 아니었다. 그것은 깊이 있게 내면적인 고뇌와 외로움을 스스로에게 물어보며 인간과 자연에 대한 감상을 의미 있는 눈빛으로 들춰 보고 싶었던 것이다.

　푸르름을 자랑하고 무성한 기운을 지켜왔던 마른잎에 코를 가까이 하여 냄새를 맡으며 생명의 예찬을 찾고 있었다. 얼마 전까지 살아 숨 쉬던 존재들이 철 따라 변해가는 섭리에 순종하고 나서 이제는 아무 쓸모 없이 길바닥에 흩어져 갔었다. 바람이 불면 함께 찾아온 바삭거리는 소리를 아무도 알아주는 이 없는데, 길가의 먼지도 찬 서리도 몰라보고 그저 어디론가 가고 있었다.

　희진은 큰 힘을 기울이지 않고 잠시 갇혀 있는 공간을 빠져 나와 손에 잡았던 것을 그대로 땅에 날려보냈다. 여러 색감으로 물들여져 있지만 이미 생명체의 가치를 잃고 말았으니 그 가련한 자취는 언제까지 남아있을까? 하고 물어보는 것이었다.

　뺏고 뺏기는 산봉우리를 비친 밝은 달님은 숲속에서 계절의 정겨움을 실컷 읊었던 벌레 소리를 뒤늦게서야 찾고 있었다.

　그렇지만 몇 년 전까지 자연을 지켜봤던 고운 빛깔도 새 울음소리도 어디론가 사라져버린 지 오래 시간이 지났다.

　어둡고 또 어두운 밤에 한 손으로 대검을 힘껏 쥐고 적군과 맞붙은 육박전은 생사의 문턱에서 희미한 울음소리조차 낼 수 없는 절박함이 숨차 오르고 있었다.

　이러한 상황에서 참아내기 어려운 전투 장면을 처절한 시간만이 하나도 놓치지 않고 지켜보고 있었다. 입 밖으로 아무 말도 할 수 없는 안타까움 때문에 빠른 동작을 취하는 것만이 살아남을 수 있는 단 하나의 방법이었다.

　그것은 어둠 속에서 누가 누구인지 분간할 수가 없는 일이기에 거세게 덤벼드는 상대방의 머리를 더듬어보고 머리털이 손에 잡히면 아군이므로 서로가 손을 잡고 용기를 북돋워 줄 수 있었지만 만일 이와는 달리 반대편의 머리카락이 없을 때는 즉시 죽여야만 목숨을 이어갈 수 있는 새로운 전투 전개 양상이 알게 모르게 등장했었다.

어느 한 병사는 "전쟁은 왜 우리 곁을 찾아왔을까! 우리의 가슴을 아프게 하면서……."

얼마 있으면 들려올 총소리의 두려움을 눈앞에 두고 민족의 비극을 이렇게 맥없이 미워하는 것이었다.

1951년 가을 이제까지 조국 수호의 선봉을 지켜왔던 김재만 소위는 불효의 죄를 씻어 보려고 하나의 결심을 했었다.

싸움터에서 입으로 전해오는 이야기를 종합해보면 부모께서 살아 계시지 않다는 생각에 집착하고 말았었다.

그것은 군인 가족을 철저히 가려내 지독하게 처단했다는 끔찍한 말을 들을 때마다 겁에 질려 고향으로 자식 소식을 보낼 수가 없었던 것이다.

이러한 억눌림이 더 많은 슬픔을 자아내게 했었다.

이 이상 두려움을 앞세우는 고통을 견뎌낼 수가 없었다.

이는 비단 마음이 좁고 옹졸해서가 아니라 부모에 대한 효심이 지극했기 때문이었다.

그로부터 며칠 후 말을 꺼내기가 무척 어려웠지만 애절한 사정을 상부에 전하고 특별휴가를 얻었다.

꿈에서나 만날 수 있는 이 소중한 시간을 김 소위는 어린시절 흙냄새를 그리워하며 화약연기가 가득 차 있는 최전방 진지에서 출발을 서둘렀었다. 그로부터 목포행 열차가 기적 소리를 내며 정읍역에 도착했었다.

가을 햇살이 서산으로 지고 맑은 하늘에서는 바람이 좀 세차게 불어왔었다. 전투복 차림으로 시내에 들어섰었다.

거리를 지날 때 행인들이 위풍 있는 소위 계급을 보고 시선을 모으기도 했었다. 김 소위는 그 사람들의 시각을 별다르게 의식하지 않았었다. 그것은 아마 깊숙히 감춰져 있는 감정이 점점 더 쌓이기 시작했기 때문인지도 모르는 일이었다. 김 소위는 단 일 초라도 빨리 집안 사정을 아는 사람을 찾고 있었다. 물론 시내에 아는 분이 있었지만 겁이 나서 선뜻 만날 수가 없었던 것이다.

초조와 불안이 겹친 몸으로 당황하며 힘없이 거리를 두리번거렸다. 이때 바로 옆에서 가는 길을 막다시피 하며 손을 덥석 잡은 청년이 있었다.

누군가 싶어 얼굴을 잘 들여다봤었다.

반가움보다 놀라움이 앞서는 것이었다. 한마을에 사는 손아래 친구였다. 그간의 안부를 묻기 전에

"부모님이 자네를 얼마나 기다리고 계신 건지 아는가?"

이렇게 먼저 말을 하는 것이었다.

김 소위는 눈물이 돌며 정신이 아찔했었다.

놀랐던 숨을 가라앉히며 입을 열었다. 기쁜 안도감이 하늘을 나랐고 죄에 대한 사면이 내려진 것이었다.

그 친구는 빨리 가자고 거름을 재촉했으나 어쩐지 김 소위는 느린 동작을 붙들고만 싶었다. 무겁게 껴않은 기쁨이 땅에 떨어질까봐 일부러 조심스러운 몸놀림을 했었다.

두고 온 전선 찾아가는 고향길이 마치 시 속에서 만나는 어휘처

럼 들려왔었다.

그동안 무정하게 건너온 전쟁의 시간을 생각하며 친구의 이야기를 신중하게 들어야 했었다.

그 당시 김 소위 집안에서 일어났던 일들을 소상히 말해주었다. 길에 밟힌 이야기 속에 치를 떨기도 했었다. 해가 지고 나면 대개 바람의 힘이 수그러지지만 이날은 어둠이 다가와도 신작로 먼지가 약간씩 북서 계절풍에 쫓겨다니고 있었다.

김 소위는 나란히 거러가면서 오던 길을 자꾸만 뒤돌아봤었다.

마을길을 따라 그 친구가 먼저 김 소위 집에 들어섰다.

뒤따르지 못하고 그냥 대문간에서 발을 멈추고 말았었다.

죄의식이 몸 전체를 덮치는 것이었다. 그리고 또 형민의 그림자도 급작스럽게 어른거렸다.

머릿속에 채워져 있는 자신의 심경을 아무도 아는 이가 없으리라는 생각에 잠기고 말았었다.

이 시각 방문을 여는 소리를 듣고 힘을 얻었다. 군복을 입은 아들이 들어오자 어머니는 뛰어나오며 맨발로 마당 흙을 밟은 것도 모르고 기다리고 기다렸던 아들의 장한 얼굴에 손을 갖다 댔었다.

보고 싶었던 모정의 정열과 무한한 기쁨을 얼마 동안 품안에 껴안고 있었다. 까맣게 탄 얼굴빛에 가려진 아들의 무공을 찾으려고 애쓰시는 모습도 역력히 들어나 보였었다.

날마다 하루해가 지고 또 철이 지날 때면 언제나 오나 하고 문밖을 내다보시며 기다렸던 어머니 앞에서 김 소위는 부끄러워하며 탄식의 숨소리를 내쉬고 있었다.

이처럼 가족의 기다림이 있었기에 전쟁 중에서도 살아남을 수 있었다는 소신을 얻어냈었다. 곧이어 김 소위가 왔다는 말을 듣고 가까운 이웃집에서 그리고 친척들이 찾아왔었다. 오랫동안 울적하기만 했던 집안에 마침내 밝은 빛이 피어올랐었다.

텅 비어 있던 내외분의 가슴에도 만족스러운 기운이 돌아났었다. 부인은 마루에서 들려오는 격려와 감동의 목소리를 들으며 그때 그날에 있었던 일들을 잊어보려고 했었다.

김 소위는 조금 굳어있는 표정으로 여러분들을 맞이 했었다.

자기를 중심으로 걷잡을 수 없었던 집안의 위기를 눈 감고 비장한 심정으로 상상해보는 것이었다.

김 소위는 바람을 타고 스쳐간 날들 속에 작년 여름 인간정신의 타락이 몰려왔어도 이를 극복하며 살아오신 부모에게 대할 면목이 없다는 고충을 이해하려고 했었다.

그 자들이 저지른 잔인성 앞에서 희생의 표적이 되었던 기억을 아프게 상기하는 것이었다. 바로 이 순간 자식에 대한 소중함과 그 열정이 뜨겁게 달아올랐었다.

곧이어 마음을 정리하고 혼자의 의지만으로는 살 수 없다는 것을 생각해봤었다. 밤늦은 시간까지 이야기를 보내고 마을 분들은 각자의 집으로 돌아갔었다. 그리고 새 아침을 기다리며 잠자리에 들었다.

새벽에 부엌문 소리가 맑은 공기에 퍼져나갔다. 정화수는 여느 때와 마찬가지로 두 손에 공손히 받쳐져 올려졌으며 머리를 숙여 두 손을 모은 정성스러움이 유난히도 달리 보였었다.

조금 뒤에 솥뚜껑을 흔드는 소리가 바람을 타고 섞여 나왔었다. 소나무 향내를 풍기며 짙은 색과 엷은 빛깔의 연기가 조화를 이루며 공중으로 치솟아 오르고 있었다.

하룻밤을 더 자면 전장으로 떠나보내야 하는 아쉬움이 이슬방울을 찾아 헤매고 있었던 것이다.

아침밥 설거지를 끝내고 마을 공동 빨래터에서 아들의 군복을 만졌었다. 전쟁터를 누볐던 옷에 특별한 감정을 느끼며 옷을 빨고 있었다.

나라의 방패가 그려진 녹색 제복에 아낙네들의 시선이 모여졌었다. 그들 중 한 젊은 부인이 부잣집 아들 재만이가 무척 부럽다고 하며 자기 집 바깥주인도 얼마 안 있으면 군에 입대한다고 했었다. 어느 도시 농촌을 막론하고 군에 갈 남자를 둔 집안은 군인보다 더 큰 관심사는 없었다.

그것은 전쟁이 계속되고 있는 한 시대적 비극 앞에 혈기왕성한 장정들이 군문을 향해 속속 고향을 떠나고 있기 때문이었다.

몇 사람밖에 없는 이 장소에서 여러 가지 오고 갔던 이야기가 진실을 외면한 대화는 아니었다. 사실 날이 갈수록 전투는 치열했었다. 김 소위가 싸우고 있는 철원과 그리고 다른 금화지구 전황은 일간신문을 접한 사람이면 누구나 알 수 있었다. 부인은 아들의 전투복에 스며있는 화약연기 냄새와 흙먼지를 정든 고향물로 말끔히 지우었다.

그러나 머지 않아 다시 배어들 그 소리 그 냄새에 김 소위는 더욱 더 정신을 바짝 차려야 할 시간을 지금 기다리고 있었다.

해가 진 후 마루에서 숯불 다리미로 아들의 전투복을 곱게 손질하는 부인은 포염이 자욱한 전쟁터를 상상하며 풀 포기와 나뭇가지 잎을 꽂은 위장망에 색다른 관심을 갖었었다. 이러한 군복을 입고 전선을 지킨다는 사실을 알고나서 웬일인지 어머니로서 하고 싶었던 말을 다 잊고 말았었다.

솜씨를 발휘해 다듬은 옷을 품안에 한 번 껴안아 봤었다. 그 알수 없는 정감에 온통 취해있는 것처럼 말이다. 그리고 속으로 이번에 만져보면 어느 때 또 빨래를 해줄 수 있을는지 짙은 감상에 젖고 말았었다.

곧이어 방으로 들어갔었다. 이때 밖에 나갔던 재만이가 어머니 곁에 앉아 계급장을 달았다. 어머니는

"육군 소위."하며 한 번 만져 보고 싶었던 계급장에 손을 대 봤었다. 조국이 위기에 처하던 그날 나라를 위해 과감히 집을 뛰쳐나갔던 지난일이 지금은 숨길 수 없는 야릇한 감회로 남아있을 다름이었다.

이윽고 즐거운 대화의 시간을 보내려고 다정다감하게 어머니의 손을 잡았다. 흘러가는 물길처럼 내일이 다시 오면 부모의 슬하를 떠나 멀리 가야 할 자식이기에 이 한밤을 지새워 무운을 빌며 남다른 여명을 기다려야 했었다.

한참 후에 재만이 부친은 집에 오셨다. 재만은 어디에 다녀오시느냐고 물었다. 그러자 식구끼리 있는 자리니 할 이야기가 있다 하시며 재만을 보고

"너한테 꼭 이 말은 해둬야 하겠다."

하며 아들을 지켜봤었다. 이 말씀을 들은 재만은 별안간 팽팽한 긴장이 앞섰던 것이다.

"무슨 말씀이신데요?"

"이 이야기는 미리 했어야 하는데 좀 때늦은 감이 있구나."

하시며 실은 진직 휴가를 왔으면 좋았을 텐데 좀 늦었다는 것이었다. 하고 싶은 말은 다름이 아니고 형민이에 대한 걱정 때문이었다. 흔들림 없는 표정으로

"형민은 적군의 지휘관이다. 그리고 또한 너는 아군의 장교가 아니냐?"

매우 깊은 의미를 포함하고 있는 말씀이었다. 재만은 정중한 태도로 아버지의 말씀을 듣고 있었다. 다시

"이 사실을 가정해서 생각하면 잠이 오지 않았을 때가 많았다."

수심의 흔적이 방 안에 깔려있었다. 가상적 의견이 깊이 있게 전달되었다.

"만약 형민이와 너가 같은 싸움터에서 서로 총부리를 겨눈다면 정말 무서운 일이다."

재만은 대답이 막혔다.

"추호도 이런 사태가 있어서는 안되겠지만 불행하게도 처절한 상황이 발생한다면 너는 기어코 형민이를 구해내야 한다. 그리고 너는 집안일을 걱정하지 말고 군 본연의 임무에 심혈을 기울어 주기 바란다."

확고하게 강조하며 아들의 대답을 촉구하는 것이었다.

김 소위는 아버지의 참뜻을 알 수가 있었다. 노파심을 뛰어넘는 현실적인 예언이 이어졌다.

"진정한 신념이 있는 한은 나의 말을 명심해야 할 것이다."

이렇게 거듭 강조하는 것이었다.

이 언급은 아들에게 보은의 무거운 짐을 떠맡긴 것은 아니었다. 나이가 든 탓에 젊은 사람보다 살아온 경륜이 많다는 것과 그리고

세상을 멀리 내다볼 수 있는 안목이 조금은 넓다라는 것뿐이라고 설명을 해주었다. 김 소위는 명확한 대답을 했었다. 다음날 출발에 앞서 전쟁 중에 어머니께서 겪은 발자취를 하나 둘씩 찾고 있었다.

정화수가 엎져 있는 그곳에 가서 감사했었다.

'하늘보다 높고 바다보다 깊다.'라는 노랫말이 떠올랐던 것이다. 나라를 지키는 하늘 아래 달이 떠 있는 밤의 전선에서 그 곡을 부르기 위해 집을 나섰다.

학창시절 호국간성의 꿈을 붙들고 학업에 온 힘을 다해왔던 김 소위는 이날 잊지 못 할 한 자락의 회상담을 혼자서 읽어가고 있었다.

그것은 길지 않은 과거의 시간 속으로 뜻있는 여행길을 떠나는 것이었다. 한국전쟁이 일어나기 바로 직전 육본에서 관할하고 전국 중요 대도시에서 일제히 실시하는 육군사관학교 제2기(4년제) 생도 모집에 응시원서를 제출해놓은 다음 청운의 뜻을 이루어 보려고 했었다.

이해 5월 초 김 소위가 시험에 응시했던 장소는 광주였다. 전남광주도립병원 해부실에서 1차 신체검사가 있었다.(2차 신체검사는 필기시험 합격자에 한하여 서울에서 실시하기로 했음)

건장한 청년들이 집결한 이곳에서 김 소위는 신체검사 합격 판정을 받고 무척 기뻐했었다.

다음날 신체검사 합격자만이 응시하는 필기시험은 광주여자중학교(당시는 중학교 6년제 지금의 광주여고) 대강당에서 실시했었다.

시험 시작을 조금 남겨두고 교정 이곳저곳에 모여든 응시자 중에는 하사관급 현역 군인을 위시하여 학생들이 주류를 이루었고 일반

인도 상당수 있었다. 시험을 보는 사람으로서 긴장이 앞서는 것은 우리들의 공통된 심리상태인 것이다. 질서정연하게 자리를 잡아 앉았고 곧 시험감독관으로부터 간단한 주의사항을 들은 후 강당 바닥을 향해 허리를 굽혀 제각기 답안 작성에 들어갔었다.

시험이 진행되는 동안 강당을 메운 인파 속에서 정막만이 감도는 긴장된 분위기였다.

각자 자신들의 실력을 발휘하는 이들의 기백과 진지한 태도는 실로 믿음직스러워었다. 시험이 시작하기 전 응시자들의 눈길을 끈 것이었었다. 그것은 대강당 앞쪽 우측 구석에 위치해 있는 한 대의 피아노였다. 이 피아노가 필기시험을 치르는 이들에게 어떠한 역할을 담당하고 있는지 알고 있는 응시자는 아마도 거의 없었을 것으로 여겨졌었다. 고요 속에 치러지는 혼신의 열정이 젊은이들의 영예로운 장래를 점치고 있었다.

나라 위해 군문으로 달려가겠다는 대한 남아의 자랑스러움이 이 강당을 한없이 못 잊게 했었다.

빨리만 돌아가는 시계바늘 드디어 제한된 시간이 다가왔었다. 초조와 긴장 그리고 설렘을 멈추라는 소리가 웅장하게 울러 퍼져 나왔다. 시험감독관 한 사람이 너무 멋있게 피아노 건반의 높은음자리를 한꺼번에 두들기는 것이었다. 그러고 나서 육성으로 시험 종료를 알려주었던 것이다.

김 소위는 오늘도 그때의 피아노를 생각하면 자신을 감동시켰던 그 선율에 저절로 색다른 감정을 느끼는 것이었다.

비록 합격의 대열에 올라 설 수는 없었지만 젊은 날 인생 체험의 참된 가치를 발견할 수 있는 계기가 된 것만으로도 만족스럽게 여졌던 것이다.

엊그제 그날의 추억과 낭만을 못내 그리워하며 이 시간에도 전우들과 나란히 북쪽을 바라보고 최전방 전선을 지키고 있었다.

간이 취사장은 고지에서 얼마쯤 내려오면 약간 평탄한 지점에 적은 규모로 자리 잡고 있었다.

이곳에 따로 설치해놓은 하나의 천막 안에는 실탄을 비롯해서 그리 많지 않은 보급품이 쌓여있었으며 아랫길을 따라가면 상급부대로 통하는 작전도로 일부가 한눈에 띄며 누구나가 거쳐가야 할 길목이었다. 밥을 짓는 연기와 밤 불빛은 언제나 위험의 대상이었다. 만의 하나 타오르는 화기를 적진지에서 알아낸다면 포 공격의 목표물이 될 수 있으므로 그 위치가 작전상 매우 중요한 일이었다. 총소리에 뒤섞여 산산히 갈라진 목소리가 수없이 스쳐간 깊은 산꼴에서 밥을 지어 끼니를 챙겨주는 취사병의 임무가 실로 중요하다는 것은 모두가 다 잘 알고 있었다.

요즘 가뭄이 매우 심하기 때문에 식수를 해결하는데 어려움을 겪어 왔다. 이날 따라 산꼴자기에 은빛 물방울이 간데온데없었다. 자연이 그토록 사람들에게 베푼 고마움도 어쩔 수 없는 한계상황에 도달하고 만 것이었다. 여하튼 이 시간 이후에 흠뻑 비가 내리지 않으면 저녁 취사는 거의 불가능했었다.

한시도 책임감을 멀리할 수 없는 취사병들은 먹구름이 사납게 지나가는 하늘을 쳐다보며 초조한 마음으로 비를 기다렸었다. 처음 당하는 일이기에 이들에게는 지난번에 내린 장맛비가 몹시도 그리워지는 것이었다.

포성(총소리)이 잠시 동안 멈추고 산속에 무서운 정막을 뒤따르는 어둠이 점점 부담스럽게 밀려오고 있었다. 취사병들은 한 장소에 둘러앉아 빗물을 받기 위해 진지한 의논을 하고 있었다. 곧 한 병사가 좋은 생각을 꺼냈었다. 그것은 천막에서 흘러내릴 빗물을 받아보자는 것이었다. 그 병사의 말대로 천막을 반쯤 눕혀 땅에 닿을 수 있도록 해두고 빗물이 고일 간이 웅덩이를 만들어 놓았다. 비가 온 뒤에도 계곡물이 맑아질 때까지 식수로 사용하기 위해서는 꽤 많은 양이 필요했었다.

생명을 앗아가는 전쟁터의 하늘에는 구름 떼가 끄물끄물 북으로 올라가고 있었다.

대낮에 겁도 없이 퍼부었던 총소리와 부옇게 보였던 화약냄새가 어디로 갔는지 모르게 진지는 고요하기만 했었다.

아군의 전사자와 부상을 입은 용사들의 후송을 끝마친 김재만 소위는 곧이어 적진지 야간 정찰임무를 부여받고 소대원 4명과 함께 점차 어두움이 쌓이기 시작할 무렵 조심스러운 발거름을 내딛었다.

김 소위는 몸도 마음도 몹시 지쳐있었지만 전선을 사수해야 한다는 사명감이 어느새 조금이나마 피로를 덜어주는 것 같은 느낌을 받았었다.

산기슭을 밟은 지 짧은 시간이 지나갔었다. 어느 지점에 이르렀을 때 맞은편 가까운 곳에서 실로 괴상한 신음소리가 들려왔었다. 이 전투에서 손형민은 피를 많이 흘린 고통을 견뎌내느라 죽을힘을 쏟고 있었다.

이러한 가운데 잃어버린 의식을 겨우 되찾고 나서 죽음으로부터 탈출을 시도하고 있었다. 그래서 어떤 일이 있어도 천지신명의 계시에 따라야 했으므로 그로 인해 소리 높이 이날 전생애의 최후를

울부짖었다.

"김재만." 또는 "재만이."

이렇게 한 두 번 이름을 불렀다. 다섯 사람은 누가 시키지 않아도 급히 몸을 멈추고 그쪽으로 귀를 갖다 댔었다. 다시 사라져 가는 음성으로 "재만이." 하고서는 이 이상의 인기척이 없었다. 바로 이때였다.

김 소위는 지난날 아버지께서 하신 말씀이 번쩍이는 빛의 속도보다 더 빠르게 자신을 채찍질하고 있다는 것을 알아차렸었다.

그것은 사람을 살리라는 엄한 외침이 황혼을 멀리한 이 시각에 김 소위의 가슴을 두들겨댔던 것이다.

드디어 불길한 예감이 마음 한복판을 스쳐 가며 손과 발에 쥐가 내린 듯 한 몸동작이 한층 더 놀라움을 자아냈었다. 그들은 재빨리 그곳으로 달려갔었다. 별도 보이지 않은 초저녁 전쟁터 한 구석에 쓰러진 채 그 자리에서 몸을 꼼짝 못하고 있는 인민군을 보고

"당신 누구요? 이름부터 말하시오."

이렇게 위엄있는 어조로 물었다. 급하게 말하는 도중에 이번에는 으스스하게 소름이 끼치는 것이었다.

크나큰 위기의식에 사로잡혀있던 인민군은 쉽게 말문을 열지 못하고 어두운 하늘을 바라보며 한 손을 약간 바르르 떠는 듯하면서 나지막한 목소리로

"손형민이오."

겨우 이렇게 대답을 하고 힘없이 그대로 침묵을 지키고 말았었다.

김 소위는 손형민이라는 말을 듣고 다시 물어보지 않아도 그가

누구인지를 명확히 알 수 있었다. 이는 마치 꿈속의 일이었다. 단 몇 초도 참을 수 없었던 김 소위는 피투성이의 몸에 몸을 대고 '이런 일이 이 세상에도 존재하는 것일까!' 하고 넋을 잃고 말았다.

과거의 시간 속으로 거슬러 올라가 하늘이 무너진다해도 도저히 잊을 수 없는 기억을 되찾아 보는 것이었다.

삼복 무더위에 먼길을 거러와 촌음을 다뤄가며 아슬하게 아버지의 생명을 구해준 장본인이 아군의 총에 맞아 사경을 헤매는 못 쓸 운명을 한으로 남을 만큼 가슴이 미어지게 슬퍼하며 전쟁을 한탄했다.

김 소위는 소스라치게 철모를 머리에서 벗어놓고 상의와 런닝셔츠를 벗었다. 그 런닝셔츠를 길게 찢어 압박붕대 대용으로 허벅지 부상부위를 질끈 동여매었다.

그러고 나서 윗옷을 입고 철모를 쓴 다음 잠시 동안 연민의 눈길로 형민을 지켜봤었다. 곧 한 소대원을 이 자리에 두고 네 사람은 본연의 임무수행을 위해 빠른 행동을 했었다.

얼마 후 정찰을 마치고 대원들과 함께 돌아온 김 소위는 얼른 형민을 등에 업고 진지까지 왔었다. 김 소위는 지체없이 곧바로 상부에 상황을 보고하고 나서 상부의 명령에 따라 형민을 의무대로 후송해야 했었다.

소대원 중에서 힘이 센 두 명을 데리고 교대로 업어가며 산길을 따라 내려갔었다. 작전도로변에 도착하여 잠깐 쉬고 있을 때 마침 빈 보급차량 한 대가 상급부대로 가기 위해 오고 있었다.

김 소위는 차를 세우고 나서 형민을 먼저 태운 다음 함께 차에 올랐다. 차가 출발한 지 얼마 동안 시간이 지났는데도 김 소위의 가슴은 가라앉지 않았었다. 검은 눈빛 안에 떠오르는 몇 년 전의 일들이 김 소위를 힘들어 보이게 했었다.

그렇지 않아도 자연스럽게 알 수 있는 '보은의 혈전산맥'을 길게 새기고 있었다. 인민군 대위 손형민과 아군의 김재만 소위 사이에 있었던 접전을 감히 그 누가 상상이라도 했었으랴!

그러나 냉엄한 조국의 현실은 명백히 알고 있었다. 그 자취들이 남아있는 처절한 전쟁터에서 한 사람의 목숨을 건져보겠다는 온갖 정성을 쏟았던 한 젊은 장교는 지금 함께 차를 타고 가는 것이었다. 조금 전 희미하고 비참한 목소리 뒤에서 손형민 대위는 누구를 안 아보고 싶어 그랬던 것일까?

차가 의무대에 도착하자 김 소위는 천막 내부로 들어가서 자기 등에 업힌 형민을 침대에 눕혔다. 정신을 잃고 있는 얼굴을 가엽게 쳐다보고 나서 허겁지겁 군의관을 찾아가 응급치료를 부탁했었다. 김 소위의 말을 듣고 난 군의관은 위생병 한 명을 데리고 와서 부상 부위를 자세히 살폈었다. 너무나 많이 피를 흘렸다며 고개를 약간 돌리고 나서 심각하게 형민을 들여다 보고 있었다.

이때 김 소위는 빠른 동작으로 옷소매를 걷어올리며 자신의 혈액형을 말하고 급히 피를 뽑아 줄 것을 간절히 애원했었다.

이와 같은 절박한 행동의 성격과 심정은 위태로운 한 생명에 대하여 늦출 수 없는 절규였다. 이윽고 사람의 운명적인 느낌이 강조되는 순간을 지켜보고 있던 군의관은 형민의 혈액형을 검사하라는 지시를 내렸다. 김 소위는 들어낸 살갗으로 엷은 바람이 스쳐갈 때 긴장과 초조함에 다시 몸을 떨었다.

그 까닭은 시간이 오래 걸리지 않아도 당장 쉽게 알 수 있는 간단한 결과가 기다리고 있기 때문이었다.

만약 자신의 피가 형민에게 수혈이 될 수 없다면 그 놀라운 절망을 어떻게 달래야 할지 아무에게도 물어볼 수 없는 일이었다. 얼마 안 있어 김 소위의 지극한 소망은 야속하게도 꺾어졌으며 말로 다 할 수 없는 좌절이 거센 폭포처럼 소리를 지르며 온몸을 휘감았다. 이는 오로지 사람이 산다는 진정한 의미를 찾아보려는 맥박의 진동이었다. 곁에 있던 군의관은 불쾌한 어조로 적 포로와 무슨 관계가 있느냐며 심하게 나무라는 것이었다. 김 소위는 이에 대한 이야기는 잠시 후에 하겠으니 우선 목숨부터 살려주라고 했었다. 군의관은 겁을 먹고 당황하는 김 소위에게 우리가 최선을 다 하겠으니 지나치게 흥분하지 말라는 주의를 시켰다.

그러나 김 소위는 이 말을 들은 척 마는 척하며 군의관을 붙잡고 다시 매달렸었다.

의무대에서는 곧 치료에 착수했었다. 얼마 뒤에 김 소위는 얼굴을 스쳐간 눈물의 흔적을 감추고 나서 군의관을 마주보고 앉았다. 군의관은 얼마 동안 적 포로에 대한 이야기를 신중하게 듣고 나서야 김 소위의 심정을 이해할 수 있었다.

먹구름이 몰고 왔던 하늘에서 굵직한 빛줄기가 의무대 천장을 요란스럽게 두들기는 것이었다. 자연의 소리에 섞여 들려오는 그날의 기억들이 또 한바탕 김 소위의 머릿속을 스쳐갔었다.

한참 후에 빗방울이 약해지자 김 소위는 형민이가 누워있는 침대 옆으로 가서 손바닥에 묻어있는 핏자국도 모르고 녹아 가는 듯 한 숨을 들여다보며 슬그머니 맥박을 짚어봤었다. 이때 아무도 모르게 몸이 진동했었다.

아버지께서 잔인무도한 그 자들에 의해 처참한 최후의 일각을 기다리고 서 계셨던 장면이 떠오르는 것이었다. 부상을 입은 적군의 장교 한 명을 생포한 것은 그리 특기할 만한 일은 아니지만 김 소위로서는 가슴을 칼로 도려내는 아픔을 참을 수가 없었다.

김 소위는 천막 출입구 쪽으로 발을 옮긴 후 바깥을 내다봤었다. 아직도 조금씩 비는 오고 있었다. 흙과 피로 가려진 전투복을 훑어볼 여유도 없이 형민의 곁에 가까이 가서

"형, 무슨 일이 있더라도 좌절하지 말아요. 사람은 어떠한 최후의 경우에도 삶의 의미를 찾을 수 있습니다."

사라지지 않는 추억의 숨결을 지켜보고 어쩌면 다시 이루어질 수 없는 만남이 몹시 슬프게 보은의 혈전산맥에서 멈추었다.

뒤이어 천막 병실에 밝혀놓은 불빛 사이로 헤어져야 할 시간이 속절없이 흐르고 있었다.

김 소위는 대원들과 함께 의무대를 나왔다.

비는 차츰 멈추기 시작했었다. 대기하고 있는 차에 몸을 기대었으나 눈물이 북받쳐 차가 움직이는 것도 모르고 있었다. 작전도로변에 차가 멈추자 세 사람은 왔던 길을 찾아가고 있었다. 비가 온 뒤라서 발길마다 진득진 흙이 달라붙었다.

게다가 어둠을 더듬는 몸놀림은 느리기만 했었고 앞뒤를 분간할 수 없는 주위에 아무것도 보이지 않았었다.

그저 아는 길을 기어서 찾아가고 있었다. 이때 한 병사가

"소대장님 좀 쉬어 갑시다."

하고는 매우 거북스러워했었다. 이들은 그 병사 말대로 그 자리에 서 있는 자세로 잠시 쉬었다가 고지를 가늠하며 조심스럽게 거

러갔었다.

　어두운 밤의 행보에 많은 어려움을 이겨내며 진지에 도착한 시각은 자정을 넘긴 무렵이었다.

　세 사람은 시장기를 메꾸기 위해 빗물로 지어놓은 밥을 먹었다. 이보다 훨씬 앞서 취사병들은 간신히 저녁식사 준비를 하고 나서 감개무량한 표정을 지었다. 그것은 임무 완성에 만족을 느꼈기 때문이었다.

　다행스럽게도 비가 와서 식사문제가 해결된 셈이었다. 늘 그래왔듯이 몸은 지쳐있으면서도 실탄을 장전한 총을 만지며 조국을 생각하는 나날이 고귀한 희생의 자취를 남겨놓았었다.

9
그 한 여름의 통곡

　최전방 의무대에서 응급치료를 받고 이틀 밤을 보낸 형민은 핏기 잃은 얼굴을 감추지 못 한 채 야전병원으로 왔었다.

　이곳에서 낯선 분위기를 대하며 병상에 몸을 의지하고 있었지만 밀어 낼 수 없는 정신적 고통이 뒤를 좇고 있었다.

　삶이란 무엇이기에 울음도 삼킬 사이도 없이 험난한 길을 거러가 야 하는 것일까? 아무 보탬도 없이 자신의 눈가에 가두어 둔 운명 을 빈정대며 이렇게 한숨을 내보냈었다. 그리고 이 말의 뜻을 진지 하게 속으로 읊으며 좀 더 토해내고 싶은 알짜 이야기를 늘어놓은 것이었다.

　그것은 이제껏 인생살이 모순의 체득에서 밝혀진 기구한 처지를 미워하고 원망도 했었다. '사람이 이 세상을 살아간다는 것은 매우 힘들지만 그래도 살아야 한다.' 라는 이 한마디를 잊지 않으려고 했었다.

애란은 황량하게 보였던 피난의 쓰라림을 조금씩 잊어가며 서울
에서 정을 붙이며 살아왔었다. 암울한 현실을 들여다보고 기약 없
이 남의 집 신세만을 지고 나날을 지낼 수가 없었다. 이러한 입장을
뼈아프게 아는 애란은 자신을 스스로 이끌어 보겠다는 의지를 조심
스럽게 가슴에 껴안으며 수많은 날을 보냈던 피난살이를 청산하고
열심히 공부를 하여 육군에 지원한 후 간호장교의 교육과정을 이수
한 다음 육군 소위로 임관, 곧바로 포성이 쉬지 않는 최전방 육군
야전병원으로 갔었다.

무더위가 한참 기승을 부리는 계절이 애란을 맞이했었다. 군용차
를 타고 산길을 따라 마침내 도착한 곳은 철원땅이었다. 넘어간 그
시절에 휘날렸던 하얀 눈송이가 머릿속을 스쳐갔었다. 절망을 앞세
워었던 시간들을 돌이켜보면 흘러내린 땀방울이 금방 멈춰 버릴 듯
했었다.

힘들게 고통을 이겨내며 살아온 지난 시간이 슬픔을 담은 추억으
로 떠올랐었다. 병원에 온 날 휴식 시간에 바깥 경치를 뜻있게 바라
보며 한 손으로 자신이 입고 있는 군복을 만져봤었다. 마치 어머니
의 품 안처럼 따뜻한 촉감에 생의 보람을 더듬어봤었다. 삼복더위
가 찾아온 무더운 날씨 속에 전쟁의 긴장은 늘 높아져 갔었다. 아직
군생활에 익숙하지 못한 애란은 이날 따라 유난히도 고향 생각에
흔들리는 마음을 가라앉히지 못 했었다. 새롭고 낯선 곳에서 숨 쉬
며 하룻밤을 보냈다. 다음날 오전 일과 시간을 기다리고 있을 때 한
젊은 선임 간호장교가 다정다감하게 군 고유의 업무내용을 가르쳐
주는 것이었다.

곧 부드러운 말씨로 성심껏 일하라며 격려해주었다. 그 장교는 아침 애란의 신상명세서를 이미 주의 깊게 검토했었다.

오직 한가지 추측을 배제할 수 없는 마음의 증거를 붙들고 있었다. 그것은 이곳에서 치료를 받고 있는 손형민 인민군 대위와 인적 관계에 대해 의문점이 있었기 때문이었다.

그 요지는 우선 성씨가 동일하고 고향이 같으므로 그대로 넘어갈 수 없었던 것이다. 애란은 한 시간 동안 업무파악을 하느라 딴 정신이 없었다.

선임장교는 여유 있는 자세로 애란과 서로 마주보고 의자에 앉았었다. 그러고 나서 차분하게 가벼운 언어로

"손 소위의 고향은 어디지요?"

이렇게 말하며 애란을 살폈었다. 이는 남매라는 사실을 겉으로나마 증명될 수 있는지를 가려내기 위해서였다. 기록을 통해서 알고 물어보는 말에 소박한 인간미가 넘쳐나 있었다.

그러나 쉬운 말로 건넨 질문이 애란의 귀에는 투명스럽게 들려왔었다. 대답할 겨를도 없이 갑작스레 가슴은 두근거리기 시작했다. 아직은 아무 잘못이 없는데 웬일이지 하며 정중하게

"네. 평안남도 개천입니다."

하고 말했었다. 이 순간 애란은 몹시 괴로워하며 잠자코 있을 때 선임장교는 다시 말을 아껴가며 다소 어색한 애란의 모습을 천천히 살핀 다음

"그러면 고향에 부모형제가 계신가요?"

이 물음을 듣고 망설임 없이

"네."

하고 대답을 꺼냈다. 이 한마디 말 속에는 비난이나 경멸의 어감은 그 어디에서도 찾아볼 수 없었다. 그런데도 불안감이 겹쳐있는 사이 애란의 얼굴빛이 변해가는 것이었다. 다시

"가족 중에 오라버니는?"

힘들게 물어보는 선임장교는 문득 애처로운 감상에 젖어들고 말았었다. 아직 이른 판단을 내릴 수 없지만 혹시라도 친남매라면 어쩌나 하는 괴로움이 앞서가는 것이었다. 애란은 이 물음이 마치 자신의 가슴에 날카로운 칼을 꽂은 듯 했었다. 정신을 반쯤 잃고

"예. 오라버니 한 분이 있습니다."

하고 경황없이 대답했었다. 드디어 불안이 온통 주위에 퍼져나아 갔었다. 선임장교는 애란의 대답을 듣고 잠시 동안 눈을 감으며 침묵을 지켰다.

팽팽한 긴장을 안고 눈앞의 시선을 만져본 애란은 색다른 슬픔을 만나야 했었다. 드디어 얼마 동안 말이 없던 선임장교는 이 이상 괴로운 물음을 피하고 직접 대면시켜 보는 것이 좋겠다는 생각이 들었다.

"손 소위. 나하고 함께 병실에 갑시다."

명령 겸 권유에 가까운 이 한마디를 꺼냈었다. 애란은 뒤따라 병실 안에 들어섰다. 여러 부상병과 달리 한쪽 구석에 별도의 침대 위에 특별한 인민군 복장을 한 부상자가 누워있었다. 애란은 거기까지 갔었다. 무의식중에 자신의 눈을 한 손으로 건드렸다. 그것은 곧 눈짓을 의심한 동작이었다.

뚫어지게 두 번 쳐다봐도 오라버니가 틀림없었다. 형민은 맥없이 눈을 한곳으로 집중시켰다.

애란은 숨돌릴 틈도 없이 미친 듯 한 모습으로

"오라버니."

하고 고함을 지르며 달려가 가슴에 얼굴을 묻고 흐느끼기 시작했다. 그동안 저세상 사람이라고 믿었던 오라버니가 살아서 병실에 있는 모습을 보고 애란은 완전히 넋이 나가버렸다. 이 짧은 시간 몸을 붙들고 큰소리를 지르며

"어머니…… 아버지……."

하고 통곡을 했었다.

형민은 희미한 눈동자를 보이며 누이의 손을 잡았으나 아무 말도 하지 않았었다. 슬프고 아픈 이 장면을 얼마 동안 지켜보고 있던 간호장교는 눈시울을 적시며 애란을 일으켰다. 그러고 나서 위로의 말을 전해주었다.

애란은 눈을 만지며 수줍은 입에서 흔들리는 외마디 음성이 길게 퍼져 나오는 것이었다.

"이 고마움은 잊지 않겠습니다."

친절하게 대해주었던 선임장교를 바라보며 이렇게 울음 섞인 말을 했었다. 이어 애란은 한없이 흘러내리는 눈물을 막지 못 했었다. 이를 본 선임장교는 병실에서 천천히 밖으로 나갔었다. 이어 애란은 오라버니 윗몸에 다시 얼굴을 기댔었다. 곧 뜨겁게 달군 양손이 거친 피부를 어루만지며 섬세하고 예민한 혈육의 정을 쏟아부었다.

사람의 도리에 조금도 어긋나지 않은 행동이 거침없이 나타났다. 형민은 두근거리는 맥박 소리를 낮추지 못하고 누이의 군복을 한 손으로 힘없이 만지고 있었다.

이때 수치스러운 느낌에 매달려 고통스러워었던 기억을 재빨리

더듬는 것이었다. 바로 엊그제 멈출 줄 모르는 피바다에서 헤매다가 어슴프레하게 나타난 몇 사람의 그림자에 최후의 일 초를 맡긴 일과 또한 친누이동생이 자기 앞에 있다는 것은 꿈으로밖에 달리 믿을 수가 없었다. 충격을 따르게한 오누이의 극적인 만남은 옆에서 지켜본 사람들을 몹시 놀라게 했었다.

애란은 병실 밖으로 멀리 퍼져가는 흐느낌에 정신을 잃고 헤어날 수 없는 여울에 깊이 휩쓸리고 말았다. 잠시 뒤 애란은 간신히 기력을 차리고 나서 오라버니 곁으로 가까이 갔었다. 총알이 관통한 상처 부위를 들여다보며 그 아픈 자리에 손을 대봤었다. 만약 천지신명이 도와주지 않았더라면 오라버니를 만날 수가 없었다는 생각이 들었다.

아무 말 없이 거친 숨소리를 내고 있는 오라버니가 너무나 가련해 보였다. 저승길을 거를 뻔했던 아슬함이 애란을 다시 울려 주었다. 소리도 새어 나오지 않은 눈물 앞에서 형민은 명상에 잠겨있었다.

이번에는 누이의 눈물이 아니라 어머니의 애끓는 슬픔이었다.

부모께서 두 남매를 남들 못지않게 키워냈었다.

형민은 감았던 눈을 살짝 뜨며 애처로운 표정으로 누이를 지켜보고 있었다. 애란은 거역할 수 없는 험난한 길을 머릿속에 그려 넣고 있는 짙은 그늘에 다시 한 번 무거운 눈짓을 보냈었다. 이때 참다못해 깊이 흐르는 눈물은 유난히도 뜨거워웠던 것이다.

가엽게도 핏기없는 얼굴에 묻어있는 불행과 수난이 한층 더 슬픔을 자아냈었다.

이때 추억 속에 멀어진 옛 영광을 회상해봤지만 두 사이의 감정

교류는 어렵고 서럽기만 했었다.

　적군의 장교 앞에서 뜨거운 울음을 거두며 넘어간 그날을 찾고 있었다. 검정색 세일러복(교복) 소매 끝에 누벼진 축축한 눈물자국을 쳐다보며 오라버니를 몹시도 원망했던 괴로운 기억을 달래야 했다.

　딴 사람의 도움없이 현해탄을 오가던 모습은 어디로 가고 아군과 교전을 하다가 부상을 입은 신세를 애란은 맨정신으로 차마 볼 수 없었다.

　지난날 누이를 보고 사죄라도 하려는 듯이 "남매는 단 둘이다" 라는 석연치 않는 음성언어를 사용한 적이 있었다. 손아랫 사람으로부터 묵직한 질문을 받은 탓인지 무언가를 해명하고자 하는 의도로 당대 독자가 전했던 구절은 미소를 팽개치고 어둠 속에 사라져버렸다. 그리고 또한 대화의 본질을 이끌어내는 도중에 애매한 발음으로 "머스"하며 다음 말을 잇지 못 하고 혼란스러워하던 표정은 먼 옛 기억 저편에서나 더듬어 볼 수 있었다. 애란은 한숨을 돌리고 나서 어차피 풀어야 할 의구심을 들추어 냈다. 그것은 인민군의 한 지휘관이 여기에 오기까지 어떤 경로를 밟았느냐는 것이었다. 좀 더 구체적으로 언급하자면 항복을 했는지 아니면 생포인지를 심각하게 혼자 따져보는 것이었다. 도도히 흘러가는 한강 물 위에 때이른 향수(鄕愁)를 적시며 밝은 눈빛을 지켜보려고 애썼던 그때의 지독한 겨울이 눈앞을 스쳐가는 것이었다.

　더구나 을지로 5가에서 멍하니 쳐다봤던 눈발의 노을진 하늘도 애란에게는 잊지 못 할 인생의 한 자락 그림자로 남아있었다. 추워서 부들부들 떨며 성급한 나머지 미모의 한 여인을 붙들고 길 안내를 부탁했을 때 조금은 여유를 잃은 듯 한 말씨로 잠간 대해주던 그분의 거름거리가 지금도 지워지지 않고 있었다.

다른 사람들과 마찬가지로 고통과 굶주림을 앞세워었던 참혹한 전쟁 중에 서울거리를 헤매면서 한 목숨을 부지하기 위해 외로운 노력을 멈추지 않았던 보람으로 이 자리에 서 있는 것이었다. 슬픈 탄식과 절망을 이겨낸 손애란 소위 아니 자랑스러운 대한의 간호장교…….

애란은 넘쳐나는 핏줄의 정을 온 힘으로 떠받치고 있었다. 모진 바람도 끝이 날 때가 있는 것이다.

그러나 오라버니가 거러갈 길가에는 더 세찬 바람이 거칠어지고 있었다. 넘고 건너온 산과 들…… 상처가 나아지면 뭍을 떠나 성숙한 자연의 자태를 간직하고 있는 남쪽바다 섬으로 가야만 하는 것이었다.

지옥보다 더 무섭다는 집단촌에서 허약한 몸을 어디에다 의지할는지!

사무친 한을 지니고 살아왔던 한 아낙네의 무서운 원혼처럼 세상을 바라보는 비정함이 애란의 눈앞에서 쉽사리 떠나지 않았었다. 애란은 이곳에 온 지 얼마 안 되었지만 상부의 특별한 배려에 힘입어 오라버니를 간호할 수 있었다. 실탄이 뚫고 지나간 허벅지 부위에 약을 바르고 붕대를 칭칭 감았다. 때로는 주사기를 손에 들고 가까이 다가서면 한 줄기 시름이 눈가에 와 닿았었다.

그리고 한 거름 더 나아가 몹시 마른 얼굴에서 받은 감정의 상처는 큰 아픔으로 바뀌었다.

보잘 것 없는 누이로서 치료 이외에 해줄 수 있는 일이 무엇인가를 놓고 고민도 해보았었다.

애란은 너그러움으로 잘못이 있었던 과거를 묻지 않는 것이 옳은 도리이며 정성을 쏟은 위로의 한마디가 무엇보다 소중하다는 것을 알았다.

아직은 몸에 익숙지 않는 면이 많이 보이지만 군인답게 투철한 사명감을 가지고 병실을 드나들고 있었다.

성치 않은 몸으로 포로수용소에 가는 것은 힘들고 괴로운 선택이 아니라 법으로 다스리는 것이었다.

남쪽바다 푸른 물결 위에 하얗게 부서지는 파도소리가 전쟁의 적 포로 중 또 한 사람을 기다리고 있었다.

계절이 바뀌어도 늘 바다 냄새가 잔뜩 풍기는 낯선 땅에서 기약 없이 넘어야 할 나날을 그 얼마나 미워할는지…….

고독한 방황이 펼쳐질 시간 속으로 떠나가는 사람을 어떻게 대하는 것이 옳은 것일까? 청운의 꿈이 막 피어나려던 성년기에 접어들면서부터 아무 예고없이 달라진 가혹한 인생길은 이렇게도 무서운 가시덩굴의 자취만을 남겨놓았었다. 가까운 곳에서 의약품을 나르는 위생병들의 몸 움직임이 형민이에게 감동을 주었다.

진실의 순간을 붙들고 얼마 동안 서로 마주보며 안타까워 했으나 세상만사가 야속하게 느껴졌었다.

애란은 오라버니가 있는 병실을 드나든지도 여러 날이 지났었다. 헤어져야 할 시간이 찾아오던 그 전날 오후 둘이서 함께 병실을 나왔다. 오라버니의 요청으로 이루어진 극진한 만남이었다. 무슨 전할 말이 있는 듯 한 눈치였다. 막사에서 조금 떨어진 곳에 자리를 정하고 나서 애란은

"오라버니 몸 좀 어떠세요?"

하고 물었다. 이 말을 듣고 형민은

"너에게 볼 낯이 없구나."

이렇게 고뇌에 찬 어감으로 누이를 쳐다봤었다.

인간 본질의 가치를 상실하지 않으려는 참된 욕구가 애란에게 와 닿았었다. 이 순간 애란은 굳게 담은 입을 열 수 없었으며 오직 특별한 눈빛으로 정중하게 그 말뜻을 새기고 있었다. 이때 다시

"내일 너와 작별을 해야 한다. 그래서 오늘 하고 싶은 이야기가 있어 만나자고 한거다."

침착한 말이었다. 애란은 대답도 하지 않고 다음 이야기를 기다렸다. 형민은 다시

"나는 앞으로 넘어야 할 산맥들이 많이 있다. 너를 못 잊어 하는 이 오라버니를 다시 한 번 용서하여라."

이 말 끝에 또 다른 울음이 터져 나왔었다.

새롭게 펼쳐질 인생의 경험장으로 떠나 보내야 하는 애란의 안타까움이 눈물에 묻어있었다.

오라버니가 갈 길은 포로수용소였다. 말은 애절한 테두리 안으로 찾아왔다. 남으로 쳐내려 오는 동안 정읍에서 겪었던 일과 그리고 생명의 은인인 김재만 소위에 대해서도 비교적 자세히 전했었다.

길지도 짧지도 않는 언급이었다.

전쟁 중에 살아나온 역정의 진실된 이야기를 듣고 애란은 먼저 김 소위에게 어떻게 감사해야 할지 몰라 했었다.

형민은 놓칠 수 없는 미련을 붙잡으며 긴 한숨 앞에서 방황하는

모습을 들어내고 있었다.

이렇게 무거운 고백을 띄우는 발언은 누이를 볼 면목이 없다는 뉘우침의 목소리였다. 무섭고 모질게 자신을 꾸짖었던 과거의 상황 앞에서 꼭 살아야 하겠다는 생명존중의 굳은 의지가 있었기에 목숨을 이어왔었다. 포연 속에서 비명을 지르며 사라져가는 육신들은 전쟁의 죄악상을 미워하고 한탄했었던 것이다. 동족의 가슴에 총부리를 들이대는 이 시대의 역사는 무엇을 말하려 했었을까?

기구한 운명을 떨쳐버릴 수 없는 형민은 가을 바람이 불어 오는 어느 날 최전방을 출발하여 또 다른 삶을 향해 발길을 옮겼었다. 그 목적지는 우리나라에서 두 번째로 큰 섬 거제도였다. 두 손을 들었던 젊은 집단들이 모여 함께 숨 쉬는 포로수용소에 형민은 찾아가고 있었다.

스쳐가는 감촉에 멀어진 그날들이 눈앞에서 맴도는 것이었다. 부관여객선(부산항과 일본 시모노세끼를 운항하는 여객선)의 뱃고동 소리가 왜 그렇게도 가슴을 설레게 했는지!

포로를 태운 호송차량은 짐을 싣고 다니는 화물열차였다. 여러 개로 연결된 짐칸마다 양쪽 문은 굳게 닫혀있었고 거기에는 무장을 한 두세 명의 국군 병사들이 엄한 감시를 하고 있었다. 절망으로 가득 메워진 공간에는 수십 명이 자리를 함께 하고 있었는데 형민이도 이중 한 사람이었다.

그저 철판 바닥에 몸을 웅크리고 앉아 힘없는 표정으로 제각기 다른 세계를 상상하고 있는 모습은 가엾기 그지 없었다. 그저 기차를 따라 얼마쯤 왔는지 확실히 모르는 사이에 몹시 달그락거리는 소리가 형민의 마음을 매우 심하게 파고 들었다. 이때 지난날에 있었던 큰 좌절과 헤아릴 수 없는 어리석음이 또 한 번 온몸을 짓눌렀다. 이제와서 허약해진 감정을 붙들고 굳이 자신의 인생에 대해 새삼스럽게 후회하는 긴 한숨을 밖으로 내보내고 싶지 않았지만 그래도 웬일인지 인간적인 진실 앞에서 목이 아프게 부르짖었던 그날 밤의 일만은 외면하고 싶지 않았다.

손꼽을 수 없는 먼 훗날이 아닌 지금 당장 전선을 지키고 있는 그 이름(재만)을 눈물로 그린 애절한 노래의 가사처럼 조용히 한 번 꼭 불러보고 싶었다.

이처럼 어둡고 답답한 심정은 비단 영원히 은혜를 잊지 않으려는 깊은 뜻이 마음 안에 있는 것이지만 다른 한편으로는 지난날의 발자취와 현재를 견주어 보며 조금은 힘이 들더라도 그 어떤 알 수 없는 위안을 얻고자 하는 생각인지도 모르는 일이었다.

남쪽 바닷물이 사방을 두르고 있는 목적지를 바라보고 달리는 길은 형민에게 있어서 결코 생소하지는 않았었다. 그 시절 한 지성인으로서 당당하고 활발하게 젊음을 부르짖었던 소중한 기억들이 허무하게 다 가버리고 이제는 부끄러운 패배자로 낙인찍힌 채 세상을 원망하며 무서운 길을 헤쳐나가는 길목에 서 있는 것이었다. 청춘을 노래하던 그 시절의 뱃고동 소리도 한낱 멀어진 그리움의 대상으로 숨겨져 있었다.

목숨을 지키기 위해 그동안 당해왔던 한많은 인생살이가 오늘도 거칠게 눈앞을 스쳐갔었다.

드디어 전쟁의 죄인으로서 형민은 섬 가운데 넓게 덮고 있는 천막 시가지를 지나 한 막사에 들어섰다.

바닷물을 따라 섬에 건너온 다음 포로수용소에 밤이 찾아오면 정말로 무서운 일들이 많이 생기는데도 형민은 매우 운이 좋았었다. 오늘 밤 아니면 내일 저녁에 정체를 알 수 없는 곳에 끌려 가서 반죽임을 당할 수 있기 때문이었다.

그런데 바로 오늘 낮 천막촌을 거닐다가 우연히 유학시절 대학 2년 후배 한 사람을 만났었다. 두 사람이 고향은 다르지만 과거에 친하게 지내왔던 사이였다. 그 후배는 포로생활에 익숙 해있을 뿐만 아니라 꽤 힘을 발휘하는 고참급이었다.

형민은 처음 오던 날 누군가에게 들은 바로는 잘못 걸리면 목숨까지도 위험하다는 말을 듣고 겁을 먹었었다. 호송 도중 기차 안에서 슬쩍 전해진 말이 들뜬 소문이 아니고 사실이었다.

형민은 그와 함께 앞으로 지내게 될 천막 안으로 들어갔었다. 어제 왔던 포로가 과히 쓸 만한 사람을 데리고 온 것을 지켜보고 있던 막사 안의 사람들이 다소 의아하게 여겼었다. 이들은 벌써부터 형민을 함부로 대해서는 안 되겠다는 마음을 굳혔었다. 그 사람은 같은 자리에 나란히 앉아 몇 마디 말을 나누고 나서 나가버렸다.

구차스럽게 설명할 필요도 없이 그가 누구라는 것을 이들은 잘 알고 있었다. 나가는 겉모습이 위세등등하게 보였다. 다시 말해서 얼굴 하나로 먹고 사는 것이었다. 형민의 낯에는 화색이 돌기 시작했었다. 이제는 마음을 놓아도 되겠다는 기분이 들었다. 아침까지 형민을 괴롭히려고 했던 한 사람은 양심이 찔린 탓인지 기죽은 듯 그곳에서 나가버렸다.

그들 중 한 명이 형민에게 가까이하며 방금 그 동무와 어떤 사이냐고 묻는 것이었다.

형민은 무엇이 그렇게 급해서 묻는 것인지 선뜻 이해를 할 수 없었다. 그래서 그냥 조금 아는 동무라고 대답했다. 그러자 다시 동무는 참 운이 좋다는 것이었다. 지난날 한꺼번에 끌려가 때죽임을 당할 뻔했다며 대략 이곳의 사정을 알려 주었다.

이 말을 듣고 보니 앞으로 여기에서 생활하는데 도움이 되겠구나 여겨졌다.

이 거제도 포로수용소는 우리들이 사는 세상과 전혀 다른 면이 있었다. 그 많은 인원…… 싸움터에서 두 손을 들었던 젊은이(중공군 포로 포함)들이 한곳에 모여 숨 쉬는 곳이었다. 다 함께 위로하고 격려를 해야 하는데도 사실은 그렇지가 않았다. 사상이 다르다하여 헐뜯는 공간은 하늘과 땅이 성을 내야 할 무서운 곳이었다. 물론 극히 일부 분자들에 의한 행위들이 이 집단체를 공포의 분위기로 몰아넣고 있었다.

무기와 총소리가 없는 마당에 오늘도 해는 서쪽으로 저물어가고 있었다. 양대 이념대립의 각축장으로 바뀐 수용소에 역사의 밤이 깊어질 때면 육탄전의 시작을 알리는 신호가 울려퍼졌다. 말 그대로 몸이 무기요 무기가 몸이었다. 단 일 초의 시간도 주지 않는 격투는 천막 시가지 일부를 순식간에 아수라장으로 만들어버린 것이었다.

하늘에서 밝게 빛나는 별들이 지상을 내려다보며 '누구를 위한 투쟁이며 무엇 때문에 소중한 목숨을 생각치 않느냐?' 하고 강하게 꾸짖고 있었다.

천막촌 수용소에 밤이 되면 불청객 공포의 검은 그림자는 또다시 나타나 이 천막집 저 천막집 방을 기웃거리며 영리하게 열심히 냄새를 맡고 다녔었다.

221

어두운 밤 언제라도 시간이 찾아오면 어김없이 대상자를 물색하는 것이었다.

푸른 파도가 밀려오는 섬마을 포로수용소에도 계절의 변화에 따라 여름이 찾아왔었다.

한반도에 피의 넋이 서려있는 산야를 멀리하고 이곳에 모인 전쟁의 포로 중 선량한 사람과 그렇지 못한 무리들의 잔악한 대립의 피 싸움도 이제 끝이 내려졌었다.

1953년 6월 18일 역사적인 반공포로 석방조치는 세계 우방인들의 이목을 집중시켰다. 그 진정한 의미는 말할 것도 없거니와 생명력이 희미해져 갔던 젊은이들의 함성은 드높았다. 천막촌에서 갈라섰던 무리 중 파란만장한 인생의 역정을 겪으며 살아온 손형민도 그 함성에 묵묵히 가담했었다. 시간이 넘어감에 따라 그들의 흔들리는 마음에는 다시 행방을 결의할 절차가 기다리고 있었다.

그 첫째가 대한 자유 조국으로 가는 길, 그리고 이북 땅으로 되돌아가는 노선, 그다음이 제3국을 택할 수 있는 세 갈래 길이 그들의 의사결정을 지시했었다.

형민은 후회 없는 선택을 하기 위해 정신을 가다듬은 순간 온몸이 떨리자 어쩔 수없이 깊은 애상감에 자신을 맡겨버렸다. 세 길의 방향 앞에서 자유의 노선을 걷기로 했었다.

태극 깃발에 열렬한 환영을 받으며 대한의 품 안으로 행진이 시작될 무렵 그는 또 다른 감회에 젖고 말았다. 자유 대한의 땅을 밟은 그 후 형민은 해가 질 무렵 일행 두 사람과 함께 서울에 도착했었다. 거리를 거닐 때 비열한 감정이 그들을 따라다녔다. 낯설지 않은 시가지 여러 곳으로 시선이 퍼져나갔었다. 잿빛으로 황폐화된 전쟁의 흔적들을 지켜보는 형민은 얼굴이 붉게 달아오르는 것을 의식했었다. 깊이 있게 다가 오는 양심의 가책이 힘껏 두 어깨를 억누르며 발거름을 멈추게 했었다.

벌써부터 세상 모든 인심들이 자신을 냉정하게 대해주는 생각이 들었다. 오늘을 넘기고 나면 아득한 바다 저편에서 무서운 파도를 헤쳐나아가야 할 신세였다. 이런 걱정을 하니 어느새 눈앞은 캄캄한 암흑으로 바뀌어버렸었다. 하루 두세 끼에 허기를 메우는 일과 밤이 되면 눈을 붙일 곳이 있어야 했었다. 남의 집 문간에서 밥을 얻어 먹는 것도 길거리에서 잠을 자는 것도 시대적 상황으로 보아 그리 쉬운 것은 아니었다. 동족에게 총탄을 퍼부었던 죄악을 뉘우치며 발자국 소리를 죽여 봤었다. 그 누구 때문에 수도 서울이 이 지경이 되었을까? 하고 무거운 질문을 던져 봤었다.

부끄럽고 떳떳하지 못한 과거를 가졌기에 그 물음이 사지를 떨리게 했었다. 더 거러가고 싶은 의욕이 나지 않았었다.

잠시 후 멍해진 정신에 생기를 북돋아 주며 일행의 뒤를 따라 서울역 근처에 있는 한 여인숙을 찾아갔었다.

몸에 겹친 피로를 돌볼 사이도 없이 곧바로 세 사람은 한꺼번에 방 안으로 들어갔었다.

그러자 너무도 이른 시간에 찾아오는 것은 불안과 초조함이었다. 주변에 잘 알 수 없는 공포의 분위기가 매우 싫어졌었다.

말로 다할 수 없는 심리적 고통이 그들을 그대로 놔두지 않았었다. 궁색스럽고 어려운 하룻밤을 여인숙에서 보내고 나면 각자 살 길을 찾아 헤어져야 했었다. 이 눈짓의 약속이 그들을 무척이나 슬프게 했었다. 세 사람은 밤이 깊어가는 데도 잠을 자지 않고 있었다. 각자의 머리에는 지옥보다 무서워었던 수용소 생활의 한 장면이 스쳐갔었다.

그 가시밭의 기억들을 더듬는 동안 또 새롭게 몸 떨림이 있었다. 다음날 태양이 떠오를 때 정해진 숙박료를 계산하고 모두는 함께 그 집을 나왔었다. 힘없이 얼마 동안 거러서 서울역을 찾았다. 고향의 향기와 부모에 대한 그리움이 선한 그들은 헤어질 장소로 서울역 한쪽 구석을 정해두고 모였었다.

걱정이 앞서는 굳은 표정들이 힘이 없어 보였다.

입 밖으로 내 보낸 말 중에는 무슨 이야기가 오고 갔었는지 그들 이외에 다른 사람들은 아무도 눈치채지 못 했었다.

세상을 한탄하는 심정에는 눈물도 매말라 버렸으며 찾아갈 곳도 의지할 사람도 없었다. 살아 숨 쉬며 움직이는 거리의 광경은 실로 이들에게 동정의 눈길을 보냈었다.

어디서인지 절망을 딛고 일어서라는 격려의 낮은 음성들이 줄지어 들려오는 것이었다.

이윽고 다 함께 손을 잡으며 괴로워었던 과거를 잊어야 한다는 말을 남기고 서로 헤어졌었다. 이들 중 형민이는 정말로 무거운 발거름을 내딛으며 기운없이 시내를 돌아다니다가 다시 그 자리에 모습을 나타냈었다. 과거 속의 이야기는 역사로부터 멀어진 것일까? 이렇게 의문 섞인 한마디가 추한 생존경쟁의 첫발을 바라본 형민에게 새로운 의미를 찾아보게 했었다.

형민은 상상을 뛰어넘는 착잡한 공상이 몸 주변을 맴돌자 번듯 눈을 부릅뜨고 사방을 쳐다봤었다. 서울역의 집찰구(기차표를 받는 곳) …… 기차가 역에 도착하자 지게꾼들이 짐을 지려고 사방에서 모여

들었다. 형민은 이 광경을 주의 깊게 살펴보았었다. 그러고 나서 지게도 없이 그쪽으로 빨리 달려 가는 사이 드디어 몹시 거칠은 몸싸움이 벌어졌었다. 승객들의 짐을 먼저 받아 지려는 지게꾼들의 앞다툼에 형민이도 어깨를 내밀었다. 중년을 넘긴 촌 부인이 머리에 이고 온 곡식자루를 덜렁 어깨에 걸치고 그 부인의 뒤를 따랐었다. 험난한 조건하에서 살아보려는 태도에 힘을 얻어내려고 했었다. 바로 이 순간이 형민이가 서울역을 무대로 삶을 위해 피나는 투쟁을 한 첫발이었다.

모질게 불어오는 세속의 힘센 바람이 비굴하고 안타까운 처사에 거리낌 없이 동의를 해주었다.

한쪽 어깨가 처져있는 채 길을 따라가는 마음이 예사롭지가 않았었다. 어둠이 깔리기 전 몇 차례의 거듭된 몸놀림을 기대하면서 숨을 크게 내쉬었다.

실제 돈을 벌기 위하여 굶주림을 달래는 지게꾼들의 눈치에 망가진 거리는 생존을 거들었다. 허술한 옷차림에 온 힘을 다하는 그들은 모두가 다 그만한 사연을 간직하고 살아온 사람들이었다. 전쟁 후에 비참해진 생활실상을 스스로의 의지로 세상 물결 위에 띄워보내려는 의도는 아니었었다. 그것은 오직 고귀한 생명을 지켜보려는 놀라운 갈망이었다.

그러므로 어떠한 어리석은 상상을 불러일으키지는 않았었다.

형민은 그 누구에게도 방해받지 않고 미래의 길을 밟기 위해 남들처럼 지게에 배어있는 땀에서 알찬 값을 얻어내야만 했었다. 나뭇가지 토막(지게)에 강한 인상을 매달아놓고 온종일 등을 달래야 한다는 가벼운 흥분을 껴안았었다.

그로부터 며칠 후 멜빵에다 어깨를 내맡겼다.

그리하여 때로는 바쁜 거름거리로 혹은 느릿느릿하게 땅바닥을 내려다보고 사람들의 왕래가 심한 거리를 누볐었다. 지난날에 전쟁터를 위시하여 가는 곳마다 죽음이 눈앞에 나타났으나 목숨을 포기하지 않고 버텨왔었다. 그 불굴의 의지가 또다시 남모르게 샘솟고 있었다. 고된 하루의 일과를 끝내고 숙소에 와서 피로한 몸을 달랬었다. 불안이 부딪히는 짧은 시간에 형민은 기름진 농토에서 머슴살이를 했던 흐릿한 추억들이 머릿속을 돌아다녔었다. 밤이 되어 기력을 회복하려고 눈을 감으면 얼핏 지나가는 공상에 끌려가다가 저절로 잠이 들기도 했었다.

꿈길을 달리는 숨소리가 수많이 바뀐 날짜에 몹시도 시달림을 받고 살아온 그날들이 역력히 드러내 보였다.

형민은 흔히 아침을 먹지 않고 일을 하기도 했었다.

새벽녘에 잠에서 깨어나면 무거운 짐을 지고 비틀거리며 가야 했었다. 다음날 아침 눈앞을 가리는 짙은 안개가 너울거렸다. 좁은 마음 한 구석에 야릇한 감정이 가득 채워졌었고, 만세의 함성 앞에서 자유의 깃발들이 펄럭거렸을 때 형민은 모든 도전자 중에서 제법 강해 보였었다.

끊임없이 떠오르는 부모의 그리움에 깊은 한숨을 내쉬고 있을 때 짐을 지고 가라는 기적이 울렸다. 그 반가운 소리에 또 힘이 솟구치는 것이었다.

3년간의 전투…… 누가 들어봐도 소름이 끼치는 언어였다. 김 중위는 젊은 기백을 방패로 삼았었다. 수차례의 죽음과 맞섰으나 천행으로 가벼운 부상만을 입고 인간의 생명이 꺼져가는 시간들을 대하며 전선을 지켜왔던 것이다. 전쟁이 있기 전 자연의 경치가 수려하고 인심도 넉넉했던 산들이 포(총)소리와 화약냄새에 의해 본래의 빛깔이 녹아 떨어져 버린 지 이미 오래된 일이었다. 산봉우리마다 안개구름이 뿌옇게 가려진 전선에 어둠이 찾아왔었다.

좀 있으면 고요함을 깨뜨리고 험한 소리가 다시 들려올 이때 김재만 중위는 전투로 이 밤을 보내고 나면 또 총소리와 맞서야 했다. 그날로부터 이삼 일 후 장마철인 7월 하순 초 산허리를 하얗게 감돌고 있는 안개구름이 연막탄보다 배 이상의 큰 위세를 떨치고 있었던 능선과 고지에는 대낮인데도 눈으로는 적의 진지를 알아내기가 매우 어려워었다.

자연 속에 가려진 총소리가 잠시나마 들려오지 않았었다. 이에 대해 지쳐있던 병사들은 마음졸이면서도 평화를 갈망하며 신비스러운 선녀들과 구름 위에서 어울려있는 듯 한 느낌을 각자의 가슴에 채워봤었다. 휴전 운운하는 국내외 보도들이 전선에는 높은 긴장을 부추겼었다. 이와 더불어 예상할 수 없었던 많은 전쟁의 희생이 늘어났었다.

이날 밤중부터 점차 구름이 자취를 감추자 다음날 새벽에는 또다시 마음들이 무거워졌었다.

오전 일찍부터 작전명령을 기다렸었다. 김 중위는 여느 때와 마찬가지로 참호 속에서 사격명령을 기다렸었다. 이때 어젯밤에 있었던 꿈이 생각났었다. 고향에 계신 아버지가 총을 든 악당 두 명이 새끼줄로 양팔목을 뒤로 묶어놓은 그대로 데리고 갔었다. 산길 모퉁이 후미진 꼴자기에 이르자 뒤를 쳐다보시며 매우 성난 말씀으로

"나는 죽어도 좋으니 너는 기어코 살아서 나라를 지켜야 한다. 그

227

리고 철모는 너의 생명이다."

이렇게 외치시자 악당 한 명이 사정없이 발로 걸어차자 깜짝 놀라 꿈에서 깨어났었다.

분명히 흉한 꿈이었다. 얼마 후 악몽의 시달림을 받았던 김 중위는 남효원 하사(지금의 상등병)와 함께 총을 멘 채로 참호 밖으로 나와 몇 발짝 거러갔었다. 두 사람은 이곳에서 한동안 가져보지 못했던 몸과 마음의 피로를 잊고 있었다. 적을 죽이고 아군을 희생시킨 처참한 장소…… 먼 옛날부터 지켜 내려온 수려한 산세도 원시적 형태도 다 사라져버린 산중에서 사방을 바라보는 감회는 이날따라 남다른 것이었다. 나라를 지키는 장한 얼굴들이 행복한 대화를 미뤄놓고 그 무엇인가 깊은 생각에 젖어들고 있었다. 그 온화한 눈길이 파괴된 자연을 눈여겨보고 있을 때 드높은 소리에 얽매여 몸을 떨었던 실체를 미워했던 일들이 아픈 추억으로 자리잡고 있었다.

아까운 만남 속에 값진 침묵을 깬 김 중위가 문득 남 하사를 보고

"남 하사 철모 단단히 썼지?"

하고 짧막하게 물었다. 그 한마디는 애틋하게 부하를 아끼는 사랑의 목소리였다. 곁에 서 있던 남 하사가

"예."

하고 얼른 대답을 했었다.

그러나 뜻밖의 질문에 이상하다는 의문이 생겨나자

"왜 그러시지요?"

하고 느긋하게 되물었다. 김 중위는 아름다운 말씨로

"그저 물어본 것뿐이다."

이렇게 말하며 너그러운 미소를 입가에 머금었다.

곧 지난밤에 스쳐간 꿈을 회상이라도 하듯 고개를 약간 좌우로 기웃거리더니 잘 졸라메 둔 철모 끝을 일부러 풀었다. 그러고 나서 매우 소중한 것을 벗어들고 왼쪽 가슴에 껴안은 채 땀이 약간 묻어 있는 축축한 바른 손바닥으로 여러 번 쓰다듬었다. 마치 정열의 불꽃을 어루만지는 것처럼…… 외부에 감춰진 감정은 그저 평범하게 나타나 있었지만 그 요상한 손짓은 누가봐도 쉽게 이해하기 어려운 동작이었다. '철모는 너의 생명이다' 라는 어젯밤 잠결에서 들은 아버지의 말씀을 깊이 새겨두고 싶어서 그랬는지도 모를 일이었다.

남 하사를 대하는 엷은 웃음은 다가올 운명과 어떠한 관계를 새로이 정해놓았는지! 아니 약간 지쳐보이는 입술에서 새어 나온 음성은 고향에 계신 부모의 곁으로 잘 전해졌을까? 시종일관 이를 지켜보고 있던 남 하사는 김 중위의 태도에 주의를 기울이며

"빨리 철모를 쓰세요."

하고 크게 소리쳤다. 어찌 보면 대단한 실수를 꾸짖는 말로 퍼져 나왔지만 사실은 어디까지나 상관의 생명을 진심으로 염려했기 때문이었다. 다 함께 목숨 걸고 지켜야 할 전선이므로 김 중위는 남 하사의 속깊은 정을 고맙게 받아들였다.

바로 이때 적의 진지에서 총을 쏘아대며 무자비한 공격을 퍼부었다. 삶과 죽음의 무대를 누빈 전투…… 군복에 온통 배어있는 피비린내를 맡으며 짙은 화약연기 속에서 젊음을 바친 김재만 중위의 낯선 행동은 자기 스스로도 알 수가 없었다. 아주 급하게 철모를 머리 위에 올리고 반격의 불꽃을 뽑아댔었다.

급작스럽게 무서운 총소리가 뒤섞인 화염은 극도에 달했었다. 방금까지 인자하고 유순하게 보였던 김 중위는 성난 사자보다 더 무

서운 고함을 지르며 진지를 지켰었다.

그러나 그토록 뛰어난 용맹도 이 이상 붙잡아 둘 수 없었다. 갑자기 남 하사가 원한의 적탄에 맞아 쓰러졌다. 말로 다 설명할 수 없는 위중한 상황에서 몸을 몇 번이고 휘저으며 희미한 음량을 입 밖으로 내보내는 것이었다. 고귀한 생명을 잃어가는 길목에서

"김 중위님. 우리 어머니께……."

이렇게 신음하며 시들어 갔었다. 그 간절한 부름은 대답없이 울리는 것이었다. 꺼져가는 눈빛을 영원 속으로 몰아넣으며 이 세상에 태어나 마지막으로 남기는 말이었다. 다음으로 더하고 싶었던 이야기는 어쩌면 남쪽 하늘 아래에 두고 온 집으로 꼭 소식을 보내주라는 슬픈 유언이 아니었을까? 오직 한가지 소원만을 빌고 살아온 가족들의 긴 기다림에 아무 보답도 없이 먼저 세상을 떠나고 말았었다.

김 중위는 방아쇠 당기는 것을 급히 멈추고 나서 두서너 거름 가까이 있는 남 하사를 일으키려고 뛰어가 허리를 굽혔다. 이 짧은 시간 허술하게 썼던 철모가 무거운 힘을 더해 "픽" 하고 땅에 떨어졌다. 참으로 원통하고 분한 일이었다.

단 일이 초 사이를 두고 날아오는 적의 실탄에 머리를 맞고 말았다. 서글프게도 사람이 지닌 몸부림 한 번 쳐보지 못하고 순식간에 숨이 멈춰버렸다. 격전지 험악한 산등성이에서 맞은 외로운 임종이었다.

목숨을 잃어가는 전쟁터에 자식을 보내놓고 동틀 새벽 하늘 아래서 늘 두 손 모아 무운을 빌었던 어머니…….

그러나 지극 정성을 다 하신 어머니를 다시 찾아 뵙지 못하고 장

럴하게 전사한 김재만 중위는 아무 말 없이 누워있었다.

이 사이 나라를 구하려고 온 힘을 다해 싸우다가 이 세상을 멀리한 전우들의 비명이 여기저기서 들려왔었다. 김재만 중위와 남효원 하사는 지난해 어느 날 하늘을 찌르는 대포 소리가 쉬고 있을 때 달밝은 밤경치를 바라보고 떠나가는 가을의 멋스러움과 그윽한 느낌마저 서운하게 여기면서 꽃잎에 아롱진 여고생의 그리운 얼굴을 서로 번갈아 다독거린 적이 있었다.

그렇지만 그 저녁에 있었던 아름다운 이야기와 마지막 상처받은 아픈 기억은 아주 멀리 그들(김 중위, 남 하사)과 헤어지고 말았다.

풀포기 하나 없는 산 흙더미 위에 선명하게 뿌려진 핏자국은 전쟁의 역사가 말해주는 민족의 비극이었다. 김 중위와 남 하사 두 사람은 최후의 생애는 두터워었던 전우애를 멀리 또 멀리 버렸었다.

전쟁터에 자식을 보내놓고 날마다 마음졸이며 생사를 걱정하던 많은 사람이 휴전이 된 사실을 알게 되자 제각기 큰 기대를 안고 있었다. 종전이 아닌 휴전인데도 그 말뜻을 명확히 구별할 여유도 없이 부모들의 드높은 소리는 전선으로 달려갔었다. 멀리 퍼져간 그 음향은 자식을 부르는 목소리였다.

재만이 어머니도 새벽 공기를 가르며 정성들여 그 소리의 빛깔을 부드럽게 띄워 보냈었다. 어서 빨리 예전 모습을 보고 싶었고 이것이 어머니의 진정한 소망이었던 것이다. 새벽을 기다리다가 밖에 나와 동녘하늘을 바라보고 두 손을 모은 지도 세 번의 해를 넘겼었다. 날씨의 좋고 나쁨을 가리지 않으며 빌었던 무운이었다.

그러나 들려와야 할 대답의 기쁨은 야박스럽게도 집안에 들려오지 않았다. 나지막하게 내려앉은 산울림도 없었다. 넓고넓은 사막에서 오아시스를 찾아가는 낙타의 장사떼를 연상하는 것이었다. 기다려도 오지 않는 소식이 시간의 한계를 뛰어넘는 듯 초조와 불안은 소리없이 이어지고 있었다.

독특한 방법도 없고 현명한 선택도 기대할 수 없었다.

무더위가 한창 기승을 부리고 있는 8월 중순 어느 날 내외분은 점심을 먹고 난 다음 마루에서 무거운 침묵을 지키고 있었다. 이 시각 면서기(직원) 두 사람이 집을 찾아왔었다. 그들을 대하면서 무슨 일로 찾아왔느냐고 물었다. 때가 때인만큼 혹시 여름철에 퇴비를 많이 만들라고 독려하려 온 것이 아닌가 하고 단순하게 여겼던 것이다. 일부러 대답을 미루고 있는 그들은 내외분의 얼굴을 조심스럽게 살피는 것이었다. 그리고 나서도 입을 열지 않은 채 몹시 난처한 입장을 숨겨보려고 하는 것이었다. 누가 봐도 뭔가 피해 보려는 의도밖에 다른 표정은 찾아보기 어려웠다.

부인이 보기에도 그들의 태도가 심상치 않았으나 급히 용건을 물어보지 않았었다. 여전히 무거운 기분을 갖고 있는 것을 본 주인이 다시 되물었었다. 그러자 어물거리며 더욱더 갑갑하게 대해주는 것이었다.

이때 그들의 결정이 내려졌었다. 한 직원이 호주머니에서 겹쳐진 종이 한 장을 꺼내며 떨리는 두 손으로 정중히 김성덕 씨에게 건네주었다.

주인은 미처 펴보지도 않고 이것이 무엇이냐고 물었다. 한 사람이 지극히 어려운 말씨로

"재만이 전사 통지서."

라고 알렸었다. 그러면서 면목없는 일이라며 고개를 숙이고 말았

었다. 청천낙뢰보다 더 큰 놀라움에 두 분의 큰 소리가 집채를 흔들고 있었다.

이 시각 '그 한 여름의 통곡'이 쉴 틈 없이 터져 나왔었다. 부인은

"내 자식아. 살아서 돌아오지 않고 이게 웬말이더냐!"

하며 이렇게 수도 없이 오열하는 것이었다. 끝도 없이 목청을 두들기며 높게 치솟는 애절한 울음소리가 뜨거운 하늘로 나는 것이었다.

넋을 저 멀리 보낸 채, 방바닥이며 마룻장이며 그리고 기둥뿌리까지 마구 내려쳤었다. 기어이 살아서 돌아오리라고 믿었던 정성이 허망하게 무너져버리고 말았었다.

이곳저곳에 뿌려진 눈물이 더운 날씨 속에 떨고 있었다. 급기야 몸은 정신을 잃은 상태에 빠져들었다.

냉수 그릇과 물수건을 황급히 가져왔으나 물조차 목에 넘어가지 않았었다. 집안에 모여든 사람은 놀라며 당황했었고 이들 중 한두 사람이 맥박을 짚어 보고 팔다리도 만져봤었다. 희미한 숨소리조차 잘 들리지 않는 것이었다.

끝나지 않는 동족상쟁……

이긴 자도 패자도 없이 그대로 멈춘 전쟁이 고귀한 목숨을 수없이 앗아갔던 것이다. 어머니의 두터운 사랑과 아들의 극진한 효심이 무참하게도 총소리 불 속에 사라졌었다. 얼마 후에야 의식이 없는 상태에서 깨어난 부인은 몸을 좀 움직이며 힘없이 눈을 떴었다.

저승에 갔다가 다시 온 사람이 아닌가 하고 주변을 집요하게 의심해보는 것이었다. 멍해진 정신은 만사를 다 단념하는 듯 했었다. 부어오른 눈등을 더듬는 손바닥에 아직도 눈물이 남아있었다. 얼마

233

를 더 많이 울어야 기막힌 고통을 이겨낼 수 있을는지! 통곡에 힘을 잃은 목청이 말을 잘 듣지 않았었다. 목이 꽉 쉬었었다. 여러 사람이 권하는 물그릇에 입을 갔다 대봤지만 좀처럼 힘이 나지 않았었다. 가쁜 숨소리에 못 이겨 고개를 숙였다. 억매임을 당하고 있는 사이 세상만사를 피해 보려고 조금은 노력을 해봤지만 눈가에는 다시 눈물이 무겁게 고였다.

김 중위가 고향집을 다녀간 것은 머지않아 오곡이 여물어가는 그 계절이 이땅에 찾아오지만 아들을 다시 만나볼 수도 찾아볼 수도 없었다.

시간이 흐를수록 삶에 대한 의욕을 잃어가고 있었다. 자식처럼 죽음의 운명길을 거렸던 모두(전몰군인)를 머릿속에 그려보는 것이었다.

그리고 무서운 전쟁의 결과를 땅이 꺼질 듯 한 깊은 숨소리로 무시했었다. 친척들이 부엌에서 미음을 쑤어 가지고 왔었다. 사람이 이 세상을 살아가는 동안 누구나 추구해야 할 목적이 있는 것이다.

위험한 고비에 처해있는 역사 앞에서 조국수호에 피를 바친 김 중위의 뚜렷한 애국심…… 내내 전선을 지켜왔던 목소리에 눈물 젖은 남자의 기개도 함께 머뭇거리고 있었다.

총소리 속에서 사라진 36개월의 긴 시간을 붙들고 물어봐도 지금은 아무 소용이 없었다. 험하고 어려운 선택을 하고도 후회 없이 먼저 떠난 전우들 곁에서 저세상 길을 걷고 있는 것이었다. 적진지에서 무섭게 내뿜는 불꽃을 피하지 않고 용감하게 대들었던 모습은 고향 땅 집으로 와 닿았었다. 치를 떨었던 고지와 능선마다 많은 희생을 남겨두고 돌아오지 않는 대답에 해는 저물어 갔었다.

산과 들에서 외쳤던 암울한 기억 그때의 눈의 한계를 상기해보는 것이었다. 부하를 극진히 보살폈던 인간애도 그 용맹스러움도 다 가버렸다. 시골집 뜰앞에 나타난 김 중위의 희미한 그림자를 껴안고 어머니는 또 한 번 통곡에 잠겼다.

　장한 아들의 이름을 한없이 불러봐도 왜 그렇게 대답은 들리지 않는 것일까? 수염이 하얀 노인들이 내외분을 위로했었다.

　전쟁 앞에서 사계절 화약냄새를 마시며 나라를 지켜온 한 젊은 이…… 생명을 이어왔어야 할 김재만 중위는 장하게 싸운 흔적을 한 조각 종이 위에 적어 보냈던 것이다.

10
전쟁과 남은 그림자

   3년에 걸친 전쟁의 총소리 속에 우리나라 수많은 젊은이(외국 참전 용사 포함)가 목숨을 잃었다.

   이 무렵 꽃다운 여성들 중에는 정도 마음도 제대로 주고받지 못한 채 임께서 조국의 부름으로 군대에 가던 날 두 손목을 따뜻하게 잡으면서 꼭 살아오겠다는 말을 남겼다.

   그러나 날이 가고 달이 가는 동안 솟아오르는 그리움에 밤마다 잠 못 이룬 기다림은 싸늘한 이별로 변하고 말았다. 정말 생각조차도 할 수 없는 헤어짐…….

   들판에는 황금물결이 넘실대는 가을 전사소식을 듣고 집 한모퉁이에서 허리에 두른 행주치마에 얼굴을 가리며 목이 터지도록 외쳐봤으나 굳은 맹세(꼭 살아오겠다)로 속마음을 안아주던 이야기는 들리지 않았다. 흘러가는 하늘의 구름을 바라보고 누르기 힘든 손놀림으로 땅을 내려쳐봐도 아무 소용없었다. 그 자리에서 남모르는 울음을 삼키며 우뚜거니 서 있는 사이 시어머님이 오시더니

"애야."

하고 나즈막하게 부르셨다. 고개를 돌리는 순간 겉으로 드러나 있는 눈물자국을 보시더니 아무 말씀도 못 하시며 그만 오열하는 것이었다. 자식을 먼저 보낸 어머님의 찢어진 심정을 미처 헤아릴 겨를도 없이

"어머님."

하고 덥썩 껴안으며 품 안에다 눈물을 파묻었다. 둘이서 얼마나 큰소리를 지르고 또 질렀는지…….

얼마 후 울음을 참고 나서 어머님의 소매 끝을 닦아드렸다. 그러고 나서 며느리의 도리를 다하지 못한 탓에

"어머님. 저를 용서해 주세요."

목 안에서 오들오들 애절하게 떨리는 음성은 며느리가 시어머님께 바치는 효심의 한 갈래였다.

곧 비틀거리며 마루까지 와서 힘없이 들어눕고 말았다. 한 손으로 심장 한복판을 누르면서

"여보. 저는 어떻게 하라고 가벼운 손짓 한 번 없이 무정하게 그대로 가셨나요. 보고 싶어도 볼 수 없는 당신이기에 이 가엾음은 오래도록 잊지 않으리라."

놀라움의 몸 떨림 뒤에 다가온 충격…….

이로부터 여러 날이 지나서야 몸을 일으킬 수 있었다.

'정말 삶이란 이렇게 허무한 것일까!'

함께 했던 하얀 울음은 사라지고 눈앞에 끝없이 펼쳐진 외로운

길…… 그리고 황혼에 부는 바람이 옷깃을 차갑게 스치고 지나가면 말 못 할 쓸쓸함이 온몸으로 스며들었다.

또한 한밤이 가고 새벽에 우는 닭소리가 잠을 깨워주면 손은 으레이 귀밑머리에 닿아있었다. 혹시나 눈물이 젖어있는 것은 아닌지 하는 생각에서였다.

이래서는 안된다고 한두 차례 타일렀으나 쉽게 잊어버리지 않는 것이 고통으로 얼룩진 시간들이기에 어찌할 바를 몰랐다.

사별의 슬픔을 안고 살아가는 이땅의 젊은 여성들은 영원히 먼 곳으로 임자(여기서는 부부가 쓰는 2인칭 대명사) 떠난 가슴에 전쟁 미망인(존경의 상징)이라는 다섯 글자를 세겨놓았다. 언제 좋아질지 모르는 애절한 상처를 어루만지며 내일(미래)을 향해 거센 세상 물결과 맞서야 했었다. 그러므로 큰 마음먹고 삶의 진실을 물어가며 돌다리도 두들겨보고 건너라는 말이다.

누가 뭐래도 아직 끝나지 않는 전쟁…… 울음바다(가족들의 눈물)의 발자취가 머물러 있는 장소(전투를 벌인 지대) 별빛에 갇혀 말없이 흐르는 핏줄기를 어떤 의지로 달랬을까?

한순간 죽고 사는 것이 갈리는 전장(戰場)에서 그들은 인생의 미련도 있으련만 오직 나라를 위하여 포 소리 연기에 휩싸여 짧은 일생을 마쳤다.

용사들(전사자)의 고향집에 사계절이 오면 최전방에도 봄을 시작으로 겨울은 어김없이 왔었다.

세상에서 사람의 노력으로도 바꿀 수 없는 젊은 날이 다 가지 않았는데 그들은 자연에 찾아오는 소리를 정답게 맞이할 수 없었다. 한편 남들(동일한 처지에 있는 여성)처럼 충혼을 기리며 머리 숙이고 묵

넘을 올리는 배우자…….

이른 아침 고요하게 웃음 짓는 이슬과 맑은 공기를 반기며 아내의 참모습으로 무운을 빌었던 간절한 마음에는 그날의 서러움이 남아 있었다.

1955년 늦가을이 우리 곁을 떠나려할 때 손애란 중위는 전후방 교류 군 인사에 의해 2군사령부 관할로 전출명령을 받고 정을 붙이며 살아왔던 강원도 땅을 등지는 것이었다. 심산유곡에 흩어져 있는 전쟁의 흔적을 기억하며 이날 밤을 보내야 했었다. 미묘한 설레임과 예민한 감정이 겹치며 다가왔다. 넘어간 그 시절 휴전을 앞두고 치열한 혈전이 계속 이어졌을 때 한시도 눈을 팔 수가 없었다. 밤을 지새우며 여러 부상 장병들과 고통의 시간을 가졌던 것이다. 나라와 겨레를 위해 싸우다가 병상에 누워 희미한 눈동자를 좌우로 옮겨보는 용사들의 얼굴을 대할 적마다 암담한 표정을 감추지 못했었다. 그토록 무섭게 달리던 포 소리와 먼지는 간데없고 다만 평화를 간절히 염원하는 적막한 밤이 이날도 찾아오고 있었다. 봄이 되면 살아남은 초목들이 자연의 힘에 따랐었다. 그래서 어떤 경우에는 아득히 먼 곳에서 싱그러운 꽃 향기와 흥을 돋우는 냄새가 병사들의 눈가를 파고 들었다. 계절의 변화 속에 그때마다 이곳에서 뛰쳐나왔던 정겨움을 다음 번에 다시 만나 볼 수 있을는지!

자신의 가슴에 미련 섞인 의문을 곱게 새겨보는 것이었다. 철원 평야를 잊을 수 없었다. 밤이 깊어지자 기온이 뚝 떨어졌다.

다음날 오전 전우애가 많이 모인 장소에서 애란은 작별인사를 나누었다.

"짧게 혹은 길게 느껴진 바람과 찬 서리의 그늘에서 큰 과오없이 군복무에 전념할 수 있었던 것은 이 모두가 여러분께서 한결같이 보살펴주신 은덕입니다."

라고 아름다운 표현을 했었다. 드디어 애써 감춰둔 눈물이 무겁게 군복에 엉켜 붙었다. 정 때문에 내보낸 두 줄기는 그 누구와도 적당히 타협한 것은 아니었다. 속마음에 깊숙이 자리 잡고 있는 그 시절의 한이 이 자국을 더 뜨겁게 바라보고 있는 것이었다.

이제까지 모든 사람들은 크고 작은 석별의 아쉬움을 체험하고 살아오지만 단지 그 성격과 정도의 차이만이 다를 뿐이었다.

위병소에 가까이 왔을 때 서글픔은 더욱더 출렁거렸고, 버리지 못 할 고통의 무게에 억눌림을 받으며 차에 올랐었다.

거친 찬 바람을 이겨내며 한꺼번에 흔들어주는 손이 한없이 고마워었다. 이곳에서 무사히 잘 가라며 퍼져나가는 음성이 길앞을 가로막는 것이었다. 적진을 겨눈 총소리는 조용히 쉬고 있지만 지난날에 버림받았던 자연의 풍경들이 추운 겨울을 미리 알려주고 있었다. 곡선미를 마음껏 자랑하고 있는 군 전용 도로에 아무렇게나 흩어져 있는 낙엽을 날리며 남으로 내려가는 차 안에서 또 한번의 애처로움을 만나야 했었다. 그것은 방향에 대해 뚜렷한 관찰력이 애란의 감정을 심하게 자극했었다. 갈 수 없는 고향길을 눈앞에 두고 더 멀리 떨어져 가는 마음은 더없이 아프고 찢어지는 것이었다.

진한 향수의 저편에 깔려 있는 고난의 시각을 때때로 원망도 했던 것이다. 산등선 아래쪽을 넘는 동안 눈앞에 전개되는 능선들이 더 강한 빛깔로 길손을 맞아주고 있었다. 한밤이 지나고 나서 새벽녘에 용산역에 도착했었다.

날이 밝아오자 털거덕 소리를 내며 전차가 시가지를 달리고 있었다. 군문에 들어간 후 두 번째 찾아가는 길이었다.

눈보라 속에서 친친 감았던 목도리를 방 한 구석에 풀어놓고 처음 만난 부인의 따뜻한 보호를 받았던 그때가 넉넉히 감동 앞에 다가섰다.

지난밤 열차 안에서 약간의 낭만을 움켜잡아봤지만 별다른 흥미를 누리지 못 했었다.

약소한 선물 꾸러미를 한 손에 들고 문간에서 발길을 멈추었다. 곧 반가운 목소리가 들려나왔다. 부인은 대문을 열고 어느새 애란의 손을 뜨겁게 꽉 잡았다. 젊음에 나이는 더해져 이제 이십대의 중반을 맞았다. 자신의 처지와 시대적 상황은 결코 별개의 개념으로 취급될 수 없는 일이었다. 애란은 평범하고 공식적인 인사말로

"그동안 안녕히 지내셨어요? 진작 한 번 찾아봤어야 했었는데 결례가 되고 말았습니다."

이렇게 속마음을 털어놓자 부인은

"군에 있는 몸이 어찌 마음대로 할 수 있는 건가?"

이렇게 격려 말씀을 하시며 부드럽게 애란의 군복을 만져보는 것이었다. 그리고 나서

"진급을 축하해."

라고 말하며 만족스러운 얼굴빛을 내비춰었다.

"실은 이번에 후방으로 전출명령을 받고 부임차 서울을 거쳐가기로 했습니다."

"그래. 어느 부대로?"

이렇듯 고마운 마음으로 지켜봐주셨다.

"네. 2군사령부로 발령을 받았습니다."

"정말 좋은 일이야! 이제부터는 후방에서 지낼 수 있으니 말이야."

하며 더욱 좋아하시는 것이었다. 외롭게 스쳐갔던 피난시절의 고생이 오늘의 결실을 맺게 해주었다.

밤이 깊어가는 데도 방 안에서 부인과 오랫동안 이야기꽃을 피워었다.

산도 들도 물도 설었던 철원땅⋯⋯.

지금은 조용하게 긴장이 감돌고 있는 그곳에서 상처 입은 용사들을 치료해주던 손을 다시 한 번 잡으며 정이 넘치는 말씨로

"애란이 손은 정말 좋은 일을 많이 했어."

이렇게 칭찬을 아끼지 않았었다.

"별말씀을 다 하시네요."

하고 애교있는 대답을 했었다.

부인은 지난날이 그리워지는 듯 오늘밤과 내일 저녁은 집에서 푹 쉬라는 것이었다. 짧은 시간이지만 더 많이 붙들어놓고 싶은 진한 인정미가 채워졌었다. 이 말씀을 듣고 애란은 감격에 잠기고 말았었다. 이틀 동안 쉬면서 생각하지도 않았던 귀한 대우를 받았었다.

애란은 이날의 장면들을 언제까지나 기억에 남겨두고 싶었던 것이다. 그것은 솔직하게 말해서 벗어날 수 없는 부채심리만은 아니었다. 아름다운 인정미가 더 힘세게 와 닿자 애란은 눈물을 참았었다. 따뜻한 방향으로 찾아가는 발길을 보고 부인이 뒤에서 또 한 번 격려해 주셨다.

애란은 이날 오후 늦게 용산역에 들러 부산행 군용열차 시간을 알아봤었다. 조금은 느긋이 시간을 붙들고 역에서 가까운 다방을

찾아가 문을 열고 들어서자 숨을 건드리는 담배연기가 안개처럼 자옥하게 깔려있었다.

비어있는 자리를 골라 앉았었다. 서울시내 다방 출입이 거의 없었으므로 처음 접한 분위기가 생소하기만 했었다. 이곳에 모여있는 사람들은 대부분 군인들이 자리를 차지하고 있었고 여러 계층의 인사들도 있었다. 이들 중 군인들은 자기와 마찬가지로 상행선과 하행선 군용열차를 기다리고 있는 듯 보였다. 이윽고 미모의 다방마담이 애란 앞에 가까이 서면서

"차는 무엇으로 드릴까요?"

하며 차 주문을 했었다. 애란은 마담의 얼굴을 보자마자 일부러 조심스럽게 지난 기억을 더듬기 시작했었다.

그것은 언젠가 서울에서 틀림없이 한 번 대한 적이 있는 안면이었다. 차 주문에 얼른 대답을 못하고 망설였다.

그러자 그 마담은 이상하다는 듯이 애란의 위아래를 유심히 쳐다보는 것이었다. 조금은 작은 혼란이 두 얼굴에 교차했었다. 애란은 이때 정신을 똑바로 차리고

"저, 커피로 하겠습니다."

하고 말했었다. 마담이 뒤돌아서는 몸 움직임에 애란은 다시 한번 더 눈여겨 봤었다. 지난날의 모습을 곰곰히 생각해봤으나 쉽게 잡히지 않았던 것이다.

좀 더 여유를 두고 생각하자 곧이어 눈안으로 정확한 그날을 움켜잡았었다. 대수롭지 않는 수수께끼가 풀리고만 셈이었다. 지독하게 추위가 휘몰아치던 피난길 서울의 을지로 5가 거리에서 애타는 마음으로 찾아갈 곳을 물어봤던 그때가 영화의 한 장면처럼 가슴을

스쳐갔었다.

한 여성을 붙잡고 길 안내를 부탁했을 때 추운 목소리를 들은 분이 바로 이 마담이었다. 마담이 형민의 첫사랑이라는 것을 애란은 알 리가 없었다. 스쳐간 전설처럼 그 목소리에 외로운 추억을 담아 두었던 것이다.

마담은 커피잔이 놓인 쟁반을 가지고 와서 그 잔을 부드럽게 애란이 앞에 놓으며 새로운 눈길을 모아 보는 것이었다. 애란은 야릇한 감상에 젖어들었다.

커피잔을 들고 목 안으로 넘어가는 물줄기에 여러 갈래의 방황이 동시에 밀려들었다. 잠시 후 신중히 생각한 끝에 결국은 참된 용단을 내려야 했었다. 그것은 마담에게 단 한마디의 말이라도 건네보고 싶은 욕구가 있었기 때문이었다.

애란은 차분한 마음을 갖고 마담이 자기 곁을 지나가자

"실례지만 말씀 좀 여쭈어봐도 괜찮을까요?"

일부러 청하는 말이었다. 그러자

"무슨 말씀인데요?"

하면서 애란의 앞자리에 앉았다.

애란은

"혹시 저를 기억할 수 있는지요?"

그러나 마담은 잘 모르겠다는 어조로

"글쎄요?"

하고는 고개를 갸웃거렸다.

"물론 쉽게 알아보실 수는 없을 겁니다. 저는 1 · 4후퇴 때 피난을 나와 을지로에서 댁에게 찾아갈 곳을 물었던 사람입니다."

이렇게 대략 설명을 했었다. 마담은 그제서야

"예. 그렇군요. 군복 차림을 하셔서 몰라 뵙습니다. 죄송해요."

"죄송하기는요. 오히려 제가 실례를 하고 있는 걸요."

"아니올시다. 그 당시에는 제가 잘 모르는 데라서 친절하게 안내를 해드리지 못했습니다."

복잡한 일 때문에 발길이 좆겼던 과거를 회상하며 이렇게 말했었다.

"저도 아무 경황이 없어서 좀 더 자세하게 말씀을 여쭙지 못했습니다."

마담은 다시 진지하게 물었다.

"실례지만 군에 언제 가셨지요?"

"예. 벌써 오래됩니다."

계속 이어지는 물음에 애란은 최전방 야전병원에서 지내왔다는 대답을 했었다.

묻고 싶어 묻는 말에 손애란 중위는 다정한 눈동자에 그려진 미소로 포근하게 대답했었다. 다소 인정이 넘치고 있다는 것을 알 수 있었다. 마담은 다시

"무슨 볼일이라도 있으신가요?"

조금은 궁금해하는 어감을 앞세우며 이렇게 묻는 것이었다.

"저는 오늘밤 부산행 야간열차를 타야 합니다."

애란은 이렇게 말했었다. 일제말기 국민학교 여교사의 몸이 오늘날 각박한 세상 속에서 다방 마담으로 일을 하고 있었다.

희진은 진심어린 인연을 곱게 수놓았더라면 올케와 시누이 사이가 될 수도 있었는데…… 서로는 기억 속에 남은 시간들 앞에서 처

음 만난 그곳 을지로 5가를 못 잊어 했었다.

희진의 비참한 운명은 속세를 멀리할 수가 없었다. 그래서인지 흔들리는 인간 본래의 감정과 투쟁을 계속해왔었다. 버리지 못한 마음의 고통을 이날도 담배연기에 숨겨보고 싶었던 것이다. 두 사람이 다시 얼굴을 대하는 것은 아무리 생각해봐도 묘한 만남이었다.

그렇지만 아직도 숨겨진 것을 벗겨내지 못 했었다. 양쪽의 대화에서 좀 더 성숙한 의사교환이 있었더라면 좋을 뻔했었다.

애란은 열차시간에 늦지 않게 다방에서 나왔었다.

희진은 통행금지 시간이 가까워지자 고단한 발거름을 재촉하고 있었다. 젊은 나이에 참아내기 어려운 마음고생과 몸 전체의 괴로움을 참아가며 살아왔었다. 세상이 매정하게 자기를 버린다 하더라도 기필코 살아서 임(남편)을 찾고 싶은 것이 유일한 희망이요 삶의 목표였다.

슬픈 밤 희미한 그림자를 데리고 길을 찾아가던 중 별다른 생각 없이 하늘에 반짝이는 별들을 쳐다봤었다.

오직 제자리만을 지키고 있는 북극성을 바라보니 북녘 땅이 미치도록 그리워지는 것이었다.

집에 돌아와도 솟아나는 것은 눈물뿐. 얼마 후에 방 안을 밝히고 있는 불을 끄고 조용히 잠자리에 몸을 의지했었다.

희진은 그다음에도 마르지 않는 이슬방울을 닦으며 못 잊을 상처를 더듬어보고 있었다. 돌이켜보면 고독을 진하게 만날 때마다 덤벼드는 서글픔에 소리없이 울어야 했었다. 이따금 그늘진 곳에서 살아온 흔적을 어렴풋이 더듬고 있으면 어디서인가 애처로운 목소리로 지난날을 외치는 음성이 들려오는 듯 했었다. 심성을 속이는 일없이 달갑지 않게 세상만사를 쳐다봐도 기쁨을 주는 것은 아무것도 없었다. 이렇게 착잡한 기분으로 공기를 한 번 들이마시고 정신을 가다듬은 다음 삶의 의미가 무엇이냐고 물어봐도 한스러운 마음 안에서 기다렸던 대답이 나오지 않았었다.

희망이 무너지고 좌절이 얽혀있는 저쪽을 돌아보며 말없이 깊은 상처를 더듬는 것이었다.

그리운 사람이 죽지 않고 살아서 돌아온다면 분명 어떤 힘든 일이라도 다 해낼 수 있다는 자신감이 솟구쳤었다. 괴로움도 즐거움도 함께 나눠가며 살아야 하는 우리의 인생행로에 대해 깊이 생각하고 있었다. 그 시절의 색깔을 잃어버리고 말았었다. 거칠게 보이는 저 먼 곳에 인간애는 있는 것일까? 자기 표현에 모순이 있는지 없는지도 모르면서 힘없는 목소리에 의문사를 붙여놓았었다. 그리고 또한 엄한 집안의 슬하에서 살아왔던 희진의 온몸을 빠져나간 흰 구름은 어디론가 흘러갔었다.

넘어간 그날 만족스러운 미소를 지으며 소근대던 말들은 불러도 대답없는 산울림처럼 지금은 들려오지 않았었다. 험하고 잔인한 장소를 뚫어지게 보며 무거운 손짓으로 꿈을 떠나게 했던 아픔이 다시 저며오고 있었다.

익숙한 음성에 빠져들었던 많은 이야기를 듣고 싶었던 소원을 늘 간직한 채 언제까지나 임을 볼 날까지 식지 않은 정열의 온기를 껴안으며 거대한 산맥을 보살펴야 했었다.

동족간의 전쟁을 한으로 깊이 새겨둔 희진은 잔잔한 빗소리를 들을 때마다 갈라지는 마음의 괴로움을 참아내는 것이었다. 성스러운 절개의 상징이 어떤 것인지 손에 잡힐 수만 있다면 꼭 한 번 만져보고 싶었던 것이다.

희진은 오늘도 슬픈 곡의 음반 소리를 귀에 담으며 다방 '산유화'에서 성실하게 하루해를 보냈었다. 흔들리는 갈대밭 속에 숨겨진 유혹의 함정은 늘 희진를 노려보고 덮치려 했었다.

여러 차례에 걸쳐 비틀거리며 빠져들 뻔했던 고비마다 이를 악물으며 아무 죄 없는 자신의 손목을 내리쳤었다.

'누구를 위한 운명이기에 허망의 눈물을 보이겠느냐고 말이다.' 이렇게 중얼거리며 모질도록 꾸짖는 몸짓은 정말로 애초로워었다. 임과 만나 정다운 사랑 이야기도 나누지 못하고 북으로 끌려가던 그날의 뒷모습에 슬프고 아픈 울음소리만을 매달아 두었던 것이다. 땅을 치며 욕설에 가까운 표현으로 그 자들을 취급해봤지만 얻은 것은 아무것도 없었으며 끊임없는 절망을 안고 지금까지 살아왔다.

우리 민족 교유의 전통미가 우아하게 엿보이는 단정한 옷차림으로 거친 파도 위에서 살아갈 의지를 찾기 위해 오늘도 웃음을 보이며 정성스럽게 손님들을 대했었다.

부드러운 손으로 찻잔을 나르며 치맛자락을 여미는 고운 몸매에 품을 팔아가면서 임이 살아 돌아올 내일을 끝없이 기다리고 있었다. 늘 그러했듯이 외부에 비춰진 자신의 모습에 대해 여러 사람의 눈길이 어떠했는지는 잘 모르지만 지난날에 겪었던 원통하고 애끓는 이별의 감정은 이 시간에도 서러운 울림으로 들여오고 있었다. 그리고 더 나아가 희미하게 고향 생각이 떠오를 때면 마치 봄날 짙은 바다 냄새를 휘저으며 온갖 사연을 싣고 항구를 떠나는 뱃고동 소리를 연상해 보기도 했었다.

자연의 이치에 순응하여 어김없이 계절은 오고 또 가도 외로움을 참을 수 없는 깊은 밤이면 그토록 소중히 간직한 신념을 강렬하게 붙들은 채 그치지 않는 눈물로 베갯잇을 적시며 눈이 붓은 아픔이 침묵의 어둠 속에 가려져 있었다.

초가을 맑은 하늘 아래 산들바람이 멋있게 불어오는 어느 날 오후 형민은 차에서 내린 짐을 받아지고 힘든 발길을 재촉했었다. 짐이 다소 무거워서 여러 차례 쉬었다.

쉴 때마다 짐 임자는 관심있게 형민을 살피는 눈치였다. 형민은 불쾌한 기분을 갖는 정도는 아니었지만 그래도 보통의 시선이 아니라는 점에 어떤 알 수 없는 의구심이 생겨났었다. 땀을 훔치며 아무 말없이 얼마를 더 가다가 여인에게 어디서 오느냐고 물었다. 형민이가 물어 본 이유는 지난날의 연고지(정읍)가 문득 떠올랐기 때문이었다. 될 수 있는 대로 자기의 앞모습을 가리며 살아야 한다는 것이 생활 방법으로 자리 잡아 왔었다. 그러므로 혹시 실수는 없는지 하고 간혹 조심하며 자신을 점검해보는 것이 어느 사이에 습관으로 바뀌 버렸다.

그 부인은 형민의 질문에 친정이 공주여서 그곳에 갔다가 며칠 만에 오는 중이라고 대답했었다.

길따라 밟혀진 전쟁의 흔적이 여기서도 펼쳐져 있었다. 형민은 잠깐 동안 가벼운 위기에 사로잡혔다가 다시 원상을 되찾았었다.

그곳은 너무나 싸늘한 지대였다.

사람이 사는 데는 여기저기에 남아있지만 허술한 주거지였다. 얼마를 더 갔었다.

이때 뒤따라오던 부인은 앞으로 몸을 옮기며 누추한 집앞에 이르
자 이제 다 왔다고 말했었다. 집에 들어서서 짐을 내렸다. 인기척이
나자 방에서 부인의 남편이 나오며 형민을 보고 수고했다는 말을
전했다. 부인도 역시 감사하다는 인사를 하며 수고의 대가를 건네
주었다. 목이 마른 형민은 부인에게 마실 물을 좀 달라고 하자 얼른
부엌으로 가서 그릇에 물을 가지고 왔다.

땀을 닦으며 물을 마시는 형민을 주인이 유심히 쳐다보며 고개를
약간 움직이며 의아한 표정을 짓는 것이었다. 사라져버린 기억을
더듬는 동작이었다.

그 남자는 형민의 앞에 다가서며 담배를 권했다. 그러고 나서 조
심스러운 어조로 혹시 군대에 갔다 왔느냐고 물었다. 형민은 그런
일이 없다고 대답을 했었다.

말이 끝나자 그 남자는 자신의 정신이 흐릿한 것이 아닌가 하고
이번에는 퍽 난처한 얼굴을 내비추었다. 그 남자는 다시 말을 이으
며 자기는 전쟁 중에 군에 가서 부상을 입은 적이 있다고 설명을 늘
어 놨었다. 형민은 간단한 인사말을 남겨두고 빨리 그 집을 나왔었
다.

형민이가 나간 뒤에 집주인은 한쪽 구석에서 쭈그리고 앉아 담배
를 입에 물었다. 과거지사를 생각해내는 모습이 매우 진실해 보였
으며 손쉽게 되살아나지 않는 지난일을 열심히 찾아보고 있었다.
눈을 감았다가 다시 크게 떴다 하며 이유 있는 갈등을 겪고 있을 때
방 안에서 부인이 큰 소리로 밖에서 무엇을 하고 있느냐고 외쳤다.
생활이 궁핍해서 때때로 처가의 도움을 받으므로 아내를 대하는 것
이 활발하지 못 했었다.

이날도 친정에서 식량을 좀 얻어 가지고 온 아내가 미안했었다. 이러다보니 언제부터인가 기가 죽어있는 상태였다. 밤이 깊어 가는데도 잠자리에서 낮에 봤던 지게꾼의 얼굴을 알아낼 수가 없었다. 잠을 이루지 못하고 있는 남편에게 다시 신경질을 부렸다.

무슨 생각을 그렇게 골똘이 하고 있느냐며 그런 정신이 솟아 나면 살길이나 찾으라고 좋지 않은 언어를 늘어놓았다.

그러나 그 남자는 조용히 과거를 회상하며 격전지를 들추어냈었다. 잠시 뒤에 드디어 알아냈다는 듯이 누워있는 채 한 손으로 무릎을 힘있게 쳤었다. 그러자 곁에서 잠을 청하던 부인이 음성을 높이며

"당신. 미쳤어유?"

하고 대들었다.

"미치기는 누가?"

아내의 못마땅한 언동에 감정을 약간 내비추었다. 그러자 다시

"안 미쳤으면 왜 누워서 소리를 내는 거여유?"

닥치는 대로 남편을 나무라는 태도는 이미 그 성격이 심각한 정도이며 만성적 질환임을 의심할 수도 있었다. 남자는 아내 몰래 쓴 미소를 머금었다.

형민이가 어떤 사람이라는 것을 정확히 짚어 본 다음 숨을 죽이며 그 당시 상황을 하나도 놓치지 않고 머릿속에 그려넣었다. '인민군 대위가 저렇게까지!' 하고 연민의 숨결이 쏟아져 나왔다. 인연이란 참으로 알 수 없는 것…… 왜 성미 사나운 아내가 오늘따라 하필이면 그분에게 짐을 맡겼을까? 하는 의문을 감출길이 없었다.

이 남자가 바로 김재만 중위의 부하였다. 고지에서 내려온 형민

과 함께 의무대까지 같이 왔던 대원 중의 한 사람이었다.

그래서 사라져 간 기억을 한참 동안 더듬는 사이 아내로부터 구박을 받았던 것이다. 소나기가 그치던 천막 안의 병실 등불 아래서 익혀두었던 얼굴이 차츰 맑은 하늘을 비추는 별빛처럼 떠올랐었다.

피 묻은 몸을 자신의 등에 업고 조심스럽게 찻길까지 내려오던 그날 밤이 지금은 큰 아픔으로 남아있었다.

그것은 형민이가 부상을 입은 것과 마찬가지로 적의 실탄이 몸을 뚫고 지나갔으며 그로 말미암아 남 모르는 소외를 달래지 못하고 오늘의 고된 세상을 살아가고 있기 때문이었다.

무서운 전쟁의 흔적을 지켜보며 냉정하고 혹독한 현실 앞에서 형민이를 마주보고 대답하기 어려운 질문을 왜 했을까? 하는 뉘우침이 마음 한 구석을 몹시 괴롭히고 있었다.

기어이 잊어야만 될 일을 잊지 못하고 그 포성의 두려움에 몸을 떨었던 싸움터의 경치가 이따금 늦가을 아침 차가운 안개처럼 뭉쳐 왔다가 길다랗게 사라지는 그 자취가 아름답지 않은 추억으로 남아 있었다.

그렇지만 그때를 회고해보면 삶과 죽음이 오고 갔던 격전지에서 친형제의 정을 동반한 전우애는 전선 곳곳마다 어렵지 않게 찾아 볼 수 있었고, 전쟁으로 맺어진 선의 인간관계는 더할 나위 없이 소중했었다. 이러한 감상이 마음속 깊이 젖을 때마다 지난날 전투의 공적으로 가슴에 달아준 '화랑무공'의 증표를 다시 꺼내 보며 혼자서 스스로를 위로해 보기도 했었다.

그날로부터 많은 시간을 보냈었다. 하루는 조심스럽게 마음을 가다듬고 점심때가 되자 형민을 만나 보려고 서울역으로 갔었다. 그

동안 안부가 궁금해서 한 번 더 얼굴을 서로 마주 대하고 싶었던 것이다. 멀리할 수 없는 동정심 앞에 매우 큰 기다림을 붙들고 길을 거렸다. 거리에서 짐을 지고 다니는 사람들을 일부러 살펴봤었다. 그것은 형민을 쉽게 만나보자는 의도였다.

그러나 목적지까지 가는 동안 찾지 못했다. 점심도 먹지 않고 역구석 적당한 곳에 자리를 잡아 차분히 기다렸다. 단 한마디의 위로 말이라도 전해주는 것이 사람의 도리라고 여겼기 때문이었다. 형민은 하루해가 저물어가도 나타나지 않았다. 할 수 없이 집으로 돌아가는 길가에 실망스러운 발자국만 남기고 있었다. 한참을 거러가다가 길바닥에서 좀 쉬었다. 이때 반대편 방향에서 한 지게꾼이 모자에 고개를 감추고 빈 지게로 거러왔었다. 가까이 올 때까지 누구인가를 알 수가 없었다. 서로 정면으로 다가서자 그 남자는 일부러 몸을 스쳤다.

그러자 형민은 불쾌하다는 듯이 고개를 들었다. 깜짝 놀라 그 남자를 쳐다보는 것이었다. 괴상한 일이 닥쳐올 줄이야 형민이도 몰랐다. 그 남자는 친근한 태도로 접근을 시도했었다.

"형씨 그동안 어떻게 지냈소?"

형민은 만나고 싶지 않았던 사람을 대하고 보니 달갑지 않은 감정부터 들었다.

"예. 그저 그렇게 지내왔소."

별로 뜻있는 대답이 아니었다. 그러자 다시

"나, 오늘 오후에 형씨를 꼭 만나 뵙고자 서울역에서 많이 기다렸소."

이 말을 듣고 난 형민은 곧 불안이 밀려왔었다. 그 말의 내용을

될 수 있는 한 빨리 알고 싶어졌던 것이다. 그래서

"무슨 일인가요?"

형민은 이렇게 되물었다.

그 남자는 침착한 말투로

"노상에서 전해드릴 말씀이 못됩니다. 시간이 좀 있으면 나하고 함께 갔으면 하는데요."

"긴한 볼일인가요?"

"급한 일은 아니지만……."

하고는 다음을 꺼내지 않고 형민과 골목 어느 술집으로 찾아갔었다. 둘이서 식탁의자에 걸쳐 앉았었다.

그 남자는 술을 형민에게 권하며 먼저 한 잔을 마시고 차분한 말로

"형씨. 혹 김재만 중위를 아신가요?"

알고 물어보는 것이었다. 무서워었던 역사의 시간을 되돌아보려는 눈치였다.

형민은 대답대신 온몸의 힘이 녹아지기 시작했었다. 무슨 면목으로 대답을 할지 실마리조차 찾아내지 못 했었다. 선뜻 대답을 꺼내지 못한 형민의 손을 잡으며

"형씨. 이 무례함을 용서하시오."

바쁘게 움직이는 사람에게 양해를 구하는 말이 들려왔었다.

이 말을 듣고도 형민은 애써 대답을 피했었다. 그러자 다시

"지난날은 잊을 수가 없습니다."

매우 공손한 표현으로 짧게 한마디 던지는 말에 위로가 배어 나왔었다.

형민은 말없이 남자를 바라보며 전쟁터에서 있었던 그날 밤을 힘들게 찾아가고 있었다.

이어지는 그 남자의 말을 듣자 불덩이처럼 달아오른 감정으로 급히 재만이를 물었다. 그러자 왕년에 젊은 혈기가 하늘로 치솟았던 그 시절을 회상이라도 하듯 침착한 모습을 감추지 않았었다.

이윽고 말을 계속했다. 자기가 야전병원으로 후송될 때까지 김재만 중위는 전선을 지킨 것으로 안다고 대답했다. 그러고 나서 불우한 가정의 형편을 일부나마 숨김없이 전달했었다. 마치 일종의 고백에 가까운 이야기였다.

형민은 재만이가 걱정되어 재차 그 후의 전황을 물어봤으나 명확한 답변을 얻지 못 했었다. 빈속에 술을 마시며 괴로워하는 몸매를 보고 형민은 서글픈 심정을 달래야 했었다. 며칠 있으면 서울생활을 청산하고 아내와 함께 고향으로 내려간다고 말했다.

가난과 고통의 얽매임에 살아야 하는 불우한 운명을 안고 있는 것이었다. 그 남자는 '전쟁과 남은 그림자' 앞에서 적의 총알을 맞고도 휘갈겼던 총소리가 지금도 은은히 들려온 듯하다며 고개를 숙였다.

고(故) 김재만 중위가 지금은 볼 수도 없지만 그의 눈물어린 서정적 회고담 한 장이 전쟁의 잔영(殘影)을 슬프게 안고 있었다. 중국의 옛시에 등장한 달빛은 고향을 상징한다고 전해져 왔었다.

지난 그날 그때 늦가을이 우리와 멀어지려고 할 때 전선에는 찬 서리가 내리고 있었다. 추위를 알리는 밤 기온이 김 중위를 바라보고 있었고 잠을 못자며 야간경계 임무를 지휘하는 동안 슬그머니 새로운 향수에 젖어들었다.

정든 남쪽 하늘로 고개를 돌리고 잠깐 깊은 생각에 잠기는 사이 어린시절의 추억이 달빛 속으로 달려가고 있었다. 오곡이 익어가던 가을 저녁에 둥근달을 바라보며 동네 친구들과 어깨를 나란히 하고 골목을 거닐던 일들이 떠올랐었다. 머지 않아 또다시 눈보라가 시베리아 벌판에서 이곳을 향해 불어 닥칠 것이라는 것을 뻔히 알고 있었다. 이때가 되면 착실하게 이름이 붙어있는 명고지를 사수해야 하는 중대한 책무에 김 중위는 더 많이 신경을 써야만 했었다.

얼마 후 밝은 달빛을 쳐다본 김 중위는 그때 그날 '우리에게 슬픔을 주지 마세요.' 하고 부르짖던 한 병사의 말이 서글프게 느껴졌었다.

그 병사가 그렇게 고운 목소리로 차분히 읊었던 열망의 기원도 이제는 이 세상에서 더 들을 수가 없었다. 높은 산 저 아래에서 총을 쏘아대던 그때 목으로 피를 토하며 고향에 계신 아버지를 몇 번이고 불렀었다.

그러나 그는 끝내 그 누구의 따뜻한 목소리도 듣지 못하고 풀잎의 이슬로 사라졌었다. 김 중위는 이 시각 살며시 텅 빈 기분에 젖고 말았었다. 그 병사는 어머니를 일찍 여의고 살아왔던 탓에 어머니를 부를 수가 없어 아버지를 그렇게 찾고 있었던 것이다. 속된 감정이나 모든 고뇌를 버리고 튼튼히 국토를 지켜야 할 김재만 중위가 이날은 웬일인지 알 수 없는 복잡한 감정에 빠져들었다.

과거와 현재를 따지지 않고 가려진 용사들의 자태는 이 밤에 나타나지 않았었다. 쇠붙이 강한 빗방울을 맞고 들려오는 비명은 쓸모없는 역사를 끝없이 미워했었다.

죽음을 지켜볼 때마다 몸 안으로 와 닿는 슬픔을 달래야 했었다.

이렇게 그날들의 마음이 무정하게 달아나고 말았으니 땀으로 얼룩진 핏자국 냄새가 정직하게 호흡기를 건들었었다. 한평생 자유롭고 평화스럽게 거러가야 할 푸른 인생살이가 전쟁의 원한을 품에 안고 시도 때도 없이 이곳을 떠나가 버렸다. 흐르는 강줄기에 혹은 황폐된 산봉우리에도 달 그림자는 고요함을 알리고 있지만 시대의 그늘에 눈길이 미치는 곳마다 나라 위해 목숨 바친 흔적이 서려있었다. 무던히도 격전을 벌이고 나면 하늘이 무상할 때도 있었고 사시장철 죽음을 부추기는 포성이 추한 존재로 여겨지는 것이었다.

또 어디선가 주위를 스치는 소리에 사납게 찾아오는 그 소리의 방향은 아무 조심도 없이 흙먼지 투성인 군복을 뚫고 지나갔었다. 용사들은 누구를 원망할 여유도 없이 조국의 산과 들에서 이렇게 생을 마감했었다.

아주 가까이서 먼 전설 속의 이야기가 들려오면 또 다른 공포와 마주쳐야 했었다.

깊은 상처를 괴로운 눈으로 쳐다보며 소나기 빗소리에 마음을 적시는 강한 장병들이 긴장을 놓을 수가 없었다. '전선야곡'의 노랫소리에 마음이 취해버린 모두는 더 멀리 그 무엇을 바라봤었다. 향기 품은 꽃봉오리(처녀)들이 고향집 근처 우물가에서 물을 긷는 뒷머리 자락에 젊은 날을 오붓하게 보내기도 했었다.

이렇듯 상상의 세계에서 머뭇거리는 눈동자에 새로운 충성심이 더해갔던 것이다. 차디찬 밥그릇을 들여다보며 수통물 한 방울도 나눠 먹던 전우애도 다시는 그들을 알아볼 수 없었다.

전투가 멈추고 나서 힘이 모자라 움직이는 몸동작이 둔해지면 서로 얼굴에 사기를 추켜올리고 전선을 오고 갔던 씩씩한 정신이 조국의 하늘을 떠들썩 했었다. 격전지(激戰地)······ 이 한마디 언어 사용으로 정확하게 표현될는지는 모르지만 총소리에 뒤흔들리는 그 순간들은 장한 젊은이들 이외는 보는 사람도 아는 이도 없었다. 나라의 운명을 무겁게 지고 총구에서 불을 뿜어대던 어제와 오늘의 기억들이 저 먼 세상으로 먼저 간 전우들과 김 중위에게 애절함을 떠 안겨줄는지!

이 시각 슬피 울어도 오열을 쏟아부어도 그들의 귓가에는 들리지 않는 소리였다.

부모형제와 혹은 처자식을 두고 달려간 전쟁터에서 연기 섞인 불꽃은 왜 그렇게도 사나웠을까?

동족간에 이 수려한 강산을 고귀한 피로 물들던 자취들을 용맹스러운 함성이 작별을 고하고 말았었다.

추운 겨울날 전선은 온통 하얗게 뒤덮혀 있었다. 밀어낼 수 없는 거친 눈발 속으로 그치지 않았던 총소리가 한동안 조용해 졌었다. 숨을 쉬고 또 내쉬어도 떠날줄 모르는 화약냄새 앞에 펼쳐진 색다른 풍경이 먼 북극의 대자연을 성숙한 그리움으로 동경하고 있는 것이었다.

이런 날 아무리 찾아봐도 다시 가까이 할 수 없는 이름들이 있었기에 그리 머지 않은 어제를 되돌아보며 차디찬 주먹밥 한 덩이로 배고픔을 달랬었다.

모두다 참았던 굶주림이 한꺼번에 아주 멀어진 것은 아니지만 그래도 맥박 뛰는 체온이 몸을 녹여주었다. 곧이어 차갑게 몰려오는 졸음을 이겨내지 못하고 눈을 감자마자 움츠리고 있는 그대로 새우잠을 자면서 산만한 꿈의 세계를 이리저리 헤맸었다.

이는 오로지 아픈 역사의 저편에 덮어둔 민족의 수난을 분노의 눈초리로 지켜보는 것이었다.

국토의 한복판을 동서로 가로지른 능선을 따라 솟아 있는 크고 작은 봉우리에 미칠 듯 한 구름이 걷히고 나면 인간다운 감정을 갖지 않은 채 얼어붙은 산맥에도 때로는 말 못 할 정막이 찾아왔었다. 사방을 둘러봐도 비할 때 없이 아름다운 눈 경치가 차분하게 밤을 기다리고 있었다.

이때 울컥 잠에서 깨어나 군복에 수놓아진 눈송이 무늬를 털어내면 긴장이 무섭게 접근해 왔었고 또한 다음 전투를 위해 정신을 바짝 차려야 했었다.

한 번 왔다 한 번 가는 우리 네 인생길…… 처절했던 전쟁에 대한 흔적을 등에 지고 싸울 준비를 새롭게 가다듬은 용사들의 눈빛이 멀리서 기다리는 사람들과 정든 고향을 외치듯 불러보고 있었다.

고 김재만 중위는 저 다른 세상에서 섬세하게 묘사된 『전쟁과 어머니』라는 책 한 권을 읽어보고 싶어 했는지도 모르는 일이었다.

11
가버린 세월

전방부대에서 군 복무를 하고 있던 재완이가 휴가를 얻어 집에 온지도 며칠이 지났다. 귀대일자가 가까워오자 어머니의 얼굴에는 또 한 차례 두터운 그늘이 가려져 있었다. 눈물어린 목소리로 큰아들을 찾아다녔던 그때의 생각이 떠오르는 것이었다. 작은아들이 집에 있는 동안 어머니의 눈빛으로 군복을 대하고 나면 어쩐지 말로 나타낼 수 없는 감정이 부인의 곁에 머뭇거리고 있었다.

'지금까지 살아있다면!' 스스로에게 질문을 던지는 것이었다. 먼 곳을 나라가 다시 찾아오는 새 한 마리에 마음의 고통을 실어보낸 적도 있었다. 강한 힘으로 혹은 부드럽게 날개를 편 깃털은 그만이 지닌 생명의 따스한 기운을 느끼는 것이었다. 새벽이 오면 방문을 열고 밖으로 나가 정결한 마음가짐으로 그곳 정화수대를 찾아갔었다.

그러나 그 정성도 기막힌 기억 저편에 멈춰버렸었다.

처음으로 휴가를 온 아들(재완)한테 좀 더 잘 해주려고 했지만 뜻대로 되지 않았었다. 아들이 한사코 말리는 바람에 그저 기분을 상하고 싶지 않았던 것이다.

작은아들의 모습에 흐뭇한 마음도 들었지만 그래도 눈물의 원천을 막을 길이 없었다. 집에 있는 동안 몸소 곳곳을 살피는 몸매에 어머니는 깊은 감동을 받았었다.

효심을 소중히 여겼던 어릴 적 인성이 더 성숙해가는 것을 보고 잠시나마 큰 위안을 보듬어 볼 수 있었다.

새봄이 되면 나뭇가지에서 새순이 돋아나고 풀밭에서 움트는 식물의 푸르름이 자신의 감정을 자극할 때도 있었다. 점심을 먹고 나서 한참 지나서야 재완은 군복을 입고 밖으로 나왔다. 부모 앞에서 기억 속에 남아있는 쓸데없는 생각을 걷어내지 못 했었다. 그것은 형님 생각 때문이었다. 광주 하숙집 방에 혼자 놔두고 떠나가던 그날이 원망스러워었던 것이다.

재완은 어두운 표정을 감추고 나서 인사를 드린 다음 마루에 걸쳐 앉아 군화끈을 졸라맸다. 어머니의 시선을 조금도 의식하지 않고 평소 때 동작 그대로 였다. 일어서는 몸이 비록 형님보다 계급은 낮지만 대한의 군인다운 움직임에 어머니는 희미한 울음을 머금었다. 아버지께서 전해주신 여비를 받아들고 어머니와 함께 대문을 나섰다. 몇 번이고 찾아가는 정읍역…… 오늘도 아들이 떠나가는 모습을 지켜보기 위해 신작로를 거러갔었다.

지금 찾아가는 곳에서 뜨거운 정을 껴안고 울음을 터트렸었다.

그 발자취들이 길바닥에 아직 남아있는 듯 했었다.

대합실로 들어가서 자리에 앉은 다음 아들이 잠깐 어머니 곁을 떠난 사이 이곳에 대한 일들이 가물거리는 것이었다. 손형민 그리고 윤희진에게 검은 연기를 바라보며 잘가라고 손을 흔들어 주었고 또한 큰아들은 바로 이 역에서 마지막 얼굴을 대하던 서러움이 다시 찾아오는 것이었다.

서울행 야간열차를 타고 슬피우는 기적 소리를 들으며 내일 아침 용산역에서 내린 다음 하루해를 기다렸다가 밤차에 오르게 될 아들의 여행이 무사하기를 간절히 비는 것이었다. 한밤이 지났다. 날이 밝아오자 용산역의 아침은 열차에서 내리는 군인들로 대혼잡을 이루고 있었다.

차에서 내린 그들은 각자의 행선지를 찾아가려고 이리저리 흩어져 나가는 것이었다. 재완은 이 역에서 밤차를 타야 하므로 낮 동안은 자유롭게 보낼 수 있었다.

역 근처에서 얼마 동안 피로를 달래고 있을 때 시장기가 들자 아무데서나 국수 한 그릇으로 끼니를 때워었다.

자연의 푸르름이 더해 가는 이른 5월의 햇살이 빛나고 있었다. 혼자서 느린 거름으로 삼각지를 지나 시내버스를 타고 특별한 목적도 없이 그저 시내를 찾아가고 있었다. 가다가 서울역 앞에서 내렸다. 예술적 가치가 풍기는 역의 건물도 구경하고 역 광장도 밟아봤었다.

얼마 후 승객들이 나오는 쪽으로 우연히 눈을 돌렸다.

그곳에서 지게를 진 일꾼들이 모여들고 있었다.

이때 얼핏 봐서 자세히 알 수는 없었지만 한 사람이 헐레벌떡 달려오고 있었다. 깊숙히 쓴 모자가 재완이의 눈길을 특별하게 끌었다. 이상한 예감이 들자 일부러 천천히 그들 앞에 가까이 갔을 때 한 사람을 눈여겨 쳐다봤었다.

열차 도착을 기다리는 지게꾼들이 앞을 다투며 짐을 지려고 만반의 태세를 갖추는 것이었다. 좀 더 가서 얼굴을 마주보던 순간 재완은 깜짝 놀라 땅바닥에 그대로 주저앉을 뻔했었다. 기쁨도 괴로움도 찾을 길 없고 오직 하늘이 무서워지는 것이었다. 재완은 먼저 울음 섞인 말로

"형. 이게 웬말이요?"

하는 단 한마디밖에 할 수 없었다. 상상이 가지 않는 재완은 형민이 손을 꽉 잡고 그곳을 피해 나왔었다.

재완은 울음을 멈추고 지게를 진 형민이와 함께 조금 전에 거러다녔던 역 광장을 지나 부근에 있는 선술집을 찾아갔었다.

군복을 입은 몸으로 생시인지 꿈인지를 분간할 수 없었고 이 만남이 진정 운명의 장난이라면 너무나 모진 짓이라며 원한처럼 가슴안에 담아두려는 것이었다. 고달픈 시련의 길에서 멍들었던 어깨 위에 다시 짐을 져야 하는 '야속한 인생살이' 이렇게 한없이 터져 나오는 재완의 슬픔에 형민은 하고 싶었던 말을 못하는 것이었다.

그들은 과거의 시간을 소중히 붙들고 있었다. 혈육의 정처럼 느꼈던 그 시절 어떤 사이라는 것을 자세하게 설명하지 않아도 두 사람은 잘 기억하고 있었다.

이 자리에서 술잔을 받은 사람은 머나먼 객지 타향에서 일 년이 넘는 동안 오직 하나의 목적을 위해 살아왔던 것이다.

그 후 5년이라는 길 수도 있는 날짜를 넘고 다시 힘들고 어렵게 찾아왔던 보은의 길…… 그리고 또한 전쟁터에서 굵은 빗방울 소리

에 가물거렸던 죽을 고비를 넘겼었다.

이렇게 인생길은 순탄하지 않고 거칠고 험난했었다. 술잔을 비우며 건넨 말은 집안 안부부터 묻기 시작했었다. 그리고 차마 꺼낼 수 없는 그 한마디를 술잔에 물어보며 밖으로 내보내는 것이었다.

"재완아. 형님 소식은 잘 전해듣니?"

어려운 눈물을 기다리며 물어보는 안부였던 것이다.

대답이 끝나자 두 줄기의 눈물이 검게 타 있는 얼굴을 스쳐갔었다. 얼마 뒤에 정신을 차리고 나서 적군의 장교로 전투 중에 일어났던 모든 사실을 다 이야기하는 것이었다. 역사의 그늘 뒤에 갇혀 있던 비극의 모든 것을 재완은 하나도 빠트리지 않고 처절했던 진중일기를 듣고 난 다음 형민의 손목을 새롭게 꽉 움켜잡았었다. 그리고 어쩔 수 없이 그 생명을 다하고 말았던 형님 생각에 다시 솟는 울음을 찾아내지 못 했었다.

파란만장한 인생 역정에 시달림을 받아 온 손형민은 가득 채워진 술잔에 슬픔을 적시며 재완이를 지켜보고 있었다. 명백히 설명할 수 있는 두 사람의 괴로운 감정 앞에 물어보지도 대답도 없는 야속함이 흘러가고 있었다.

날마다 새벽이 밝은 별빛을 끄고 나면 등에 지게를 지고 살아남기 위한 투쟁의 길목에 서 있어야 할 젊은이는 시대의 불행 앞에서 개인의 생존을 무참히도 유린당해왔던 것이다.

극한적인 빈곤이라는 이색적 소외감을 멀리할 수 없어 이날도 전전하며 대기하고 있었던 것이다. 절망에서 탈출을 시도해 보고자 선택했던 그때의 어두컴컴한 밤은 천지가 변한다해도 잊을 수 없는 것이었다.

하루빨리 비켜서야 하는 길인데도 아직은 험한 산맥으로 살아남을 다름이었다. 끝도 없이 슬퍼하는 온몸에 자연스러운 땀방울이 새어 나왔고 검은 빛 얼굴을 주체 못하는 쓰라린 표정에 자신의 진심을 담고 멀리 잠들어 있는 한 영령을 쳐다보는 것이었다. 상상의 한계를 뛰어넘는 초라한 인생의 발거름이 재완이에게 큰 충격을 던졌었다.

세상의 흐름에서 아무리 살아가기 어렵다 하더라도 지난날 그렇게 멍든 어깨 위에 다시 지게를 진 이면에는 말 못 할 사연이 감춰져 있다는 것을 직감적으로 알 수 있었다.

만약 형이 살아서 이러한 장면을 목격했다면 끝없는 연민의 정이 어둡게 눈앞을 가릴 수도 있는 일이었다.

불행하게 살아왔던 형민은 이제껏 소외감을 떨쳐내지 못하고 하루하루를 지내왔다.

그런 까닭에 세상의 인심도 알아보며 지금을 소중히 살아가고 있었다. 재완이 앞에서 과거를 애써 잊으려고 했었으나 혼자 안고 있는 서글픔은 어찌할 도리가 없었다.

다시 무거운 술잔을 들었다 놨다 했었다.

성난 파도처럼 밀려오는 괴로움을 억누르지 못한 손떨림은 더 큰 아픔으로 이어지는 것이었다.

재완은 목메인 자리를 지켜보며 술 취해 우는 심정을 어떻게 이해해야 하는지 터져 나가는 가슴을 보고 물어봤지만 끝내 아무런 대답도 얻어내지 못 했었다.

그로부터 며칠이 지났었다. 푸른 제복을 보면 늘 재만이를 기어이 찾아보겠다는 가슴 벅찬 열망도 소원을 담은 기다림도 이제는 없고 오직 깊은 한숨을 토해내며 여느 때와 마찬가지로 지게를 진 채 짐을 찾아보려고 거리를 돌아다녔었다.

원대한 희망처럼 그날을 위하여 지향에 왔던 고달픈 삶이기에 상실감은 더욱 컸었다. 어느덧 천대받은 품팔이의 하루해가 지고 나면 이렇게 허물어진 고백이 발자국에 밟히고 있었으며 갈기갈기 찢어지는 심정 안으로 희미한 울음소리가 들려왔었다. 함박눈이 펄펄 내리는 추위 속에서 몸을 내밀고 서로 먼저 짐을 차지하려는 지게꾼들의 투쟁마당에 형민은 지난겨울에도 어김없이 뛰어들었다. 때로는 배가 고파 이겨내기 어려운 몸을 이끌고 모진 고통을 참아왔었다.

그 고생을 마다하지 않았던 것은 품삯을 모아두었다가 적은 돈이지만 웃는 얼굴로 재만이와 다시 만날 기쁨을 누리고자 했던 것이다.

최전방 의무대 천막 안 불빛 아래에서 헤어질 때가 다가오자

"형. 꼭 살아야 해요."

라고 두 손으로 정성드려 잡으며 용기를 넘겨주던 그 말을 듣고도 왜 고맙다는 대답 한마디를 못했을까! 피는 물보다 진하다는 말 뜻을 새겨왔던 형민이 앞으로 인생에 대한 허무감이 예고도 없이 밀려오고 있었다.

꽃들이 활짝 피는 계절 4월 중순 어느 날 오후였다. 희진은 남대문시장에 볼 일이 있어 상가 골목을 거러가고 있을 때 뒤에서 갑작스럽게 씩씩한 목소리로

"윤 선생님."

하고 부르는 목소리가 들려왔다.

희진은 이 거리를 다니는 많은 사람 가운데 자기를 윤 선생님이라고 불러줄 제자는 아무도 없을 것이라는 생각이 들자 그냥 뒤도 돌아보지 않고 거러갔었다.

그런데도 뒤를 따라오는 발자국 소리와 함께 윤 선생님하고 또 부르는 것이었다. 희진은 그저 무심코 뒤를 쳐다봤었다. 군복을 입은 젊은이가 상의 왼쪽 가슴에 일등병 계급장을 달고 있는 것이 눈에 띄었다. 그 군인은 모자를 벗으며

"선생님. 저 올시다, 박상길입니다."

이렇게 인사를 하는 것이었다. 희진은 그때서야 그 군인이 자기 제자라는 것을 알아낼 수 있었다.

"국민학교 시절에 보고 처음 보는 일이여서……."

이렇게 말하다가 끝을 맺지 못 했었다. 그것은 얼른 알아보지 못한 것이 미안하다는 의사표시였다.

희진은 친근하고 여유 있는 어조로 군에 언제 갔느냐고 물었다. 그러자 상길은 일 년쯤 된다는 대답을 하며 은사님을 다시 한 번 더 쳐다보는 것이었다.

희진은 상길의 군복에 부착되어 있는 부대 마크를 보고 전방에서 군 복무를 하고 있느냐고 물었다. 상길이는

"그렇습니다."

하고 희진은 물음에 대답했었다. 희진은 반갑기 이루헤아릴 수 없다. 상길이는 오늘밤 군용열차를 타고 전방 소속부대로 가야 하는 일정이 짜여져 있었으며 시내를 다니다가 구경삼아 남대문시장에 들린 것이었다.

희진은 제자를 데리고 시장 내에 있는 중화요릿집을 찾아갔었다.

둘이서 서로 얼굴을 마주보며 의자에 앉아 음식을 주문하고 난 다음 재만이 집 안부부터 물어보기 시작했었다. 상길이는 희진의 물음에 간단히 대답을 했지만 곧바로 불안한 생각이 들었다. 그것은 분명히 재완이 형님 소식을 빠뜨리지 않고 알고 싶어하는 것이기 때문이었다.

그래서 먼저 재완이와 함께 입대했으나 서로 소속부대가 다르다는 이야기를 천천히 했었다. 희진은 재만이 부모님이 보고 싶다며 말을 했고 재완이 형님은 어디 있느냐고 묻는 것이었다.

상길은 아무 대답도 못하고 그저 우뚜거니 고개를 수그리고 있었다. 희진은 상길이의 수상한 태도에 이상야릇한 예감이 자신의 온 감정을 거침 없이 괴롭히고 있다는 것을 알아차렸었다. 다시 똑같은 물음을 했을 때 상길은

"선생님."

하고는 다음 말을 잇지 못 하는 것이었다.

희진은 순간적인 추측이 빗나가지 않았다는 확신을 얻어냈었다. 그리고 감추기 어려운 자신의 표정을 일부러 숨기며 주의 깊게 어서 말해 보라고 했었다. 부탁에 가까운 말씨였다.

상길은 숙였던 머리를 들고 나서 낮은 목소리로 재완이 형님은 전사를 했다는 것이었다. 뜻밖의 슬픈 소식은 희진이에게 말할 수 없는 충격이었다. 저절로 솟는 눈물방울은 손수건을 적시고 말았었다.

기름진 정읍땅 흙냄새를 맡고 또는 밟고 다니다가 서울에 온 후에 몇 차례의 서신으로 안부만을 전했을 뿐 아직 한번도 찾아 뵙지 못 했었다. 뜻밖의 전쟁으로 집안이 파탄에 이르자 마음 둘 곳이 없

어 재만이 부모님께 은혜를 망각한 배은의 죄를 짓고 지금까지 살아야 했었으므로 마음과 행동에 돌이킬 수 없는 커다란 과오를 저지르고 말았던 것이다. 깊어 가는 상심 앞에서 상길이와 대면만 하고 있을 뿐 아무 말도 할 수 없었다. 주문했던 식사가 식탁에 놓여지자 희진은 상길에게 식사를 권했었다.

식사를 마치고 난 다음 상길이는 컵에 남아있던 물 한 모금을 무겁게 마시고 나서 6·25전쟁 중 시골에서 겪었던 일들을 대강 이야기하는 것이었다. 상길이가 전하는 내용 가운데는 희진의 마음속을 강하게 울리는 대목이 섞여있었다. 넘어간 그날 그렇게도 그리워했던 형민이가 인민군 장교가 되어 정읍까지 진격해 와서 공포의 시간 속에서 재완이 아버지를 구출해냈다는 증언을 듣고 희진은 다시 남모르는 슬픔을 자아냈었다.

해방 후 오랫동안 끊어졌던 그 사람의 소식을 제자를 통해 들었을 때 가슴이 미어지는 것이었다.

이루지 못 한 사랑을 붙잡지도 뿌리치지도 못했던 비련의 그날을 한없이 원망하는 것이었다. 얼마 동안 두 사람 사이에는 말이 없었다. 희진이가 겨우 입을 열며

"상길이, 우리 이제 나가볼까?"

이렇게 작별을 예고하는 것이다. 그러자 상길이는

"예, 선생님. 감사합니다."

이렇게 공손히 인사를 했다. 희진은

"다음 번에 집에 가거든 재완이 부모님께 꼭 안부 말씀 전해드려."

이렇게 말을 하고 의자에서 일어섰다. 식대를 계산하고 밖으로 나온 희진은 상길이 호주머니에 얼마 안 되는 여비를 넣어주며 사

제지간에 두터운 정을 나누었었다. 길을 따라 군인다운 자세로 거러가는 뒷모습을 한참 바라보고 서 있던 희진은 그때 예상하지도 못 했던 슬프고 아픈 소식을 전해 들었을 순간 나라 위해 싸운 자식의 혼을 품 안에 껴안고 울음바다에서 몸부림쳤던 모습이 희진의 눈앞으로 오고 있었다.

희진의 슬픔은 별의 그림자에 가려져 있었다. 잊을 수 없는 그날(남편이 북으로 끌려 가던 시간)이 결코 멀어진 것은 아닌데…….

우리 인생도 슬픔과 고통의 눈물은 있다. 과거란 그저 흘러간 시간만은 아니다. 불과 몇 년 전에 있었던 전쟁은 사라진 역사였을까?

아무 부추김 없이 그 무엇을 따지려 했었다. 마치 정해놓은 결과를 의심이라도 하는 표현이 드디어 높은 파도를 타고 있었다. 혼자 입 속 말로 자기들 다하는 것을 충(忠)이라 일컫는다.

또한 예술에도 생명력이 있다는데…….

생명의 소중함을 되새기는 이 한마디가 멈추자 어느새 희진의 입술에는 살기 위한 힘겨운 몸부림의 자취가 조심스럽게 흐르고 있었다.

부인은 5월이 다가는 어느 날 아침 나절에 착잡한 심정을 안고 읍내를 찾아가고 있었다. 흙과 가까이 하며 살아온 마음의 뜻을 말없이 다독거리다가 문득 한 생각에 잠겼었다.

거룩한 희생자들이 잠들고 있는 그곳 국군묘지(지금의 국립묘지)를 아직 가본 적은 없지만 대충 짐작으로 어떤 곳이라는 것을 머릿속에 그려보며 잘 아는 포목점(옷감을 파는 가게)에 들어섰다. 오랜만에 본 여주인이 무척이나 반겨주는 것이었다.

부인은 명랑한 표정을 감추고 흰색 옷감을 좀 구경하자는 말에 그 주인은 다소 의아하게 여기는 것이었다. 흰 옷을 마련하고자 옷감을 고르고 있는 부인의 겉모습에서 말할 수 없는 고통과 애잔함이 드러나 보였었다. 흔적도 없이 묻혀버린 파란 많은 삶을 엮어온 사람처럼 온몸과 내면의 정서에는 커다란 상처만이 남아 있었던 것이다.

무서운 포성에 땅이 뒤집힌 참혹한 시대에 살면서도 아침 일찍 일어나 온갖 치성을 드렸지만 모두가 다 소용없는 일이었다는 것을 그 한 여름의 통곡이 멈추고 나서야 알았었다.

다섯 손가락을 꼽고 나면 원인을 다듬고 찾아올 눈물이 또한 그날을 기다리고 있었다. 동작동 국군묘지에는 흰 옷으로 물결칠 인파가 벌써부터 발길을 잇고 있는 듯 한 슬픈 환상에 젖고 말았다.

이미 넘어간 그날 휴가를 왔을 때 윗옷 호주머니에서 몇 장의 사진을 꺼내 어머니에게 공손히 바치던 그 손은 얼마나 총을 많이 만졌는지 굳은살이 단단하게 박혀 있었다.

그 사진에는 위장망으로 가려진 철모에서 목숨을 걸고 싸운 흔적이 묻어 있었다. 호국에 몸 바친 진중생활 3년은 생의 마지막 해였다. 아들의 어릴적 얼굴이 눈앞에 떠오르자 애써 그 생각을 멀리하려고 했었다.

다음날 오전부터 재봉틀에 몸을 가까이 하고 바늘귀를 바라보고 열심히 자신의 옷을 깃고 있었다. 이십 년이 훨씬 넘도록 재봉틀 소리를 은근히 반기며 집안 식구의 의복을 만들어 왔었지만 이날만큼 끝없이 찾아오는 슬픔은 없었다.

바늘의 움직임보다 소리에 더 신경이 날카로워었다. 평탄치 않게 세상의 풍파를 견뎌온 지난날이 진정한 침묵을 안겨주는 것이었다.

바느질을 하는 도중 두 발바닥에 힘을 주어 돌리는 재봉틀 소리가 마치 그 어떤 총소리처럼 들리는 것이었다. 물론 사람의 감각적 판단은 오류가 있을 수 있다.

그렇지만 부인은 조금도 망설임 없이 험하게 퍼붓는 익숙한 총성과 비슷하다는 의식에 억압을 당하고 말았던 것이다. 잠시 일손을 멈추었다. 그러고 나서 의자에 그대로 앉은 채 머리를 숙여 옷감에 얼굴을 들이대었다.

이러한 하찮은 몸짓은 어머니의 생애에 슬픔이 흐르고 있는 시간을 고뇌하지도 회의하지도 않은 아들의 옛 모습이 떠올랐기 때문이었다.

소리 없이 찾아온 비애(悲哀)를 무언가 텅 빈 느낌으로 받아드리며 다시 발목을 움직이기 시작했었다.

전쟁터에서 자식을 잃은 아픔이 그 소리에 뒤섞여 나왔었다. 그것은 분명 순간적 감정을 허무한 소리에 함축시켜 보려고 그랬는지도 모르는 일이었다.

오후 늦게 다림질을 할 때도 약간 몸이 떨렸었다.

눈앞을 자주 스쳐갈 저고리 고름에 뜻있는 눈길을 한 번 보내봤었다. 가슴속에 깊이 맺혀있는 모정의 그늘을 지켜보며 상실감을 보듬고 그곳(국군묘지)을 찾아가야만 하는 것이었다. 나라 위해 목숨바친 푸른 제복의 여러 가지 생각이 이따금 가슴에 절절히 스며들 때면 서산에 지는 특별한 노을을 바라보고 남모르게 뜨거운 자식 사랑에 대한 참뜻을 깊이 되새기며 잊혀지지 않은 일월(日月) 속에서 현실과 타협을 해야만 하는 괴로움에 온 정신이 산란하기도 했었다.

그리고 또 한가지는 먼 기억 저편에서 "어머니" 하고 큰소리를 내
며 부르는 듯 어린시절의 그날이 눈빛 안으로 문득 찾아오면 마치
살아서 돌아오는 사람인 양 껴안고 싶은 충동이 이슬비에 그대로
젖고 있었다.

이 세상에는 인간이 살아가는 길을 철저하게 가로막는 상황들이
늘 존재하고 있는 것이다.

그래서인지 아들을 먼저 보낸 자신의 여정(旅程)을 피해갈 수가
없었던 것이다.

눈물로 얼룩진 형상으로 시야 파악이 거의 불가능했던 절망의 계
절을 조금씩 잊어 보려고 해봤었지만 그때는 그렇게 쉽지가 않았었
다. 손바닥이 다 닳도록 내려졌던 방바닥도 기둥뿌리도 그때는 부
인이 쏟아 붓는 열을 막아낼 수 없었다.

눈물이 스며들었던 대청마루에서 정신을 잃었던 날카로운 일들
이 지금은 슬픈 추억으로 남아있는 것이었다.

희진은 다방 업소에서 평상시 늘 입고 있었던 고운 색상들의 옷
보다 이날(현충일)은 특별히 마음을 집중시켜야 했었다. 희진은 며칠
전 동대문 시장에서 옷감을 파는 점포(가게)에 들렸었다.

그 여주인 다른 손님을 대하듯 고운 말씨로

"어서 오세요."

하고 희진이를 반갑게 맞아주었다.

희진은 먼저 온 젊은 여성이 여러 가지 옷감을 고르며 처음보는
희진에게 눈인사를 가볍게 했었다.

희진은 옷감을 고르는 솜씨를 보고 그동안 이 점포와 인연이 있
는 것을 알아차렸다. 희진은

"옷감을 고르세요?"

하고 여성에게 한마디 건넸었다. 이때 여주인은 웃는 낯으로 희진이에게

"이분은 우리집 단골손님입니다."

하고 말하며 친분이 두터운 사이라는 것이었다. 그러자 그 여성은 희진에게

"무슨 옷감을 사시렵니까?"

하고 묻는 것이었다. 이에 희진은

"흰 옷감을 고르려고 합니다."

이렇게 말하자 그분은

"예, 그렇군요. 저는 늘 사 가는 옷감과 흰색 한 벌을 주문 받았습니다."

사실을 말하자면 이 여성은 '전쟁 미망인'이었다.

한국전쟁 때 남편이 전사를 하고 혼자된 몸으로 시부모님을 모시고 살아오고 있었다.

고향은 경기도 가평인데 시골집에 사내아이 하나를 두고 집안 살림과 농사를 거들어 오고 있었다.

휴전이 되던 다음해 아들(시부모님의 손자)을 잘 키우라는(교육문제) 시부모님의 권유로 보따리 장사를 시작했었다. 오늘도 큰 벌이는 안되지만 그래도 경제적 도움을 조금이나마 받고자 점포에 왔던 것이다.

자식을 훌륭하게 키우라는 시부모님의 뜻을 이루기 위해 시골 이 동네 저 마을 그리고 장터를 돌며 발품을 팔고 있었다. 젊은 나이에 힘든 나날은 이어져가는 것이었다.

물건을 보자기에 이고 파는(봇짐장수) 여성의 눈가에는 외로움이 젖어 있었다. 희진은 그분에게 용기와 희망을 북돋아주며 점포에서 옷감을 사 가지고 여주인의 소개로 한복을 만드는 집을 찾아갔었다.

흰색 옷감을 내놓자 주인은 당장 눈치를 채는 것이었다. 그 까닭은 얼마 전부터 자기 집에 희진이 연령층이 다녀갔기 때문이었다. 이에 주인은 결례가 되는 줄 알면서도 혹시 부군(남의 남편을 높이는 말)께서 참전을 하셨느냐고 정중하게 묻는 것이었다.

알고 싶어하는 물음에 희진은 아니라고 대답한 후 진정한 친절에 그냥 넘길 수가 없어 오는 현충일에 국군묘지를 참배할 것이라는 것을 알렸었다.

주인은 속사정이 있는 듯 한 희진의 몸 치수를 살피고 나서 간단한 음료를 대접했었다.

푸르름이 더해가는 계절 형민이는 어려움을 참고 숨어 지냈던 일들을 추억의 문턱 앞에서 찾아보는 것이었다. 가물거리는 아지랑이를 반기며 소나무 숲속, 그윽한 향기의 정취를 마음껏 먹으면서 놓치지 않고 들었던 뻐꾸기 울음소리를 지금 잊지 않고 있었다.

귓가를 스쳐가던 새의 노래도 철 따라 서로 다른 감동을 부추겨 주었었다. 마음에 익숙치 않는 세상길을 원망하던 그때의 그 새소리를 한없이 부러워했었다.

온 힘을 한데 모아 처음 짐을 지고 나설 무렵에도 전쟁 피해의 흔적은 역력히 남아 있었다. 판자촌 집에서 사는 방은 말 그대로 형편이 없었지만 색이 바랜 벽지에 한 장의 달력이 날짜 가는 것을 알리고 있었다.

신문기사를 읽고 나서 현충일을 잊지 않으려고 달력 6월 6일에 동그라미 표를 해두었다. 5월이 지나가자 저녁으로 달력에 그려진 원을 쳐다보며 나날을 보냈었다.

낮에 짐을 지고 다니면 제법 땀 냄새가 풍겨 나왔었다.

현충일 바로 앞날 아침 일찍이 숙소를 나와 하루종일 지게 품팔이를 한 다음 평소보다 이른 시간에 되돌아갔었다. 잘 못 먹고 허술하게 살면서도 국군묘지 추모식에 꼭 참배하겠다는 뜻을 세워놓았었다.

그동안 아무렇지도 않게 여겨왔던 외모는 이루 말할 수 없을 정도로 거칠어 있었다.

몇 년 동안 짐을 지고 다녔던 근육의 고통이 두 어깨에 못을 막아 놓았었다. 모자를 썼지만 초여름 따가운 직사광선에 얼굴은 검게 타 있었다. 힘든 날을 살아온 그늘들이 드러나 있었다.

자유를 누리며 정상인의 맥박을 유지해 온 것만으로도 늘 만족스럽게 여겨왔었다. 이날 해가 진 뒤에 방 안에서 거울을 들여다 봤었다. 내일 하루만이라도 보기 싫은 모습을 다소나마 가려보고 싶은 마음에 빠져들었다. 숙소를 나와 거리를 얼마쯤 거러가고 있을 때 갑자기 땀에 젖어 있는 채 쉬고 있는 지게가 발목을 잡는 듯 한 느낌을 받았었다.

어쩐지 무슨 귀중한 물건이라도 잃어버린 것처럼 허전한 기분이 들었었다. 나뭇가지로 만든 지게에 애착이 더 강해졌던 것이다. 사람 힘으로 짐을 운반하는 물건으로서는 퍽 쓸모있는 물건이었다. 함께 서울역 등지에서 지금까지 지내온 동료들 중에는 한국전쟁 당시 노무자로 뽑혀가서 지게를 지고 최전방고지 험한 산길을 오르내리며 탄약을 비롯하여 군 보급품을 져 날랐다는 이야기를 들은 적이 있었다.

초저녁이 지나서야 용무를 마치고 집에 돌아와 좁은 방 안에서 혼자 방바닥에 등을 비스듬히 댔었다. 잠시 후 눈을 감고 몇 가지 넘어간 일들을 들추어 봤었다. 재만이 집 생각을 하면 부인의 따뜻하고 고마운 위로의 말씀이 쟁쟁하게 들려오는 듯 했었다. 그리고 이러한 감상에 깊이 젖고 나면 곧 정읍으로 달려가고 싶었던 것이다.

그러나 그것은 결코 현실이 쉽게 허락해 주는 것은 아니었다. 전쟁터에서 총알을 맞고 죽을 고비를 헤매던 그날 밤 자신도 모르게 희미한 목소리로 그 이름(재만)을 연달아 외쳤던 힘이 오늘을 이어지게 해주었다. 그때 그곳에서 꺼져 내려앉은 의식의 회복을 뒤로 미루어 놓고 화약연기로 앞뒤를 분간할 수 없었던 산봉우리와 능선에 피의 자국이 감춰져 있는 휴전선의 고지마다 적과 우리군의 총소리는 쉬고 있지만 슬프게 메아리치는 재만이의 혼을 지금도 그 산이 껴안고 있으리라 믿어졌었다.

안개처럼 옅은 이슬이 내리는 판잣집 허술한 방에 외로운 밤은 깊어만 갔었다. 내일을 생각하는 형민의 눈에 최전선 고지에서 재만이를 향해 서슴치 않고 총구를 겨누며 불을 뿜었던 야속한 발자취가 못쓸 기억으로 드리워져 있었다.

날이 밝아지고 동녘하늘에 붉은 태양이 떠오르면 백의(白衣)의 인파 속에서 서러움을 달래는 그들과 함께 머리 숙여 명복을 비는 그 시간을 기다리고 있었다. 그곳에서 과거의 잘못을 깊이 뉘우치며 관대한 용서를 받아야 하는 소중한 시간이 너무나 더디게 지나고 있었다.

　다시 가슴 찢어지는 지난날로 돌아가 첩첩산중 하늘 아래에서 전투지휘를 맡고 있던 재만의 상급부대로 이송된 후 적법한 최종 포로 신문을 마치고 남쪽바다 파도소리 들리는 거제도 천막 시가지 철조망 지대로 간 뒤에 오늘이 있기까지 누이동생과 단절된 벽은 상식을 훨씬 뛰어넘는 기막힌 고통이었다.

　자유의 몸이 되어 민족의 열렬한 환영을 받으며 따뜻한 대한의 품에 돌아왔을 때 만사를 다 제쳐놓고 애란에게 찾아가 참된 정을 온화하게 나눠었어야 했는데 그 당시에는 복잡한 심신(心身)의 피로 때문에 뜻을 이루지 못 했었다. 간혹 고달픈 잠결에서 재만이가 생각나면 애란이가 보고 싶었고 애란이를 못 잊으면 재만이 옛 모습이 떠올랐었다. 처절한 싸움터 이곳저곳에 아무렇게나 흩어졌던 탄피를 밟으며 피로 물들어진 자신의 몸을 등에 업고 야전 의무대 천막까지 데리고 와서 한 사람이 사느냐 죽느냐를 지켜봐 주었던 것이다. 날이 밝아오면 호국영령들 앞을 찾아가야 하는 형민은 자주 눈가를 만지고 있었다.

　제1회 현충일을 하루 앞두고 내외분(재만이 부모)은 정읍역에서 기차를 타고 서울로 향했었다. 바쁜 농촌일을 제쳐놓고 먼 길을 내다봤었다. 옷이 든 가방과 간단한 짐을 들고 객차에 들어가 자리를 잡고 나란히 앉았었다.

　정읍역 이곳은 부인의 남은 인생을 두고 잊지 못 할 장소였다. 검은 연기를 멀리하며 떠나갔던 몇 사람의 괴로운 추억을 가져다 주었다.

　넘어간 그날 여러 사람 중에 유난히도 눈에 띄었던 전투복의 거름거리가 지금도 가물거리는 것이었다.

나라 위해 달려갔던 그날이 다시는 올 수가 없었다.

전선의 총소리는 그대로 들려오지 않지만 거기에 서려있는 핏자국의 냄새는 아직도 짙게 남아있는 듯 했었다. 그 언젠가 가을이 곱게 물들어 가던 이른 저녁 달빛에 떠오르는 아들의 모습을 껴안아 봤었다.

다른 애들과 마찬가지로 유년시절에 서당에서 엉덩방아를 찧어가며 글공부를 할 적에 어머니 입가에는 정겨운 미소가 듬뿍 차 있었던 것이다. 그리고 또 한 시절 바람소리를 전하는 풍경을 바라보며 새참을 이고 들녘 길을 거러갈 때면 또래들과 놀다가 어디서 보고 달려와 가픈 숨소리를 내며 치맛자락을 움켜잡던 그 손이, 산에서 막 돋아나는 고사리처럼 느꼈던 추억도 눈앞에 나타나는 것이었다. 듣고 싶어도 들리지 않는 그 목소리를 찾아 먼 곳을 바라보는 눈가에는 숨겨진 아픔이 찾아 왔었다. 이렇게 마음에 젖은 자취들이 흐르고 있는 사이 기차는 자꾸만 북으로 가고 있었다. 마음은 건전하면서도 비교적 말이 적었던 성품으로 투철한 개인의 정서 뒤에는 자기 믿음의 표현에도 신중을 기했었다.

학창시절 미소를 띠우는 조용한 눈매에 정이 저며오면 어머니의 가슴에는 보기 좋은 꽃 한 송이가 향기를 내며 피어날 때도 있었다. 가문을 위해 자신의 감정을 다하며 부모에게 효의 실천을 자주 강조하는 것을 보고나면 속으로 감탄섞인 칭찬도 있었던 것이다.

오래전 사진 속의 철모에 하얀색으로 그려진 계급장이 어머니의 시선을 왜 그렇게도 힘껏 붙들고 있었을까?

그것은 아들에 대한 두터운 감수성이 자극을 불러 일으켰기 때문

이었다. 많은 전투가 벌어지고 있는 전선으로 가야 할 시간이 가까워지자

"부디 부하를 아끼고 잘 보살펴야 한다."

라는 말을 거리낌없이 전했었다.

모성애로 끌어왔던 이 부탁은 인간 본래의 신념을 굽히지 말고 삶의 의미를 진정으로 찾아야 한다는 가르침이었다.

이따금 생각날 때마다 전사를 알리는 슬픈 소식을 받고 넋을 잃었던 그날이 또 한 번 아픔으로 찾아왔었다. 그 누구에게도 말할 수 없는 마음을 감추고 우리가 사는 현실 앞에 흩어져 있는 지친 감정을 가냘프고 허약한 기운으로 조심스럽게 다스려야 했었다. 고귀한 목숨들이 희생된 격전지의 장면은 역사의 진실과 서로 다른 것은 아니었다.

이제는 먼 기억 속에서나 찾아봐야 하지만 여유없는 몸짓으로 따뜻하게 손을 잡으며

"꼭 살아서 돌아오너라."

이 한마디는 간절한 바람이 강 건너 저편 외딴 곳에 흔들리는 불빛 하나 보이지 않는데 부인의 허전한 눈길은 자꾸만 그쪽을 가고 있었다. 마음과 몸의 피로를 못이긴 정신으로 차창가에서 바깥을 내다보며 당장이라도 다시 한 번 그 소리를 정결하게 다듬어 보고 싶었다.

"꼭 살아서 돌아오라."는 이 표현을……

그때 그 시절 살며시 반짝이는 얼굴빛에 웃음을 띠며

"어머니. 저의 꿈을 소중히 가꾸어 가겠습니다."

중학교(당시는 6년제) 상급 학년이 되던 어느 날 집에와서 남긴 말

이었다. 그 후 얼마 안 있어 젊음을 위해 자신감과 용기를 가지고 학업에 매진하고 있을 때 그는 조국의 비극을 아프게 탄식했었다. 풍전등화의 위기 속에 나라와 겨레를 구하고자 달려간 길에는 3년 간에 걸쳐 충성을 맹세했던 무거운 침묵의 자취들이 조용히 멈춰 있었다.

또다시 눈물이 깊어가는 밤 늦게 서울역에 도착했었다. 목적지에 다온 순간 하루종일 겹친 피로가 온몸에 남아있었다. 조금은 서둘러 발거름을 재촉하다가 역에서 가까운 한 여관을 찾아갔었다. 먼저 여관 주인에게 이틀 밤을 쉬어 가기로 했었다. 이제까지 살기 위해 버텨왔다는 것은 지칠줄 모르는 인내심의 보람으로 여겨졌었다. 내일이 기다려지는 묘한 상상을 하다가 그만 잠자리에 누워었다.

새 아침이 밝아오자 내외분은 그곳에 가기 위해 서둘렀다. 지울 수 없는 어머니의 사랑으로 못 다한 이야기를 나누고자 아들의 묘역에 첫발을 내딛일 때 그 무슨 힘에 의지하여 슬픈 고통을 참아낼 수 있을런지!

아직도 아픈 기억 속에 아른거리는 옛 얼굴을 추모의 옷깃에 파묻고 새로운 울음과 함께 흐느껴야 할 순간들이 차츰 부인의 곁으로 가까이 오고 있었다. 기나긴 시간이 다 가면 잊혀질 줄 알았던 그 한여름의 울부짖음은 왜 자신의 곁을 떠나려 하지 않은 것일까? 영영 다시 돌아올 수 없는 사람을 몇 번이고 원망하면서 이렇게 소리없이 외쳤다.

지난날 그물(위장망)이 붙어 있는 전투복을 입고 철모를 쓴 채 한 번 다녀간 휴갓길이 엊그제처럼 눈에 선한데……

그때 남겨둔 군화 발자국 소리와 아직도 어머니의 귓가를 맴도는

것이었다. 가을 바람 부는 정읍역 사람들로 북적거리는 차 안에서

"어머니, 건강하게 지내세요."

이 인사가 어머니를 향한 마지막 말이 될 줄이야!

한 집안의 어머니 권순옥…… 얼굴에 짙게 고인 이슬을 살며시 감추려 했었다.

신록의 계절 부드러운 바람에 살짝 나부끼는 치맛자락을 여미며 한 발 한 발 내딛고 있을 때 '가버린 세월'을 슬프게 물어봐도 아무 대답이 없었다.

희진은 집을 나오기 전 몇 송이 꽃을 꼭 쥔 두 손이 안가슴 옷고름에 닿자 참았던 설움이 북받쳐 오르기 시작했다.

가고 싶어도 갈 수 없는 곳(고향)이기에 멀리 떨어져 있는 남쪽보다 좀 더 가까운 서울 하늘을 쳐다보며 고향 냄새를 맡아 보겠다는 일념으로 서울에 오기를 서둘렀을 때 왜 한 번 더 낯익은 얼굴을 대하지 못 했을까?

이제 와서 아무 소용없는 후회와 더불어 젊음이 꽃봉오리처럼 피어 오르던 지난날의 정겨운 모습이 눈감으면 떠오르는 것이었다. 슬픈 노래에 외로움을 잠재우고 살아온 그 긴 시간들……

비록 전몰 유가족은 아니더라도 조국의 비운 속에 희생된 거룩한 호국영령들 앞을 찾아가는 희진은 아픔을 말로 다 전할 수가 없었다.

'김재만' 이름 석자가 새겨진 묘비 앞에서 자신의 무거운 한을 껴안고 얼마나 흐느껴야 할까!

쉽사리 잊혀지지 않는 모든 것들에 대하여 몸소 간직해 왔던 진심은 오늘날에도 변함이 없었다.

6 · 25 한국전쟁이 발발하자 우리 국군(유엔군 포함)은 몸바쳐 최전선을 죽음으로 지켜왔었다.

이에 우리측의 전황이 불리하자 부득이 계속 남으로 후퇴작전을 펼쳤던 것이다. 이즈음 일본에 있는 미군기지로부터 대대적인 반격작전이 있었다.

이와 거의 함께 나라 위해 충성을 해보겠다고 책가방을 자기 집에 혹은 하숙집 방바닥에 두고 자원해서 국군과 함께 총을 들었던 젊은이들 그리고 전국 각지에서 모여든 청장년(해외동포 포함) 더 나아가 미국을 위시하여 세계 16개국 영국 · 호주 · 인도 · 이탈리아 · 남아프리카공화국 · 덴마크 · 그리이스 · 콜롬비아 · 노르웨이 · 룩셈부르크 · 벨기에 · 터키 · 에티오피아 · 필리핀 · 태국 등 UN군의 참전과 아군(육 · 해 · 공군)의 숭고한 희생이 있었기에 오늘도 대한민국 하늘 아래 태극기가 휘날리고 있는 것이다.

참전용사 중 김재만 중위도 이의 예외는 아니었다. 짧은 생애를 꽃잎처럼 버린 고 김재만 중위의 부모께서 이 동작동 국군묘지를 참배하기까지 다른 유족들과 그 슬픔을 무엇으로 달래야만 할는지!

희진은 흑석동 거리를 지나 시간을 어기지 않고 국군묘지에 당도했었다. 유족들과 여러 계층의 인사들이 참석한 가운데 추모식을 거행했었다. 엄숙한 식전에서

"나라 위해 몸 바친 장한 젊은이들이여 부디 편히 쉬소서."

이렇게 모두는 고개 숙여 묵념을 올렸다. 생사의 갈림길에서 죽음을 택했던 그 순간의 드높은 함성은 지금도 꺼지지 않고 이 묘역에 울려 퍼져 나아가고 있었다.

식이 끝나자 흐느낌을 껴안고 눈물의 바다를 향해 조심스러운 마

음들이 여기저기로 흩어졌었다.

희진은 묘역을 찾아 거러가는 추모객들 속에서 재만의 묘비를 찾는데 다소 시간이 걸렸었다. 속절없이 흐르는 날짜 속에 잊을 수 없는 사연들이 희진의 가슴을 애처롭게 스쳐갔었다.

희진이가 재만의 묘역 가까이 갔을 때 이미 비통한 절규가 주변에 퍼져 나갔었다. 그칠줄 모르는 통곡 앞에 나서며 부인(재만이 모친)을 일으켰었다. 저고리 고름으로 눈물을 만지며 희진을 쳐다본 부인은 슬픈 기억을 더듬으며 꿈에서 본 천사인 양 부드럽게 껴안았었다.

그 무섭고 험난한 세상을 살아오면서 더러는 보고 싶어 했던 얼굴…… 부인은 진정한 감동에 정신을 잃고 얼마 동안 아무 말도 못했었다. 놀랍게도 이 자리에 한 남성이 심각한 표정을 짓고 있었다.

희진은 어르신께 위로의 말씀을 드리며 지난날의 잘못을 깊이 사죄했었다.

어르신이 희진이를 대하며 넘어온 그날들을 물으셨을 때 이에 합당한 답변을 못 했었다. 그러자

"윤 선생. 이렇게 와 주셔서 고맙소."

이렇게 말씀하신 어르신께서는 예나 지금이나 변함없는 말씀을 그대로 가지고 계셨다.

꽃을 내려놓고 제 설움에 못 이긴 희진은 한맺힌 울음을 퍼부었다.

"가버린 세월아. 왜 이토록 우리를 슬프게 하느냐!"

단장의 부르짐처럼 목메인 하소연이 사방으로 퍼져 나갔었다. 한없이 흐느끼는 희진이를 지켜보던 부인이 희진의 손에 매달리자 가느다란 말로

"재만이 잘 있어. 나. 다음에 또 올게."

마치 살아 있는 사람을 가까이 하듯 부드럽게 여운을 남긴 목소리는 고요하기만 했었다.

그러나 말이 채 끝나기도 전에 방울방울 뜨겁게 떨어지는 눈물이 묘비를 적셨다.

속마음에서 울어나오는 그 한마디……

추억어린 그 시절을 혼자서 얼마나 그리워했는지!

희진은 가냘픈 음성을 듣고 부인은 응답조차 없는 묘역을 자세히 드려다 보았다.

희진이에 대한 정이 더해지자 하얀 옷끼리 한꺼번에 은밀히 엉겨 붙었다. 두 사람 눈에 쉽게 지워지지 않은 눈물자국에 새로운 줄기가 스쳐갔었다. 울고 싶어 우는 몸매가 애처로워었으며 슬프게 자리잡은 운명이 서려있는 어제와 오늘의 서글픈 현실을 이겨낸 강한 집념이 진정 무상하게 느껴지는 것이었다.

더듬기 싫은 과거의 기억들이 파도와 함께 스치고 지나가면 또 다른 외로움에 뜬눈으로 밤을 지새울 때마다 눈물을 참겠다고 스스로 다짐했던 굳은 의지마저 애절한 감정 앞에서는 허무하게 부서져 버렸었다.

지난 시절 한결같이 깊은 애정을 보듬고 사랑을 고백하며 훗날을 기약했던 그 장본인이 바로 한 치 앞에 서 있다는 것은 분명 짖궂은 운명으로 새겨야 했었다. 맺지 못 할 인연을 멀리하고 긴 광음 속에서 이미 남남의 사이지만 그래도 잊을 수 없는 옛날의 자취가 두 얼굴을 조용히 지켜보고 있었다.

눈물을 멈추며 돌아서는 희진의 시선에는 긴장이 팽팽하게 몰려오고 있었다.

　전쟁중에 적군의 장교로서 전투를 지휘하는 동안 혹시나 재만이에게 험한 총탄을 퍼부었던 것은 아니였는지?

　예기치 않았던 새로운 의구심이 희진의 마음을 크게 자극했었다. 그리고 또한 재만이가 조국수호의 영령으로 이곳에 잠들고 있는 것을 어떻게 알고 참배왔으며 어디서 무엇을 하고 지냈는지 알고 싶었다.

　이때 울어서 눈물에 젖은 얼굴을 만지며 헝클어진 머리카락을 다듬고 있었다.

　그러고 나서 저고리 앞섶을 단정히 여미며 형민이에게 정면으로 눈길을 보냈었다. 속일 수 없는 외모에 고달픈 인생의 흔적이 드러나 있었다.

　희진은 심하게 몸이 떨리며 정신이 멍해지는 것이었다.

　인생을 살아오면서 전쟁터에 받쳤던 청춘의 비애로 물들어져 있었다.

　특히 지난날 자신을 아끼며 돌보아주었던 순정의 미소도 까마득하게 잊고 있는 듯 했었다.

　과거의 숨결을 애써 찾아보려는 두 사람 중에 그 누구의 도움과 권유를 기대하지 않고 대담한 관용을 베풀어야 했었다.

　잊혀지지 않는 상처로 마음속을 가득 메운 희진은 어둡고 괴로운 그날들을 잠시 멀리하면서 조금은 힘이 들더라도 정성스러히 형민의 곁으로 더 가까이 다가가 얼굴을 살폈어야 했다. 아무나 쉽게 따라 잡을 수 없는 고난의 삶을 다시 물어보는 한 젊은이의 숨결 안으로 차가운 비련의 흔적들이 몰려왔다. 형민이가 넘어온 나날은 차갑고 혹독한 현실과 조금도 동떨어져 있는 것이 아니므로 이 한 순간 과거의 괴로운 눈빛을 달래기는 너무나 짧은 시간이었다.

소근대는 빗소리에 빗겨간 인연……

넓고 넓은 수평선 저 너머로 곱게 떠오르는 꿈을 바라보고 웃음을 띠우며 그리움을 수놓았던 십여 년 전의 발자취와 그때의 우람한 몸짓은 다 어디로 가고 없었다.

조금은 가까이서 흔들리는 그림자를 밟고 한 거름 다가선 희진은 서럽게 표정짓는 얼굴로 멀어진 눈길을 또 한 번 보냈었다. 깊은 원한을 간직하고 가슴에서 터져 나오는 그 소리를 들으며 전쟁에 시달리다가 이제는 참아내기 어려운 외로움을 스스로 위로하면서 살아온 탓인지 연달아 두근거리는 심장의 고통만을 붙들고 있었다. 윤희진이와 손형민……

이 두 사람이 이루지 못한 사랑 이야기를 그 누가 어떤 감정으로 정교하게 묘사해 줄지!

이 사이 하얀 가슴의 눈물 위에 우뚜거니 서 있는 형민의 시선이 모아졌었다. 희진은 비록 긴 대화를 나누지 못한다 하더라도 그 목소리만은 듣고 싶었던 것이다.

그러나 거칠게 숨쉬어왔던 청춘은 어둠 속의 성찰을 끝내지 않고 있었다. 마치 오래된 옛 성터를 보고 있는 듯 갈피를 못잡는 이 사이에 또 다른 슬픔이 젖어 들었다.

부인이 견디기 어려운 침묵을 깨고 희진이를 붙들며 앞세웠다. 걷잡을 수 없는 슬픈 생각을 떠 안으며 호국의 충혼이 깃든 성지(聖地)를 뒤로 하고 이렇게 애달픈 발거름은 이어지고 있었다.

가버린 세월

1쇄 발행일 | 2015년 08월 31일

지은이 | 최현석
펴낸이 | 정화숙
펴낸곳 | 개미

출판등록 | 제313 – 2001 – 61호 1992. 2. 18
주소 | (121 – 736) 서울시 마포구 마포동 136 – 1 한신빌딩 B-109호
전화 | (02)704 – 2546 팩스 | (02)714 – 2365
E-mail | lily12140@hanmail.net

ⓒ 최현석, 2015
ISBN 978 – 89 – 94459 – 55 – 4 03810

값 12,000원